JN074735

魔術師

谷崎潤一郎

妖美幻想傑作集

長山靖生・編

小鳥遊書房

魔術師

谷崎潤一郎　妖美幻想傑作集／目次

刺青

其れはまだ人々が「愚（おろか）」と云う貴い徳を持って居て、世の中が今のように激しく軋（きし）み合わない時分であった。殿様や若旦那の長閑（のどか）な顔が曇らぬように、御殿女中や華魁（おいらん）の笑いの種が尽きぬようにと、饒舌（じょうぜつ）を売るお茶坊主だの幇間だのと云う職業が、立派に存在して行けた程、世間がのんびりして居た時分であった。女定九郎、女自雷也、女鳴神、――当時の芝居でも草双紙でも、すべて美しい者は強者であり、醜い者は弱者であった。誰も彼も挙（こぞ）って美しからんと努めた揚句は、天稟（てんぴん）の体へ絵の具を注ぎ込む迄になった。芳烈な、或は絢爛な、線と色とが其の頃の人々の肌に躍った。

馬道を通うお客は、見事な刺青（ほりもの）のある駕籠舁（かごかき）を選んで乗った。吉原、辰巳の女も美しい刺青の男に惚れた。博徒、鳶の者はもとより、町人から稀には侍なども入墨（いれずみ）をした。時々両国で催される刺青会では参会者おのおの肌を叩いて、互に奇抜な意匠を誇り合い、評しあった。

清吉と云う若い刺青師（ほりものし）の腕ききがあった。浅草のちゃり文、松島町の奴平（やっへい）、こんこん次郎などにも劣らぬ名手であると持て囃されて、何十人の人の肌は、彼の絵筆の下に絖地（ぬめじ）となって拡げられた。刺青会で好評を博す刺青の多くは彼の手になったものであった。達磨金（だるまきん）はぼかし刺（ぼり）が得意と云われ、唐草権太は朱刺（しゅぼり）の名手と讃えられ、清吉は又奇警な構図と妖艶な線とで名を知られた。

もと豊國國貞の風を慕って、浮世絵師の渡世（とせい）をして居ただけに、刺青師に堕落してからの清吉にもさすが画工（えかき）らしい良心と、鋭感とが残って居た。彼の心を惹きつける程の皮膚と骨組みとを持つ人でなければ、彼の刺青を購（あがな）う訳には行かなかった。たまたま描いて貰えるとしても、一切の構図と費用とを彼の望むがままにして、其の上堪え難い針先の苦痛を、一と月も二た月もこらえねばならなかった。

この若い刺青師の心には、人知らぬ快楽と宿願とが潜んで居た。彼が人々の肌を針で突き刺す時、真紅に血を含んで脹れ上る肉の疼きに堪えかねて、大抵の男は苦しき呻き声を発したが、其の呻きごえが激しければ激しい程、彼は不思議に云い難き愉快を感じるのであった。刺青のうちでも殊に痛いと云われる朱刺、ぼかしぼり、――それを用うる事を彼は殊更喜んだ。一日平均五六百本の針に刺されて、色上げを良くする為め湯へ浴って出て来る人は、皆半死半生の体で清吉の足下に打ち倒れたまま、暫くは身動きさえも出来なかった。その無残な姿をいつも清吉は冷やかに眺めて、

「嘸お痛みでがしょうなあ」

と云いながら、快さそうに笑って居る。

意気地のない男などが、まるで知死期の苦しみのように口を歪め歯を喰いしばり、ひいひいと悲鳴をあげる事があると、彼は、

「お前さんも江戸っ児だ。辛抱しなさい。――この清吉の針は飛び切りに痛えのだから」

こう云って、涙にうるむ男の顔を横目で見ながら、かまわず刺って行った。また我慢づよい者がグッと胆を据えて、眉一つしかめず怺えて居ると、

「ふむ、お前さんは見掛けによらねえ突っ張者だ。――だが見なさい、今にそろそろ疼き出して、どうにもこうにもたまらないようになろうから」

と、白い歯を見せて笑った。

彼の年来の宿願は、光輝ある美女の肌を得て、それへ己れの魂を刺り込む事であった。その女の素質と容貌とに就いては、いろいろの注文があった。啻に美しい顔、美しい肌とのみでは、彼は中々満足す

る事が出来なかった。江戸中の色町に名を響かせた女と云う女を調べても、彼の気分に適った味わいと調子とは容易に見つからなかった。まだ見ぬ人の姿かたちを心に描いて、三年四年は空しく憧れながらも、彼はなお其の願いを捨てずに居た。

丁度四年目の夏のとあるゆうべ、深川の料理屋平清の前を通りかかった時、彼はふと門口に待って居る駕籠の簾のかげから、真っ白な女の素足のこぼれて居るのに気がついた。鋭い彼の眼には、人間の足はその顔と同じように複雑な表情を持って映った。その女の足は、彼に取っては貴き肉の宝玉であった。拇指から起って小指に終る繊細な五本の指の整い方、絵の島の海辺で獲れるうすべに色の貝にも劣らぬ爪の色合い、珠のような踵のまる味、清冽な岩間の水が絶えず足下を洗うかと疑われる皮膚の潤沢。この足こそは、やがて男の生血に肥え太り、男のむくろを蹈みつける足であった。この足を持つ女こそは、彼が永年たずねあぐんだ、女の中の女であろうと思われた。清吉は躍りたつ胸をおさえて、其の人の顔が見たさに駕籠の後を追いかけたが、二三町行くと、もう其の影は見えなかった。

清吉の憧れごこちが、激しき恋に変って其の年も暮れ、五年目の春も半ば老い込んだ或る日の朝であった。彼は深川佐賀町の寓居で、房楊枝をくわえながら、錆竹の濡れ縁に万年青の鉢を眺めて居ると、庭の裏木戸を訪うけはいがして、袖垣のかげから、ついぞ見馴れぬ小娘が這入って来た。

それは清吉が馴染の辰巳の藝妓から寄こされた使の者であった。

「姐さんから此の羽織を親方へお手渡しして、何か裏地へ絵模様を画いて下さるようにお頼み申せって……」

と、娘は鬱金の風呂敷をほどいて、中から岩井杜若の似顔画のたとうに包まれた女羽織と、一通の手紙とを取り出した。

其の手紙には羽織のことをくれぐれも頼んだ末に、使の娘は近々に私の妹分として御座敷へ出る筈故、私の事も忘れずに、この娘も引き立ててやって下さいと認めてあった。

「どうも見覚えのない顔だと思ったが、それじゃお前は此の頃此方へ来なすったのか」

こう云って清吉は、しげしげと娘の姿を見守った。年頃は漸う十六か七かと思われたが、その娘の顔は、不思議にも長い月日を色里に暮らして、幾十人の男の魂を弄んだ年増のように物凄く整って居た。それは国中の罪と財との流れ込む都の中で、何十年の昔から生き代り死に代ったみめ麗しい多くの男女の、夢の数々から生れ出づべき器量であった。

「お前は去年の六月ごろ、平清から駕籠で帰ったことがあろうがな」

こう訊ねながら、清吉は娘を縁へかけさせて、備後表の台に乗った巧緻な素足を仔細に眺めた。

「ええ、あの時分なら、まだお父さんが生きて居たから、平清へもたびたびまいりましたのさ」

と、娘は奇妙な質問に笑って答えた。

「丁度これで足かけ五年、己はお前を待って居た。顔を見るのは始めてだが、お前の足にはおぼえがある。――――お前に見せてやりたいものがあるから、上ってゆっくり遊んで行くがいい」

と、清吉は暇を告げて帰ろうとする娘の手を取って、大川の水に臨む二階座敷へ案内した後、巻物を二本とり出して、先ず其の一つを娘の前に繰り展げた。

それは古の暴君紂王の寵妃、末喜を描いた絵であった。瑠璃珊瑚を鏤めた金冠の重さに得堪えぬなよやかな体を、ぐったり勾欄に靠れて、羅綾の裳裾を階の中段にひるがえし、右手に大杯を傾けながら、今しも庭前に刑せられんとする犠牲(いけにえ)の男を眺めて居る妃の風情(ふぜい)と云い、鉄の鎖で四肢を銅柱へ縛(ゆ)いつけられ、最後の運命を待ち構えつつ、妃の前に頭をうなだれ、眼を閉じた男の顔色と云い、物凄い迄に巧に描かれて居た。

娘は暫くこの奇怪な絵の面(おもて)を見入って居たが、知らず識らず其の瞳は輝き其の唇は顫(ふる)えた。怪しくも其の顔はだんだんと妃の顔に似通(にかよ)って来た。娘は其処に隠れたる真の「己(おのれ)」を見出した。

「この絵にはお前の心が映って居るぞ」

こう云って、清吉は快(こころよ)げに笑いながら、娘の顔をのぞき込んだ。

「どうしてこんな恐ろしいものを、私にお見せなさるのです」

と、娘は青褪(あおざ)めた額(ひたい)を擡(もた)げて云った。

「この絵の女はお前なのだ。この女の血がお前の体に交って居る筈だ」

と、彼は更に他の一本の画幅を展げた。

それは「肥料」と云う画題であった。画面の中央に、若い女が桜の幹へ身を倚せて、足下に累々と斃(たお)れて居る多くの男たちの屍骸(むくろ)を見つめて居る。女の身辺を舞いつつ凱歌(かちどき)をうたう小鳥の群、女の瞳に溢れたる抑え難き誇りと歓びの色。それは戦(たたかい)の跡の景色か、花園の春の景色か。それを見せられた娘は、われとわが心の底に潜んで居た何物かを、探りあてたる心地であった。

「これはお前の未来を絵に現わしたのだ。此処に斃れて居る人達は、皆これからお前の為めに命を捨てるのだ」

こう云って、清吉は娘の顔と寸分違わぬ画面の女を指さした。

「後生だから、早く其の絵をしまって下さい」

と、娘は誘惑を避けるが如く、画面に背いて畳の上へ突俯したが、やがて再び唇をわななかした。

「親方、白状します。私はお前さんのお察し通り、其の絵の女のような性分を持って居ますのさ。――だからもう堪忍して、其れを引っ込めてお呉んなさい」

「そんな卑怯なことを云わずと、もっとよく此の絵を見るがいい。それを恐ろしがるのも、まあ今のうちだろうよ」

こう云った清吉の顔には、いつもの意地の悪い笑いが漂って居た。

然し娘の頭は容易に上らなかった。襦袢の袖に顔を蔽うていつまでも突俯したまま、

「親方、どうか私を帰しておくれ。お前さんの側に居るのは恐ろしいから」

と、幾度か繰り返した。

「まあ待ちなさい。己がお前を立派な器量の女にしてやるから」

と云いながら、清吉は何気なく娘の側に近寄った。彼の懐には嘗て和蘭医から貰った麻睡剤の壜が忍ばせてあった。


日はうららかに川面を射て、八畳の座敷は燃えるように照った。水面から反射する光線が、無心に眠る娘の顔や、障子の紙に金色の波紋を描いてふるえて居た。部屋のしきりを閉て切って刺青の道具を手にした清吉は、暫くは唯恍惚としてすわって居るばかりであった。彼は今始めて女の妙相をしみじみ味わう事が出来た。その動かぬ顔に相対して、十年百年この一室に静坐するとも、なお飽くことを知るま

いと思われた。古のメンフィスの民が、荘厳なる埃及の天地を、ピラミッドとスフィンクスとで飾ったように、清吉は清浄な人間の皮膚を、自分の恋で彩ろうとするのであった。

やがて彼は左手の小指と無名指と拇指の間に挿んだ絵筆の穂を、娘の背にねかせ、その上から右手で針を刺して行った。若い刺青師の霊は墨汁の中に溶けて、皮膚に滲んだ。焼酎に交ぜて刺り込む琉球朱の一滴々々は、彼の命のしたたりであった。彼は其処に我が魂の色を見た。

いつしか午も過ぎて、のどかな春の日は漸く暮れかかったが、清吉の手は少しも休まず、女の眠りも破れなかった。娘の帰りの遅きを案じて迎いに出た箱屋迄が、

「あの娘ならもう疾うに帰って行きましたよ」

と云われて追い返された。月が対岸の土州屋敷の上にかかって、夢のような光が沿岸一帯の家々の座敷に流れ込む頃には、刺青はまだ半分も出来上らず、清吉は一心に蠟燭の心を搔き立てて居た。

一点の色を注ぎ込むのも、彼に取っては容易な業でなかった。さす針、ぬく針の度毎に深い吐息をついて、自分の心が刺されるように感じた。針の痕は次第々々に巨大な女郎蜘蛛の形象を具え始めて、再び夜がしらしらと白み初めた時分には、この不思議な魔性の動物は、八本の肢を伸ばしつつ、背一面に蟠った。

春の夜は、上り下りの河船の櫓声に明け放れて、朝風を孕んで下る白帆の頂から薄らぎ初める霞の中に、中洲、箱崎、霊岸島の家々の甍がきらめく頃、清吉は漸く絵筆を擱いて、娘の背に刺り込まれた蜘蛛のかたちを眺めて居た。その刺青こそは彼が生命のすべてであった。その仕事をなし終えた後の彼の心は空虚であった。

二つの人影は其のまま稍々暫く動かなかった。そうして、低く、かすれた声が部屋の四壁にふるえて聞えた。

「己はお前をほんとうの美しい女にする為めに、刺青の中へ己の魂をうち込んだのだ、もう今からは日本国中に、お前に優る女は居ない。お前はもう今迄のような臆病な心は持って居ないのだ。男と云う男は、皆なお前の肥料になるのだ。………」

其の言葉が通じたか、かすかに、糸のような呻き声が女の唇にのぼった。娘は次第々々に知覚を恢復して来た。重く引き入れては、重く引き出す肩息に、蜘蛛の肢は生けるが如く蠕動した。

「苦しかろう。体を蜘蛛が抱きしめて居るのだから」

こう云われて娘は細く無意味な眼を開いた。其の瞳は夕月の光を増すように、だんだんと輝いて男の顔に照った。

「親方、早く私に背の刺青を見せておくれ、お前さんの命を貰った代りに、私は嘸美しくなったろうねえ」

娘の言葉は夢のようであったが、しかし其の調子には何処か鋭い力がこもって居た。

「まあ、これから湯殿へ行って色上げをするのだ。苦しかろうがちッと我慢をしな」

と、清吉は耳元へ口を寄せて、労わるように囁いた。

「美しくさえなるのなら、どんなにでも辛抱して見せましょうよ」

と、娘は身内の痛みを抑えて、強いて微笑んだ。

「ああ、湯が滲みて苦しいこと。……親方、後生だから私を打っ捨って、二階へ行って待って居てお呉れ、私はこんな悲惨な態を男に見られるのが口惜しいから」

娘は湯上りの体を拭いもあえず、いたわる清吉の手をつきのけて、激しい苦痛に流しの板の間へ身を投げたまま、魘される如くに呻いた。気狂じみた髪が悩ましげに其の頬へ乱れた。女の背後には鏡台が立てかけてあった。真っ白な足の裏が二つ、その面へ映って居た。

昨日とは打って変った女の態度に、清吉は一と方ならず驚いたが、云われるままに独り二階に待って居ると、凡そ半時ばかり経って、女は洗い髪を両肩へすべらせ、身じまいを整えて上って来た。そうして苦痛のかげもとまらぬ晴れやかな眉を張って、欄干に靠れながらおぼろにかすむ大空を仰いだ。

「この絵は刺青と一緒にお前にやるから、其れを持ってもう帰るがいい」

こう云って清吉は巻物を女の前にさし置いた。

「親方、私はもう今迄のような臆病な心を、さらりと捨ててしまいました。――お前さんは真先に私の肥料になったんだねえ」

と、女は剣のような瞳を輝かした。その耳には凱歌の声がひびいて居た。

「帰る前にもう一遍、その刺青を見せてくれ」

清吉はこう云った。

女は黙って頷いて肌を脱いた。折から朝日が刺青の面にさして、女の背は燦爛とした。

秘密

其の頃私は或る気紛れな考から、今迄自分の身のまわりを裹んで居た賑やかな雰囲気を遠ざかって、いろいろの関係で交際を続けて居た男や女の圏内から、ひそかに逃れ出ようと思い、方々と適当な隠れ家を捜し求めた揚句、浅草の松葉町辺に真言宗の寺のあるのを見附けて、ようよう其処の庫裡の一と間を借り受けることになった。

新堀の溝へついて、菊屋橋から門跡の裏手を真っ直ぐに行ったところ、十二階の下の方の、うるさく入り組んだObscureな町の中に其の寺はあった。ごみ溜めの箱を覆した如く、彼の辺一帯にひろがって居る貧民窟の片側に、黄橙色の土塀の壁が長く続いて、如何にも落ち着いた、重々しい寂しい感じを与える構えであった。

私は最初から、渋谷だの大久保だのと云う郊外へ隠遁するよりも、却って市内の何処かに人の心附かない、不思議なさびれた所があるであろうと思っていた。丁度瀬の早い渓川のところどころに、澱んだ淵が出来るように、下町の雑沓する巷と巷の間に挟まりながら、極めて特殊の場合か、特殊の人でもなければめったに通行しないような閑静な一郭が、なければなるまいと思っていた。

同時に又こんな事も考えて見た。――

己は随分旅行好きで、京都、仙台、北海道から九州までも歩いて来た。けれども未だ此の東京の町の中に、人形町で生れて二十年来永住している東京の町の中に、一度も足を蹈み入れた事のないと云う通りが、屹度あるに違いない。いや、思ったより沢山あるに違いない。

そうして大都会の下町に、蜂の巣の如く交錯している大小無数の街路のうち、私が通った事のある所と、ない所では、孰方が多いかちょいと判らなくなって来た。

何でも十一二歳の頃であったろう。父と一緒に深川の八幡様へ行った時、

「これから渡しを渡って、冬木の米市で名代のそばを御馳走してやるかな。」

こう云って、父は私を境内の社殿の後の方へ連れて行った事がある。其処には小網町や小舟町辺の掘割と全く趣の違った、幅の狭い、岸の低い、水の一杯にふくれ上っている川が、細かく建て込んでいる両岸の家々の、軒と軒とを押し分けるように、どんよりと物憂く流れて居た。小さな渡し船は、川幅よりも長そうな荷足りや伝馬が、幾艘も縦に列んでいる間を縫いながら、二た竿三竿ばかりちょろちょろと水底を衝いて往復して居た。

私は其の時まで、たびたび八幡様へお参りをしたが、未だ嘗て境内の裏手がどんなになっているか考えて見たことはなかった。いつも正面の鳥居の方から社殿を拝むだけで、恐らくパノラマの絵のように、表ばかりで裏のない、行き止まりの景色のように自然と考えていたのであろう。現在眼の前にこんな川や渡し場が見えて、其の先に広い地面が果てしもなく続いている謎のような光景を見ると、何となく京都や大阪よりももっと東京をかけ離れた、夢の中で屢々出逢うことのある世界の如く思われた。

それから私は、浅草の観音堂の真うしろにはどんな町があったか想像して見たが、仲店の通りから宏大な朱塗りのお堂の甍を望んだ時の有様ばかりが明瞭に描かれ、其の外の点はとんと頭に浮かばなかった。だんだん大人になって、世間が広くなるに随い、知人の家を訪ねたり、花見遊山に出かけたり、東京市中は隈なく歩いたようであるが、いまだに子供の時分経験したような不思議な別世界へ、ハタリと行き逢うことがたびたびあった。

そう云う別世界こそ、身を匿すには究竟であろうと思って、此処彼処といろいろに捜し求めて見れば

見る程、今迄通った事のない区域が到る処に発見された。浅草橋と和泉橋は幾度も渡って置きながら、其の間にある左衛門橋を渡ったことがない。二長町の市村座へ行くのには、いつも電車通りからそばやの角を右へ曲ったが、あの芝居の前を真っ直ぐに柳盛座の方へ出る二三町ばかりの地面は、一度も踏んだ覚えはなかった。昔の永代橋の右岸の袂から、左の方の河岸はどんな工合になって居たか、どうも好く判らなかった。其の外八丁堀、越前堀、三味線堀、山谷堀の界隈には、まだまだ知らない所が沢山あるらしかった。

松葉町のお寺の近傍は、其のうちでも一番奇妙な町であった。六区と吉原を鼻先に控えてちょいと横丁を一つ曲った所に、淋しい、廃れたような区域を作っているのが非常に私の気に入って了った。今迄自分の無二の親友であった「派手な贅沢なそうして平凡な東京」と云う奴を置いてき堀にして、静かに其の騒擾を傍観しながら、こっそり身を隠して居られるのが、愉快でならなかった。

隠遁をした目的は、別段勉強をする為めではない。其の頃私の神経は、刃の擦り切れたやすりのように、鋭敏な角々がすっかり鈍って、余程色彩の濃い、あくどい物に出逢わなければ、何の感興も湧かなかった。微細な感受性の働きを要求する一流の芸術だとか、一流の料理だとかを翫味するのが、不可能になっていた。下町の粋と云われる茶屋の板前に感心して見たり、仁左衛門や鴈治郎の技巧を賞美したり、凡べて在り来たりの都会の歓楽を受け入れるには、あまり心が荒んでいた。惰力の為めに面白くもない懶惰な生活を、毎日々々繰り返して居るのが、堪えられなくなって、全然旧套を擺脱した、物好きな、アーティフィシャルな、Mode of life を見出して見たかったのである。

普通の刺戟に馴れて了った神経を顫い戦かすような、何か不思議な、奇怪な事はないであろうか。現実をかけ離れた野蛮な荒唐な夢幻的な空気の中に、棲息することは出来ないであろうか。こう思って私の魂は遠くバビロンやアッシリヤの古代の伝説の世界にさ迷ったり、コナンドイルや涙香の探偵小説を想像したり、光線の熾烈な熱帯地方の焦土と緑野を恋い慕ったり、腕白な少年時代のエクセントリックな悪戯に憧れたりした。

賑かな世間から不意に韜晦して、行動を唯徒らに秘密にして見るだけでも、すでに一種のミステリアスな、ロマンチックな色彩を自分の生活に賦与することが出来ると思った。私は秘密と云う物の面白さを、子供の時分からしみじみと味わって居た。かくれんぼ、宝さがし、お茶坊主のような遊戯――殊に、其れが闇の晩、うす暗い物置小屋や、観音開きの前などで行われる時の面白味は、主として其の間に「秘密」と云う不思議な気分が潜んで居るせいであったに違いない。

私はもう一度幼年時代の隠れん坊のような気持を経験して見たさに、わざと人の気の附かない下町の曖昧なところに身を隠したのであった。其のお寺の宗旨が「秘密」とか、「禁厭」とか、「呪詛」とか云うものに縁の深い真言宗であることも、私の好奇心を誘うて、妄想を育ませるには恰好であった。部屋は新らしく建て増した庫裡の一部で、南を向いた八畳敷きの、日に焼けて少し茶色がかっている畳が、却って見た眼には安らかな暖かい感じを与えた。昼過ぎになると和やかな秋の日が、幻燈の如くあかあかと縁側の障子に燃えて、室内は大きな雪洞のように明るかった。

それから私は、今迄親しんで居た哲学や芸術に関する書類を一切戸棚へ片附けて了って、魔術だの、催眠術だの、探偵小説だの、化学だの、解剖学だのの奇怪な説話と挿絵に富んでいる書物を、さながら土用干の如く部屋中へ置き散らして、寝ころびながら、手あたり次第に繰りひろげては耽読した。其の中には、コナンドイルの The Sign of Four や、ドキンシイの Murder, Considered as one of the fine arts や、アラビアンナイトのようなお伽噺から、仏蘭西の不思議な Sexology の本なども交っていた。

此処の住職が秘していた地獄極楽の図を始め、須弥山図だの涅槃像だの、いろいろの、古い仏画を強いて懇望して、丁度学校の教員室に掛っている地図のように、所嫌わず部屋の四壁へぶら下げて見た。床の間の香炉からは、始終紫色の香の煙が真っ直ぐに静かに立ち昇って、明るい暖かい室内を焚きしめて居た。私は時々菊屋橋際の舗へ行って白檀や沈香を買って来てはそれを燻べた。

天気の好い日、きらきらとした真昼の光線が一杯に障子へあたる時の室内は、眼の醒めるような壮観を呈した。絢爛な色彩の古画の諸仏、羅漢、比丘、比丘尼、優婆塞、優婆夷、象、獅子、麒麟などが四壁の紙幅の内から、ゆたかな光の中に泳ぎ出す。畳の上に投げ出された無数の書物からは、惨殺、麻酔、魔薬、妖女、宗教――種々雑多の傀儡が、香の煙に溶け込んで、朦朧と立ち罩める中に、二畳ばかりの緋毛氈を敷き、どんよりとした蛮人のような瞳を据えて、寝ころんだ儘、私は毎日々々幻覚を胸に描いた。

夜の九時頃、寺の者が大概寝静まって了うとウイスキーの角壜を呷って酔いを買った後、勝手に縁側の雨戸を引き外し、墓地の生け垣を乗り越えて散歩に出かけた。成る可く人目にかからぬように毎晩服装を取り換えて公園の雑沓の中を潜って歩いたり、古道具屋や古本屋の店先を漁り廻ったりした。頬冠りに唐桟の半纏を引っ掛け、綺麗に研いた素足へ爪紅をさして雪駄を穿くこともあった。金縁の色眼鏡に二重廻しの襟を立てて出ることもあった。着け髭、ほくろ、痣と、いろいろに面体を換えるのを面白がったが、或る晩、三味線堀の古着屋で、藍地に大小あられの小紋を散らした女物の袷が眼に附いてから、急にそれが着て見たくてたまらなくなった。

一体私は衣服反物に対して、単に色合が好いとか柄が粋だとかいう以外に、もっと深く鋭い愛着心を持って居た。女物に限らず、凡べて美しい絹物を見たり、触れたりする時は、何となく顫い附きたくなって、丁度恋人の肌の色を眺めるような快感の高潮に達することが屢々であった。殊に私の大好きなお召や縮緬を、世間憚らず、恣に着飾ることの出来る女の境遇を、嫉ましく思うことさえあった。

あの古着屋の店にだらりと生々しく下って居る小紋縮緬の袷――あのしっとりした、重い冷たい布が粘つくように肉体を包む時の心好さを思うと、私は思わず戦慄した。あの着物を着て、女の姿で往来を歩いて見たい。………こう思って、私は一も二もなく其れを買う気になり、ついでに友禅の長襦袢や、黒縮緬の羽織迄も取りそろえた。

大柄の女が着たものと見えて、小男の私には寸法も打ってつけであった。夜が更けてがらんとした寺中がひっそりした時分、私はひそかに鏡台に向って化粧を始めた。黄色い生地の鼻柱へ先ずベットリと練りお白粉をなすり着けた瞬間の容貌は、少しグロテスクに見えたが、濃い白い粘液を平手で顔中へ万遍なく押し拡げると、思ったよりものりが好く、甘い匂いのひやひやとした露が、毛孔へ沁み入る皮膚のよろこびは、格別であった。紅やとのこを塗るに随って、石膏の如く唯徒らに真っ白であった私の顔が、潑剌とした生色ある女の相に変って行く面白さ。文士や画家の芸術よりも、俳優や芸者や一般の女が、日常自分の体の肉を材料として試みている化粧の技巧の方が、遥かに興味の多いことを知った。

長襦袢、半襟、腰巻、それからチュッチュッと鳴る紅絹裏の袂、――私の肉体は、凡べて普通の女の皮膚が味わうと同等の触感を与えられ、襟足から手頸まで白く塗って、銀杏返しの鬘の上にお高祖頭巾を冠り、思い切って往来の夜道へ紛れ込んで見た。

雨曇りのしたうす暗い晩であった。千束町、清住町、龍泉寺町――あの辺一帯の溝の多い、淋しい街を暫くさまよって見たが、交番の巡査も、通行人も、一向気が附かないようであった。甘皮を一枚張ったようにぱさぱさ乾いている顔の上を、夜風が冷やかに撫でて行く。口辺を蔽うて居る頭巾の布が、息の為めに熱く湿って、歩くたびに長い縮緬の腰巻の裾は、じゃれるように脚へ纏れる。みぞおちから肋骨の辺を堅く緊め附けている丸帯と、骨盤の上を括っている扱帯の加減で、私の体の血管には、自然と女のような血が流れ始め、男らしい気分や姿勢はだんだんとなくなって行くようであった。

友禅の袖の蔭から、お白粉を塗った手をつき出して見ると、強い頑丈な線が闇の中に消えて、白くふっくらと柔かに浮き出ている。私は自分で自分の手の美しさに惚れ惚れとした。此のような美しい手を、実際に持っている女と云う者が、羨ましく感じられた。芝居の弁天小僧のように、こう云う姿をして、さまざまの罪を犯したならば、どんなに面白いであろう。……探偵小説や、犯罪小説の読者を始終喜ばせる「秘密」「疑惑」の気分に髣髴とした心持で、私は次第に人通りの多い、公園の六区の方へ歩みを運んだ。そうして、殺人とか、強盗とか、何か非常な残忍な悪事を働いた人間のように、自分を思い込むことが出来た。

十二階の前から、池の汀について、オペラ館の四つ角へ出ると、イルミネーションとアーク燈の光が厚化粧をした私の顔にきらきらと照って、着物の色合いや縞目がはッきりと読める。常盤座の前へ来た時、突き当たりの写真屋の玄関の大鏡へ、ぞろぞろ雑沓する群集の中に交って、立派に女と化け終せた私の姿が映って居た。

こッてり塗り附けたお白粉の下に、「男」と云う秘密が悉く隠されて、眼つきも口つきも女のように動き、女のように笑おうとする。甘いへんのうの匂いと、囁くような衣摺れの音を立てて、私の前後を擦れ違う幾人の女の群も、皆私を同類と認めて訝しまない。そうして其の女達の中には、私の優雅な顔の作りと、古風な衣裳の好みとを、羨ましそうに見ている者もある。

いつも見馴れて居る公園の夜の騒擾も、「秘密」を持って居る私の眼には、凡べてが新しかった。何処へ行っても、何を見ても、始めて接する物のように、珍しく奇妙であった。人間の瞳を欺き、電燈の光を欺いて、濃艶な脂粉とちりめんの衣裳の下に自分を潜ませながら、「秘密」の帷を一枚隔てて眺める為めに、恐らく平凡な現実が、夢のような不思議な色彩を施されるのであろう。

それから私は毎晩のように此の仮装をつづけて、時とすると、宮戸座の立ち見や活動写真の見物の間へ、平気で割って入るようになった。寺へ帰るのは十二時近くであったが、座敷に上ると早速空気ランプをつけて、疲れた体の衣裳も解かず、毛氈の上へぐったり嫌らしく寝崩れた儘、残り惜しそうに絢爛な着物の色を眺めたり、袖口をちゃらちゃらと振って見たりした。剥げかかったお白粉が肌理の粗いたるんだ頬の皮へ滲み着いて居るのを、鏡に映して凝視して居ると、廃頽した快感が古い葡萄酒の酔いのように魂をそそった。地獄極楽の図を背景にして、けばけばしい長襦袢のまま、遊女の如くなよなよと蒲団の上へ腹這って、例の奇怪な書物のページを夜更くる迄翻すこともあった。次第に扮装も巧くなり、大胆にもなって、物好きな聯想を醸させる為めに、匕首だの麻酔薬だのを、帯の間へ挿んでは外出した。犯罪を行わずに、犯罪に附随して居る美しいロマンチックの匂いだけを、十分に嗅いで見たかったのである。

そうして、一週間ばかり過ぎた或る晩の事、私は図らずも不思議な因縁から、もッと奇怪なもッと物好きな、そうしてもッと神秘な事件の端緒に出会(でくわ)した。

其の晩私は、いつもよりも多量にウイスキーを呷って、三友館の二階の貴賓席に上り込んで居た。何でももう十時近くであったろう、恐ろしく混んでいる場内は、霧のような濁った空気に充たされて、黒く、もくもくとかたまって蠢動(しゅんどう)している群衆の生温かい人いきれが、顔のお白粉を腐らせるように漂って居た。暗中にシャキシャキ軋(きし)みながら目まぐるしく展開して行く映画の光線の、グリグリと瞳を刺す度毎に、私の酔った頭は破(わ)れるように痛んだ。時々映画が消えてぱッと電燈がつくと、渓底(たにそこ)から沸き上る雲のように、階下の群衆の頭の上を浮動して居る煙草(たばこ)の烟(けむり)の間を透かして、私は真深いお高祖頭巾の蔭から、場内に溢れて居る人々の顔を見廻した。そうして私の旧式な頭巾の姿を珍しそうに窺(うかが)って居る男や、粋な着附けの色合いを物欲しそうに盗み視(み)ている女の多いのを、心ひそかに得意として居た。見物の女のうちで、いでたちの異様な点から、様子の婀娜(あだ)っぽい点から、乃至(ないし)器量の点からも、私ほど人の眼に着いた者はないらしかった。

始めは誰も居なかった筈(はず)の貴賓席の私の側の椅子が、いつの間に塞(ふさ)がったのか能(よ)くは知らないが、二三度目に再び電燈がともされた時、私の左隣りに二人の男女が腰をかけて居るのに気が附いた。

女は二十二三と見えるが、其の実六七にもなるであろう。髪を三つ輪に結って、総身をお召の空色のマントに包み、くッきりと水のしたたるような鮮やかな美貌(びぼう)ばかりを、此れ見よがしに露(あら)わにして居る。芸者とも令嬢とも判断のつき兼ねる所はあるが、連れの紳士の態度から推して、堅儀(かたぎ)の細君ではないらしい。

「……… Arrested at last. ………」

と、女は小声で、フィルムの上に現れた説明書を読み上げて、土耳古巻のM. C. C.の薫りの高い烟を私の顔に吹き附けながら、指に篏めて居る宝石よりも鋭く輝く大きい瞳を、闇の中できらりと私の方へ注いだ。

あでやかな姿に似合わぬ太棹の師匠のような皺嗄れた声、――其の声は紛れもない、私が二三年前に上海へ旅行する航海の途中、ふとした事から汽船の中で暫く関係を結んで居たT女であった。

女はその頃から、商売人とも素人とも区別のつかない素振りや服装を持って居たように覚えて居る。船中に同伴して居た男と、今夜の男とはまるで風采も容貌も変っているが、多分は此の二人の男の間を連結する無数の男が女の過去の生涯を鎖のように貫いて居るのであろう。兎も角其の婦人が、始終一人の男から他の男へと、胡蝶のように飛んで歩く種類の女であることは確かであった。二年前に船で馴染みになった時、二人はいろいろの事情から本当の氏名も名乗り合わず、境遇も住所も知らせずにいるうちに上海へ着いた。そうして私は自分に恋い憧れている女を好い加減に欺き、コッそり跡をくらまして了った。以来太平洋上の夢の中なる女とばかり思って居た其の人の姿を、こんな処で見ようとは全く意外である。あの時分やや小太りに肥えて居た女は、神々しい迄に痩せて、すッきりとして、睫毛の長い潤味を持った円い眼が、拭うが如くに冴え返り、男を男とも思わぬような凜々しい権威さえ具えている。触るるものに紅の血が濁染むかと疑われた生々しい唇と、耳朶の隠れそうな長い生え際ばかりは昔に変らないが、鼻は以前よりも少し嶮しい位に高く見えた。

女は果たして私に気が附いて居るのであろうか。どうも判然と確かめることが出来なかった。明りがつくと連れの男にひそひそ戯れて居る様子は、傍に居る私を普通の女と蔑んで、別段心にかけて居ないようでもあった。実際其の女の隣りに居ると、私は今迄得意であった自分の扮装を卑しまない訳には行かなかった。表情の自由な、如何にも生き生きとした妖女の魅力に気圧されて、技巧を尽した化粧も着附けも、醜く浅ましい化物のような気がした。女らしいと云う点からも、美しい器量からも、私は到底彼女の競争者ではなく、月の前の星のように果敢なく萎れて了うのであった。

朦々と立ち罩めた場内の汚れた空気の中に、曇りのない鮮明な輪郭をくッきりと浮かばせて、マントの蔭からしなやかな手をちらちらと、魚のように泳がせているあでやかさ。男と対談する間にも時々夢のような瞳を上げて、天井を仰いだり、眉根を寄せて群衆を見下ろしたり、真っ白な歯並みを見せて微笑んだり、其の度毎に全く別趣の表情が、溢れんばかりに湛えられる。如何なる意味をも鮮やかに表わし得る黒い大きい瞳は、場内の二つの宝石のように、遠い階下の隅からも認められる。顔面の凡べての道具が単に物を見たり、嗅いだり、聞いたり、語ったりする機関としては、あまりに余情に富み過ぎて、人間の顔と云うよりも、男の心を誘惑する甘味ある餌食であった。

もう場内の視線は、一つも私の方に注がれて居なかった。愚かにも、私は自分の人気を奪い去った其の女の美貌に対して、嫉妬と憤怒を感じ始めた。嘗ては自分が弄んで恣に棄ててしまった女の容貌の魅力に、忽ち光を消されて蹈み附けられて行く口惜しさ。事に依ると女は私を認めて居ながら、わざと皮肉な復讐をして居るのではないであろうか。

私は美貌を羨む嫉妬の情が、胸の中で次第々々に恋慕の情に変って行くのを覚えた。女としての競争に敗れた私は、今一度男として彼女を征服して勝ち誇ってやりたい。こう思うと、抑え難い欲望に駆られてしなやかな女の体を、いきなりむずと鷲摑(わしづか)みにして、揺す振って見たくもなった。

君は予の誰なるかを知り給うや。今夜久し振りに君を見て、予は再び君を恋し始めたり。今一度、予と握手し給うお心はなきか。明晩も此の席に来て、予を待ち給うお心はなきか。予は予の住所を何人にも告げ知らす事を好まねば、唯(ただ)願わくは明日の今頃、此の席に来て予を待ち給え。

闇(やみ)に紛れて私は帯の間から半紙と鉛筆を取出し、こんな走り書きをしたものをひそかに女の袂(たもと)へ投げ込んだ、そうして、又じッと先方の様子を窺っていた。

十一時頃、活動写真の終るまでは女は静かに見物していた。観客が総立ちになってどやどやと場外へ崩れ出す混雑の際、女はもう一度、私の耳元で、

「……… Arrested at last. ………」

と囁きながら、前よりも自信のある大胆な凝視を、私の顔に暫く注いで、やがて男と一緒に人ごみの中へ隠れてしまった。

「……… Arrested at last. ………」

女はいつの間にか自分を見附け出して居たのだ。こう思って私は竦然(しょうぜん)とした。

それにしても明日の晩、素直に来てくれるであろうか。大分昔よりは年功を経ているらしい相手の力量を測らずに、あのような真似(まね)をして、却(かえ)って弱点を握られはしまいか。いろいろの不安と疑惧(ぎぐ)に挟(さしはさ)まれながら私は寺へ帰った。

いつものように上着を脱いで、長襦袢一枚になろうとする時、ぱらりと頭巾の裏から四角にたたんだ小さい洋紙の切れが落ちた。

「Mr. S. K.」

と書き続けたインキの痕をすかして見ると、玉甲斐絹のように光っている。正しく彼女の手であった。見物中、一二度小用に立ったようであったが、早くも其の間に、返事をしたためて、人知れず私の襟元へさし込んだものと見える。

思いがけなき所にて思いがけなき君の姿を見申候。たとい装いを変え給うとも、三年此のかた夢寐にも忘れぬ御面影を、いかで見逃し候べき。妾は始めより頭巾の女の君なる事を承知仕候。それにつけても相変わらず物好きなる君にておわせしことの可笑しさよ。妾に会わんと仰せらるるも多分は此の物好きのおん興じにやと心許なく存じ候えども、あまりの嬉しさに兎角の分別も出でず、唯仰せに従い明夜は必ず御待ち申す可く候。ただし、妾に少々都合もあり、考えも有之候えば、九時より九時半までの間に雷門までお出で下されまじくや。其処にて当方より差し向けたるお迎いの車夫が、必ず君を見つけ出して拙宅へ御案内致す可く候。君の御住所を秘し給うと同様に、妾も今の在り家を御知らせ致さぬ所存にて、車上の君に眼隠しをしてお連れ申すよう取りはからわせ候間、右御許し下され度、若しこの一事を御承引下され候わずば、妾は永遠に君を見ることかなわず、之に過ぎたる悲しみは無之候。

私は此の手紙を読んで行くうちに、自分がいつの間にか探偵小説中の人物となり終せて居るのを感じた。不思議な好奇心と恐怖とが、頭の中で渦を巻いた。女が自分の性癖を呑み込んで居て、わざとこんな真似をするのかとも思われた。

明くる日の晩は素晴らしい大雨であった。私はすっかり服装を改めて、対の大島の上にゴム引きの外套を纏い、ざぶん、ざぶんと、甲斐絹張りの洋傘に、滝の如くたたきつける雨の中を戸外へ出た。新堀の溝が往来一円に溢れているので、私は足袋を懐へ入れたが、びしょびしょに濡れた素足が家並みのランプに照らされて、ぴかぴか光って居た。夥しい雨量が、天からざあざあと直瀉する喧囂の中に、何も彼も打ち消されて、ふだん賑やかな広小路の通りも大概雨戸を締め切り、二三人の臀端折りの男が、敗走した兵士のように駈け出して行く。電車が時々レールの上に溜まった水をほとばしらせて通る外は、ところどころの電柱や広告のあかりが、朦朧たる雨の空中をぼんやり照らしているばかりであった。

外套から、手首から、肘の辺まで水だらけになって、漸く雷門へ来た私は、雨中にしょんぼり立ち止りながらアーク燈の光を透かして、四辺を見廻したが、一つも人影は見えない。何処かの暗い隅に隠れて、何物かが私の様子を窺っているのかも知れない。こう思って暫く佇んで居ると、やがて吾妻橋の方の暗闇から、赤い提灯の火が一つ動き出して、がらがらがらと街鉄の鋪き石の上を駛走して来た旧式な相乗りの俥がぴたりと私の前で止まった。

「旦那、お乗んなすって下さい。」

深い饅頭笠に雨合羽を着た車夫の声が、車軸を流す雨の響きの中に消えたかと思うと、男はいきなり私の後へ廻って、羽二重の布を素早く私の両眼の上へ二た廻り程巻きつけて、蟀谷の皮がよじれる程強く緊め上げた。

「さあ、お召しなさい。」

こう云って男のざらざらした手が、私を摑んで、惶しく俥の上へ乗せた。

しめっぽい匂いのする幌の上へ、ぱらぱらと雨の注ぐ音がする。疑いもなく私の隣りには女が一人乗って居る。お白粉の薫りと暖かい体温が、幌の中へ蒸すように罩っていた。

轅を上げた俥は、方向を晦ます為めに一つ所をくるくると二三度廻って走り出したが、右へ曲り、左へ折れ、どうかするとLabyrinthの中をうろついて居るようであった。時々電車通りへ出たり、小さな橋を渡ったりした。

長い間、そうして俥に揺られて居た。隣りに並んでいる女は勿論T女であろうが、黙って身じろぎもせずに腰かけている。多分私の眼隠しが厳格に守られるか否かを監督する為めに同乗して居るものらしい。しかし、私は他人の監督がなくても、決して此の眼かくしを取り外す気はなかった。海の上で知り合いになった夢のような女、大雨の晩の幌の中、夜の都会の秘密、盲目、沈黙――――凡べての物が一つになって、渾然たるミステリーの靄の裡に私を投げ込んで了って居る。

やがて女は固く結んだ私の唇を分けて、口の中へ巻煙草を挿し込んだ。そうしてマッチを擦って火をつけてくれた。

一時間程経って、漸く俥は停った。再びざらざらした男の手が私を導きながら狭そうな路次を二三間行くと、裏木戸のようなものをギーと開けて家の中へ連れて行った。

眼を塞がれながら一人座敷に取り残されて、暫く坐っていると、間もなく襖の開く音がした。女は無言の儘、人魚のように体を崩して擦り寄りつつ、私の膝の上へ仰向きに上半身を靠せかけて、そうして両腕を私の項に廻して羽二重の結び目をはらりと解いた。

部屋は八畳位もあろう。普請と云い、装飾と云い、なかなか立派で、木柄なども選んではあるが、丁度此の女の身分が分らぬと同様に、待合とも、妾宅とも、上流の堅気な住まいとも見極めがつかない。

一方の縁側の外にはこんもりとした植え込みがあって、其の向うは板塀に囲われている。唯此れだけの眼界では、此の家が東京のどの辺にあたるのか、大凡その見当すら判らなかった。

「よく来て下さいましたね。」

こう云いながら、女は座敷の中央の四角な紫檀の机へ身を靠せかけて、白い両腕を二匹の生き物のように、だらりと卓上に匍わせた。襟のかかった渋い縞お召に腹合わせ帯をしめて、銀杏返しに結って居る風情の、昨夜と恐ろしく趣が変っているのに、私は先ず驚かされた。

「あなたは、今夜あたしがこんな風をして居るのは可笑しいと思っていらッしゃるんでしょう。それでも人に身分を知らせないようにするには、こうやって毎日身なりを換えるより外に仕方がありませんからね。」

卓上に伏せてある洋盃を起して、葡萄酒を注ぎながら、こんな事を云う女の素振りは、思ったよりもしとやかに打ち萎れて居た。

「でも好く覚えて居て下さいましたね。上海でお別れしてから、いろいろの男と苦労もして見ましたが、妙にあなたの事を忘れることが出来ませんでした。もう今度こそは私を棄てないで下さいまし。身分も境遇も判らない、夢のような女だと思って、いつまでもお附き合いなすって下さい。」

女の語る一言一句が、遠い国の歌のしらべのように、哀韻を含んで私の胸に響いた。昨夜のような派手な勝気な悧発な女が、どうしてこう云う憂鬱な、殊勝な姿を見せることが出来るのであろう。さながら万事を打ち捨てて、私の前に魂を投げ出しているようであった。

「夢の中の女」「秘密の女」朦朧とした、現実とも幻覚とも区別の附かない Love adventure の面白さに、私は其れから毎晩のように女の許に通い、夜半の二時頃迄遊んでは、また眼かくしをして、雷門まで送り返された。一と月も二た月も、お互に所を知らず、名を知らずに会見していた。女の境遇や住宅を捜り出そうと云う気は少しもなかったが、だんだん時日が立つに従い、私は妙な好奇心から、自分を乗せた俥が果して東京の何方の方面に二人を運んで行くのか、唯其れだけを是非共知って見たくなった。三十分も一時間も、時とすると一時間半もがらがらと市街を走ってから、轅を下ろす女の家は、案外雷門の近くにあるのかも知れない。私は毎夜俥に揺す振られながら、此処か彼処かと心の中に憶測を廻らす事を禁じ得なかった。

或る晩、私はとうとうたまらなくなって、

「一寸でも好いから、この眼かくしを取ってくれ。」

と俥の上で女にせがんだ。

「いけません、いけません。」

と、女は慌てて、私の両手をシッかり抑えて、其の上へ顔を押しあてた。

「何卒そんな我が儘を云わないで下さい。此処の往来はあたしの秘密です。此の秘密を知られればあたしはあなたに捨てられるかも知れません。」

「どうして私に捨てられるのだ。」

「そうなれば、あたしはもう『夢の中の女』ではありません。あなたは私を恋して居るよりも、夢の中の女を恋して居るのですもの。」

いろいろに言葉を尽して頼んだが、私は何と云っても聴き入れなかった。

「仕方がない、そんなら見せて上げましょう。………其の代り一寸ですよ。」

女は嘆息するように云って、力なく眼かくしの布を取りながら、

「此処(どこ)が何処だか判りますか。」

と、心許(こころもと)ない顔つきをした。

美しく晴れ渡った空の地色は、妙に黒ずんで星が一面にきらきらと輝き、白い霞(かすみ)のような天の川が果てから果てへ流れている。狭い道路の両側には商店が軒を並べて、燈火の光が賑やかに町を照らしていた。

不思議な事には、可なり繁華な通りであるらしいのに、私は其れが何処の街であるか、さっぱり見当が附かなかった。俥はどんどん其の通りを走って、やがて一二町先の突き当りの正面に、精美堂と大きく書いた印形屋(いんぎょうや)の看板が見え出した。

私が看板の横に書いてある細い文字の町名番地を、俥の上で遠くから覗(のぞ)き込むようにすると、女は忽ち気が附いたか、

「あれッ」

と云って、再び私の眼を塞(ふさ)いで了(しま)った。

賑やかな商店の多い小路で突きあたりに印形屋の看板の見える街、――どう考えて見ても、私は今迄通ったことのない往来の一つに違いないと思った。子供時代に経験したような謎(なぞ)の世界の感じに、再び私は誘(いざな)われた。

「あなた、あの看板の字が読めましたか。」

「いや読めなかった。一体此処は何処なのだか私にはまるで判らない。私はお前の生活に就いては三年前の太平洋の波の上の事ばかりしか知らないのだ。私はお前に誘惑されて、何だか遠い海の向うの、幻の国へ伴れて来られたように思われる。」

私が斯う答えると、女はしみじみとした悲しい声で、こんな事を云った。

「後生だからいつまでもそう云う気持で居て下さい。幻の国に住む、夢の中の女だと思って居て下さい。もう二度と再び、今夜のような我が儘を云わないで下さい。」

女の眼からは、涙が流れて居るらしかった。

其の後暫く、私は、あの晩女に見せられた不思議な街の光景を忘れることが出来なかった。燈火のかんかんともっている賑やかな狭い小路の突き当りに見えた印形屋の看板が、頭にはッきりと印象されて居た。何とかして、あの町の在りかを捜し出そうと苦心した揚句、私は漸く一策を案じ出した。

長い年月の間、毎夜のように相乗りをして引き擦り廻されて居るうちに、雷門で俥がくるくると一つ所を廻る度数や、右に折れ左に曲る回数まで、一定して来て、私はいつともなく其の塩梅を覚え込んでしまった。或る朝、私は雷門の角へ立って眼をつぶりながら二三度ぐるぐると体を廻した後、此の位だと思う時分に、俥と同じ位の速度で一方へ駆け出して見た。唯好い加減に時間を見はからって彼方此方の横町を折れ曲るより外の方法はなかったが、丁度此の辺と思う所に、予想の如く、橋もあれば、電車通りもあって、確かに此の道に相違ないと思われた。

道は最初雷門から公園の外郭を廻って千束町に出て、龍泉寺町の細い通りを上野の方へ進んで行ったが、車坂下で更に左へ折れ、お徒町の往来を七八町も行くとやがて又左へ曲り始める。私は其処でハタと此の間の小路にぶつかった。

成る程正面に印形屋の看板が見える。

其れを望みながら、秘密の潜んでいる巌窟の奥を究めでもするように、つかつかと進んで行ったが、つきあたりの通りへ出ると、思いがけなくも、其処は毎晩夜店の出る下谷竹町の往来の続きであった。いつぞや小紋の縮緬を買った古着屋の店もついゝ二三間先に見えて居る。不思議な小路は、三味線堀と仲お徒町の通りを横に繋いで居る街路であったが、どうも私は今迄其処を通った覚えがなかった。散々私を悩ました精美堂の看板の前に立って、私は暫く彳んで居た。燦爛とした星の空を戴いて夢のような神秘な空気に蔽われながら、赤い燈火を湛えて居る夜の趣とは全く異り、秋の日にかんかん照り附けられて乾涸びて居る貧相な家並を見ると、何だか一時にがっかりして興が覚めて了った。

抑え難い好奇心に駆られ、犬が路上の匂いを嗅ぎつつ自分の棲み家へ帰るように、私は又其処から見当をつけて走り出した。

道は再び浅草区へ這入って、小島町から右へ右へと進み、菅橋の近所で電車通りを越え、代地河岸を柳橋の方へ曲って、遂に両国の広小路へ出た。女が如何に方角を悟らせまいとして、大迂廻をやっていたかが察せられる。薬研堀、久松町、浜町と来て蠣浜橋を渡った処で、急に其の先が判らなくなった。

何んでも女の家は、此の辺の路次にあるらしかった。一時間ばかりかかって、私は其の近所の狭い横町を出つ入りつした。

丁度道了権現の向い側の、ぎっしり並んだ家と家との庇間を分けて、殆ど眼につかないような、細い、ささやかな小路のあるのを見つけ出した時、私は直覚的に女の家が其の奥に潜んで居ることを知った。中へ這入って行くと右側の二三軒目の、見事な洗い出しの板塀に囲まれた二階の欄干から、松の葉越しに女は死人のような顔をして、じっと此方を見おろして居た。

思わず嘲るような瞳を挙げて、二階を仰ぎ視ると、寧ろ空惚けて別人を装うものの如く、女はにこりともせずに私の姿を眺めて居たが、別人を装うても訝しまれぬくらい、其の容貌は夜の感じと異って居た。たッた一度、男の乞いを許して、眼かくしの布を弛めたばかりに、秘密を発かれた悔恨、失意の情が見る見る色に表われて、やがて静かに障子の蔭へ隠れて了った。

女は芳野と云う其の界隈での物持の後家であった。あの印形屋の看板と同じように、凡べての謎は解かれて了った。私は其れきり其の女を捨てた。

二三日過ぎてから、急に私は寺を引き払って田端の方へ移転した。私の心はだんだん「秘密」などと云う手ぬるい淡い快感に満足しなくなって、もッと色彩の濃い、血だらけな歓楽を求めるように傾いて行った。

憎念

私は「憎み」と云う感情が大好きです。「憎み」ぐらい徹底した、生一本な、気持ちのいい感情はないと思います。人を憎むと云う事は、人を憎んで憎み通すと云う事は、ほんとうに愉快なものです。

仮りに自分の友達の中に憎らしい人間が居るとする。私は決して其の友達と絶交しません。いつまでも彼と交際して表面はいかにも深切に装って、内々腹の底で軽蔑したり、意地の悪い行動を取ったり、皮肉なお世辞を浴びせたり、空惚けて欺かしたり、散々愚弄し抜いてやりたいと思います。若し世の中に憎らしい人間が居なかったら、どんなに私の心は淋しいか判りません。

私は自分が憎んで居る男の顔をハッキリと覚えて居ます。恋いしい女の顔よりももっとハッキリ覚えて居ます。そうして、いつでも其の輪廓をまざまざと眼前に描き出す事が出来ます。どうかすると、其の男が憎いと同様に、其の男の皮膚の色、肌理の工合、鼻の形、手足の恰好までが憎くて憎くて溜らない事があります。「憎い足つきだ。」「憎い手つきだ。」「憎い皮膚の色だ。」などと思います。

私が始めてこんな感情を経験したのは、極めて幼い、七つか八つの、少年時代でした。其の頃私の家に、安太郎と云う十二三の、色の黒い、眼のグリグリした、腕白盛りの小僧が奉公して居ました。子供に似合わず生意気で、口が達者で、時々番頭や女中から叱言を云われても相手を馬鹿にしてなかなか云う事を聴きません。毎晩店の用事が済むと小いさな天神机に向って、習字の稽古をさせられる慣例になって居ましたが、いつも満足に勉強した事はありませんでした。大概居睡りをして居るか、さもなければ、

「坊っちゃん坊っちゃん。ちょいと此処へ入らっしゃい。」

こう云って私を相手にいろいろな話をしながら、草紙の上へ徒ら書きをして夜を更かします。

「坊ちゃんに此の絵がわかりますか。」

こんな事を云って、安太郎は随分尾籠な、怪わしい図を描いては、私をキャッキャッと笑わせたりしました。

私は最初安太郎が大好きでした。何となく下品な奴だとは思いながら、それでも彼の可笑しな絵を見るのが面白くて、毎晩店の退けるのを楽しみに、彼の机の傍へ行きました。

「安太郎、今度はあたいがお屁をして居る所を画いて御覧。」

などと、自分の方から滑稽な題を択んで乱暴極まる絵を書かせては止め度もなく笑い興じます。安太郎は又、容易に少年の耳に入り難いさまざまの智識——例えば人間はどうして子を生むのだとか、如何にして生まれるのだとか云うような、不思議な智識を私の頭へ注入しました。日を経るに従って、私と彼との交情は益々親密になり、安太郎が戸外へ使いに行く時には私もそっと附いて行って、一緒に道草を喰ったり、買い喰いをしたりするようになりました。

すると、或る日曜日の昼頃の事です。店は朝から休みなので、番頭だの手代だの、多くの奉公人はみんな遊びに出掛けて了いましたが、小僧の安太郎だけは留守番を命ぜられて、何処へも行く事が出来ません。相変らず私を相手にして、誰も居ないのを幸いに、勝手放題な悪騒ぎをして居ると、

「安公！　いい加減にしないかい。坊っちゃんに悪い事ばかり教えないでちっと手習いでもするがいいや。」

こう云って、口穢く罵りながら、二階の男部屋の梯子段を下りて来た者があります。それは手代の善兵衛と云う、三十五六の、でっぷりと太った、見たところいかにも憎体な赭ら顔の男でした。此れから何処へ出掛ける積りなのか余所行きの表附きの駒下駄を片手に提げて、ピカピカ光る糸織の羽織に同じ

ような縞の綿入を着て、いつになく髪の毛を綺麗に分けて居ます。

「善どん、何処へ行くんだい。大そうめかし込んでるじゃないか。」

安太郎は狡猾(ずる)そうな眼つきをして、善兵衛の身なりをジロジロと眺めました。

「何処へ行こうと余計なお世話だ。」

持って居た駒下駄を土間へ卸(おろ)して両足に突掛(つっか)けると、善兵衛は上(あが)り框(かまち)に腰かけながら、何となくそわそわして、柱時計を見上げて居ます。

「へん、お楽しみだね。」

と、安太郎は首をちぢめて、再び冷やかしました。

「何がお楽しみだ？　解りもしねえ癖に、ほんとに手前(てめえ)は生意気だな。」

「生意気でもまだ女郎買いは知らねえや。」

「なんだと？」

善兵衛は急に嶮しい顔つきをして、安太郎を睨め付けながら、

「女郎買いがどうしたと云うんだ。もう一遍云って見ろ、承知しねえから。……………黙って居りゃあ好い気になって、つまらねえお喋舌(しゃべ)りばかりしやあがる。」

「そんなに怒らなくってもいいじゃないか。己はまだ女郎買いを知らないと云っただけなんだ。」

「何の用があってそんな事を云ったんだ。手前は此の間あんなに擲られて置きながら、まだ性懲(しょうこ)りもねえと見えるな。」

善兵衛は私の居る前で自分の秘密を発(あば)かれたら、やがて主人に告げ口されるとでも思ったのでしょう。

見る見る額に青筋を立てて、心配そうに私の顔色を判じながら、いきなりコツンと安太郎のいゝが栗頭を撲り付けました。

「あ痛え、人！　馬鹿にしてやがらあ。」

「手前なんざ口で云ったって承知しねえから、後悔するまで斯うしてやるんだ。此れからちッと気を付けろ。」

「何云ってやがるんだい！　手前こそほんとに気を付けるがいいや。毎晩毎晩店を抜け出して、明け方になって帰って来る癖に、人が知らないと思ったって、みんな判ってるんだ。」

安太郎は擲られた口惜しまぎれに、もう真剣の喧嘩口調で大声にこう叫びました。続いて又ぽかぽかと横面を打たれましたが、

「畜生！　擲るならいくらでも擲れ。さあ打て、沢山打ってくれ。」

と、腕を捲くって向って行きます。

善兵衛は自分の方から事を荒立てて、子供ながらも相手の見幕の凄じいのに今更躊躇したものの、最早や黙って引込む訳に行きません。忽ち小僧の襟頸を摑んで、土間へ引き摺り倒すと同時に、拳固を固めて滅多打ちに擲り始めました。

たゝきの上へ俯向きに押し潰された安太郎は、撥ね起きようと両足を藻掻きながら聞えよがしにわざと素晴らしい悲鳴を挙げて、矢鱈無上に善兵衛の毛脛の辺を引掻いたり、抓ったりします。例の余所行きの羽織の袖が、びりびりとちぎれて了いました。

私は暫くアッケに取られて、ぼんやりと二人の格闘を眺めて居ました。其の時妙に私の目を引き付け

たものは、大兵肥満の男の膝に組み敷かれた安太郎の哀れに歪んだ容貌と、苦しげにのた打ち廻る両足の運動でした。黄色い、肉附きのいい足の裏が、五本の指を開いたり、縮めたりして力強く蠢めいて居る様子を見ると、何だか安太郎と云う人格とは全く関係のない、或る不思議な動物であるかのように感ぜられました。殊に其の顔の歪んだ輪廓の面白さ！　私の立って居る所からは、安太郎の喉笛を搾って泣き叫ぶ度毎にカッと開かれる真赤な口腔と、低い鼻の孔の中がまざまざと見えるのでした。

「何と云う醜い、汚ならしい、鼻の孔だろう。」――――そんな考えが、ふと私の頭に浮かびました。そうして、彼の鼻柱が苦痛の表情に連れていろいろなひしゃげた形に変化するのを、黙ってまじまじと視詰めて居ました。

「人間の顔には、どうして鼻の孔なんぞが附いて居るのだろう。あの孔がなかったら、人間の顔はもう少し綺麗だったろう。………」

子供心にも、私はおぼろげにこんな意味の不満足を抱きました。

二人の喧嘩は間もなく女中の仲裁に依って鎮まりましたが、私は其の後幾日立っても、例の鼻の孔の恰好を忘れる事が出来ませんでした。飯を喰う時にはキッと其の恰好が眼先へちらちらして気持ちを悪くさせました。おかしな事には、そんなに嫌いでありながら私は矢っ張り時々安太郎の傍へ行って、密かに頤の下の方から鼻つきを窺って見ないと、気の済まない事があるのです。

「お前はほんとに卑しい奴だ。醜悪な人間だ。其の無恰好な鼻を見ろ。」

安太郎の前へ出ると、私は必ず腹の底で斯う呟きました。今迄あれ程仲の好かった間柄でも一旦鼻の事を想い出すと、唯訳もなく彼が憎らしくて溜らないようになりました。

しかし、彼の方では、私の心にそんな変化が起った事を気が付く筈がありません。やはり以前の通りに親しみ深く、他意のない調子で話しかけるのです。考えて見ると、私は其の頃から年に似合わぬ陰険な狡猾な少年でした。私は胸に悪意を抱きながら、早速それを外面に現わすような単純な子供ではありませんでした。却って何処までも馴れ馴れしく、何処までも優しげに接近して見せました。彼に対する私の行為が深切になればなる程、快活になればなる程、反対に胸の中の憎悪は、ますます強く盛んになりました。而も其の葺えかえるような反感を心の底に深く畳みながら、何喰わぬ顔で無邪気に振る舞って見せるのが私には痛快で溜らなかったのです。

「彼奴は己に欺されて居る。馬鹿な奴だ。己より年が上の癖によっぽど智恵の足りない奴だ。」

と、私は密かに侮辱の言葉を吐いて、何とも云えぬ喜ばしさを覚えました。どうかすると昔のお家騒動に出て来る奸佞邪智な寵臣――たとえば大槻傳蔵だとか、小栗美作だとか云う人々の境遇を自分にあて嵌めて見たりしました。私は一層安太郎が自分の主人で、私が此の家の小僧であったら、尚面白いだろうとさえ考えました。そうすれば私は思うさまおベッかを使って、彼を散々馬鹿にする事が出来るのです。何とかして、自分の悪意を相手に知らせずに彼を陥れる方法はなかろうか？　唯腹の中で侮辱するだけでは、私は次第に満足する事が出来なくなりました。誰かを唆かして、また此の間のように彼奴を滅茶苦茶に擲らせて見たい。自分は蔭の人となって、糸を繰つりつつ、彼の泣き叫ぶ表情を眺めてやりたい。成る可く惨酷な苦痛を与えてやりたい。たとえ不具者になろうと、死んで了おうとどんな結果になろうと構わないから、彼奴の醜悪な鼻柱を血の出る程叩きつけてやりたい。――――私は始終そんな事を企んで、頻りに適当な計略と機会を狙って居ました。頭の中には常に安太郎の悲鳴の声や、歪んだ顔つきや、悶え廻る手足の恰好が甘い誘惑物のように一種不思議な牽引力を以て映って居ました。

其の当時、私はどうしてこんなに安太郎が憎くなったのか、自分でもよく分りませんでした。今迄あれ程睦じかったのが、急に反感を持ち始めて、聞くも恐ろしい害意を抱くようになったのには何か知ら原因がある筈です。けれども子供の私は一切夢中で、深くも其の理由を反省する余裕がありませんでした。唯其の時の自分の気持ちだけは、未だにハッキリ覚えて居ます。私の安太郎に対する悪感は、殆んど不可抗的の心理作用で、普通の「毛嫌い」とか「忌憚」とか云うものよりもっと深い、もっと根本的な気持ちでした。ですから、「憎悪」と云う浅薄な言葉を以て、その感情を形容するのは或は不適当かも知れません。例えて見ると我れ我れが食事の最中に或る汚穢(おわい)な事物を想像する時、何とも云えない、嘔吐を催すような不愉快を覚える事があるでしょう?――丁度あの気持ちに似て居るのです。安太郎の顔を眺めて居ると、あの通りな気分に襲われて、口の中に生唾液(なまつばき)が溜って来るのです。

いかなる点から云っても、私は安太郎を憎む可き道理を発見しないのです。彼は悪人になった訳でもありません。私に無礼を働いた事もありません。彼と善兵衛の喧嘩に就いても、寧ろ善兵衛の方に後ろ暗い事があればこそ、あんなに怒ったのだろうと思われます。本来ならば、私は善兵衛を憎んで彼に同情を寄せるのが自然であったかも知れません。畢竟(ひっきょう)、私が彼を憎み始めたのは今迄の「私」以外の、ある微妙な要素が私の心に生れ出た結果であろうと推測されます。語を換えて云えば、一種のフリュウリングス・エルワッヘンが変則な形式で私の体に到来したのです。

前にも述べた通り、私は安太郎が善兵衛に擲られる光景(ありさま)を目撃した時、彼の手足や顔面の筋肉のもくもくと運動する様子に惹き付けられて、音楽を聞くような気分に誘(いざな)われました。私は安太郎と云う人格の存在を忘れて、彼の肉体の部分々々に刹那的の興味を覚えました。

「自分も善兵衛のように、彼奴の太股を踏んづけてやりたい。彼奴の頬ッぺたを抓ってやりたい。」

そんな風に考えました。そうして此れが私の安太郎を憎み始めるキッカケになったのです。

私は彼の鼻の恰好を嫌いました。私は彼の容貌を熟視するに堪えませんでした。丁度癇癖の強い人が、嫌いな食物を出されると胸がムカムカするように、私の彼に対する感情は、彼の肉体から受ける官能的の刺戟に依って支配されて了ったのです。私は着物や食物に対すると同じように安太郎を取り扱かって了ったのです。

醜く、色黒く、而も豊かに肥えて居る彼の体質――それを見て擲りたくなったり抓りたくなったり、そう云ういろいろな想像に耽るのは、恐らく私ばかりではなかろうと思います。誰でも此れに類した経験を持って居る事と信じます。多くの読者は、私達の少年時代に蠟しんこと云う玩具のあった事を御存じでしょう？　あの玩具が子供に喜ばれて、一時非常に流行したのはどう云う訳でしょう？　蠟しんこを以て、さまざまな形のしんこ細工を拵える事も、勿論愉快であったには相違ありません。しかし、其れよりも、われわれ少年の好奇心を動かしたのは、あのグニャグニャした、柔かい、粘ッこい物質自身にあるのです。あの物質を見ると、誰でも掌で丸めていたずらをしたくなるのです。子供には無意識に面白かったのです。あの物質を自由勝手に伸ばしたり圧しつけたり摘まんだりする手触りが、子供には無意識に面白かったのです。

こう云う例はまだ外にも沢山あります。たとえば食物の中で格別何の味もない蒟蒻や心太などを人間が好むのはどう云う訳でしょうか、やっぱりあのブルブルした物質を箸でちぎったり、舌で触ったりするのが余計面白いからでしょう。――多くの人はみんな無意識に此の本能に駆られて居るのです。よく世間には、頼まれもしないのに他人の頭の白髪を抜いてやったり、腫物の膿を搾ってやったり、そんな事の大好きな女があります。あれなども、一般の人間が少しずつ持って居る共通な性癖だろうと思われます。

私が安太郎の肉体の虐げられるのに興味を覚えたのは、つまり蠟しんこや蒟蒻玉を喜ぶのと同じ気持ちなのです。蒟蒻だの心太がブルブルと動揺する様は、傍で見て居るだけでも変に面白いものです。私は全くそのような好奇心から、もう一遍安太郎ののたうち廻る光景を眺めたくなったのでした。

私はとうとう巧妙な計略を案出しました。或る日、安太郎が使いに遣られた隙を窺って、そッと彼の天神机の抽出しから「佐藤安太郎」と鞘へ名前の彫り付けてある小刀を盗み出しました。そうして、誰にも知れないように二階の男部屋へ忍んで行きましたが、好い塩梅に店の忙がしい最中なので、其処には奉公人が一人も居ませんでした。私は大急ぎで善兵衛の荷物を入れた行李の蓋を開けると、中に畳んである余所行きの衣類を滅茶苦茶に覆した揚句、例の小刀でところどころを引裂きました。それからわざと鞘の方だけを行李の底に残して再びもとのように蓋をしたまま、何喰わぬ顔で二階を下りて了ったのです。小刀の身の方も、こっそりと戸外の溝へ捨てました。

二三日は何事もなく過ぎました。

「此の次ぎの日曜までには、きっと騒ぎが持ち上るだろう。――――近いうちにお前はひどい目に遇わされるのだ。お前は自分で自分の運命を知らないのだ。」

そう思って、私は胸を時めかせながら、表面はますます安太郎を可愛がって見せたのです。

すると案の定、日曜日の朝になって、私の謀計は首尾よく効を奏しました。善兵衛は外の奉公人が残らず出払った折りを待ち受け、私と仲よく遊んで居た安太郎を捕えて、例の小刀の鞘を証拠に酷しく糺問し始めました。

「証拠がありながら知らねえと云う奴があるか。貴様のような奴は行く末どんな者になるか判りゃしねえ。ほんとにまあ呆れ返った野郎だ。――――え、おい！　どうしても白状しない積りなんだな。」

「いくら聞いたって、覚えのない事は白状出来ないよ。考えて見ても解るじゃないか。己がしたのなら、わざわざ名前の書いてある物を行李の中へ残して置く馬鹿があるもんか。」

こうは云ったものの、安太郎は相手の見幕に恐れて、もう顔の色は真青でした。

「貴様でなくって誰がするもんか。よしよし、白状しなければ交番へ連れて行って、巡査に引き渡すから己と一緒に来い！」

善兵衛の怒り方は大人が子供に対するようではありませんでした。心から腹が立って、いまいましくて溜らないように、血走った眼を見据えながら、グイグイと安太郎を土間の方へ引き摺って行きます。其の様子では、ほんとうに交番へ引き渡す気なのかも知れません。

安太郎は襟首を摑まれたまま、柱にしがみ着いたり、下駄箱にかじり着いたり、一生懸命に蹈ん張って見ましたが、大人の腕力には抗わないで、ずるずると曳き摺られて了います。もう二人共一言も口をききませんでした。お互いに物凄い程黙って、渾身の力を籠めつつ、引っ張りッこをして居るのです。

やがてどたんと云う地響きがしたかと思うと、安太郎は何に躓いたのか土間へ仰向けに倒れました。同時に彼はけたたましい声を立てて号泣しながら善兵衛の向う脛へいやと云う程喰い付いたのです。

「畜生！　畜生！」

と連呼しつつ、善兵衛は続けざまに彼を足蹴にして、顔と云わず手足と云わず、踏むやら擲るやら、非常な騒動が始まりました。

私は静かに其の光景を傍観しました。着物の襟は拡がり、裾は捲くれて、大部分が露わになった安太郎の体は、此の前よりも、一層激しい苦痛に堪え兼ね虚空を打って暴れ廻りました。例の醜い小鼻の筋肉の収縮する工合は、殊に遺憾なく発揮されました。

それから間もなく、私が悪魔の本性を現わして、そろそろ正面から安太郎を憎み始め、自ら手を下して彼をいじめるようになったのは、寧ろ当然の径路でありましょう。遂には誰に限らず奉公人を苦しめるのが、私の癖になって了いました。

「お前が乱暴だから、内の女中は居附かなくって仕様がない。」

母はよくこんな事を云いました。いつも新参の女中が見えると当分其の女が馬鹿に気に入って、今迄可愛がって居た古参の女中を憎み出す。――――こう云う順序に私の感情は始終移って行きました。

私には気に入った女中と同様に、憎らしい女中の存在が必要でした。

其の後私は小学校を卒業し、中学校を卒業し、高等学校を卒業して、大学へ這入りました。しかし、今日でも人を憎む時には、全く彼の頃と同じ気持ちに支配されて居る事を白状します。ただ其れを行為に現わさない、そうして現わす事が出来ないだけの相違です。

「恋愛」と同じく「憎悪」の感情は、道徳上や利害上の原因よりも、もっと深い所から湧いて来るのだと思います。私は性欲の発動を覚えるまで、ほんとうに人を憎むと云う事を知りませんでした。

人魚の嘆き

むかしむかし、まだ愛新覚羅氏の王朝が、六月の牡丹のように栄え耀いて居た時分、支那の大都の南京に孟世燾と云う、うら若い貴公子が住んで居ました。此の貴公子の父なる人は、一と頃北京の朝廷に仕えて、乾隆の帝のおん覚えめでたく、人の羨むような手柄を著わす代りには、人から擯斥されるような巨万の富をも拵えて、一人息子の世燾が幼い折に、此の世を去ってしまいました。すると間もなく、貴公子の母なる人も父の跡を追うたので、取り残された孤児の世燾は、自然と山のような金銀財宝を、独り占めする身の上となったのです。

年が若くて、金があって、おまけに由緒ある家門の誉を受け継いだ彼は、もう其れだけでも充分仕合わせな人間でした。然るに仕合わせは其れのみならず、世にも珍しい美貌と才智とが、此の貴公子の顔と心とに恵まれて居たのです。彼の持って居る夥しい貲財や、秀麗な眉目や、明敏な頭脳や、其れ等の特長の一つを取って比べても、南京中の青年のうちで、彼の仕合わせに匹敵する者は居ませんでした。彼を相手に豪奢な遊びを競い合い、教坊の美妓を奪い合い、詩文の優劣を争う男は、誰も彼も悉く打ち負かされてしまいました。そうして南京に有りと有らゆる、煙花城中の婦女の願いは、たとえ一と月半月なりと、あの美しい貴公子を自分の情人にする事でした。

世燾は、斯う云う境遇に身を委ねて、漸く総角の除れた頃から、いつとはなしに遊里の酒を飲み始め、其の時分の言葉で云う、窃玉偸香の味を覚えて、二十二三の歳までには、凡そ世の中の放蕩と云う放蕩、贅沢と云う贅沢の限りを仕尽してしまいました。そのせいか近頃は、頭が何となくぼんやりして、何処へ行っても面白くないので、終日邸に籠居したまま、うつらうつらと無聊な月日を送って居ます。

「どうだい君、此の頃はめっきり元気が衰えたようだが、ちと町の方へ遊びに出たらいいじゃないか。

まだ君なんぞは、道楽に飽きる年でもないようだぜ。」

悪友の誰彼が、斯う云って誘いに来ると、いつも貴公子は慵げな瞳を据えて、高慢らしくせせら笑って答えるのです。

「うん、………己だってまだ道楽に飽きては居ない。しかし遊びに出たところで、何が面白い事があるんだい。己にはもう、有りふれた町の女や酒の味が、すっかり鼻に着いて居るんだ。ほんとうに愉快な事がありさえすれば、己はいつでもお供をするが、………」

貴公子の眼から見ると、年が年中同じような色里の女に溺れて、千篇一律の放蕩を謳歌して居る悪友どもの生活が、寧ろ不憫に思われる事さえありました。若しも女に溺れるならば、普通以上の女でありたい。若し放蕩を謳歌するなら、常に新しい放蕩でありたい。貴公子の心の底には、斯う云う欲望が燃えて居るのに、其の欲望を満足させる恰好な目標が見当らないので、よんどころなく彼は閑散な時を過して居るのでした。

しかし、世熹の財産は無尽蔵でも、彼の寿命は元より限りがありますから、そういつ迄も美しい「うら若さ」を保つ訳には行きません。貴公子も折々其れを考えると、急に歓楽が欲しくなって、ぐずぐずしては居られないような気分に襲われる事があります。何とかして今のうちに、現在自分の持って居る「うら若さ」の消えやらぬ間に、もう一遍たるんだ生活を引き摺って、冷えかかった胸の奥に熱湯のような感情を沸騰させたい。連夜の宴楽、連日の讌戯に浸りながら、猶倦むことを知らなかった二三年前の昂奮した心持ちに、どうかして今一度到達したい。などと焦っては見るのですが、別段今日になって、彼を有頂天にさせるような、香辣な刺戟もなければ斬新な方法もないのです。もはや歓楽の絶頂を極め、痴狂の数々を経験し尽した彼に取って、もう其れ以上の変った遊びが、此の世に存在する筈はありませんでした。

そこで貴公は仕方なしに、自分の家の酒庫にある、珍しい酒を残らず卓上へ持ち来らせ、又町中の教坊に、四方の国々から寄り集まった美女の内で、殊更才色のめでたい者を七人ばかり択び出させ、其れを自分の妾に直して、各々七つの綉房に住まわせました。酒の方では、先ず第一が甜くて強い山西の潞安酒、淡くて柔かい常州の恵泉酒、其の外蘇州の福珍酒だの、湖州の烏程潯酒だの、北方の葡萄酒、馬奶酒、梨酒、棗酒から、南方の椰漿酒、樹汁酒、蜜酒の類に至るまで、四百余州に名高い佳醴芳醇は、朝な夕なの食膳に交る交る盃へ注がれて、貴公子の唇を湿おしました。しかし此れ等の酒の味も、以前に度び度び飲み馴れて居る貴公子の舌には、其れ程新奇に感ずる筈がありません。飲めば酔い、酔えば愉快になるものの、何となく物足りない心地がして、昔のように神思飄颻たる感興は、一向胸に湧いて来ないのです。

「どうして内の御前さまは、毎日あんなに鬱ぎ込んで、退屈らしい顔つきばかりなすっていらっしゃるのだろう。」

七人の妾たちは、互いに斯う云って訝りながら、有らん限りの秘術をつくして、貴公子の御機嫌を取り結びます。紅々と云う、第一の妾は声が自慢で、隙さえあれば愛玩の胡琴を鳴らしつつ、婉転として玉のような喉嚨を弄び、鶯々と云う、第二の妾は秀句が上手で、機に臨み折に触れては面白おかしい話題を捕え、小禽のような絳舌蜜嘴をぺらぺらと囀らせる。肌の白いのを得意として居る、第三の妾の窈娘は、動ともすると酔に乗じて神々しい二の腕の膩肉を誇り、愛嬌を売り物にする第四の妾の錦雲は、いつも豊頬に腮窩(さいわ)を刻んで、さもにこやかにほほ笑みながら、柘榴(ざくろ)の如き歯列びを示し、第五、第六、第七の妾たちも、それぞれ己れの長所を恃(たの)んで、頻りに主人の寵幸を争うのです。けれども貴公子は、此の女たちの孰(いず)れに対しても、格別強い執着を抱く様子がありません。世間普通の眼から見ると、彼等は絶世の美人に違いありませんが、驕慢な貴公子を相手にしては、やはり酒の味と同じように、折角の嬌態が今更珍しくも美しくも見えないのです。斯う云う風で、次ぎから次ぎへと絶えず芳烈な刺戟を求め、永劫の歓喜、永劫の恍惚に、心身を楽しませようと云う貴公子の願いは、なかなか一と通りの酒や女の力を以て、遂げられる訳がないのでした。

「金はいくらでも出してやるから、もっと変った酒はないか。もっと美しい女は居ないか。」

　貴公子の邸へ出入りする商人共は、常に斯う云う注文を受けて居ながら、未だ嘗て彼の賞讃を博する程の、立派な品を齎(もたら)した者は居ませんでした。中にはまた、物好きな貴公子の噂を聞いて、金が欲しさに諸所方々の国々から、えたいの知れないまやかし物を、はるばると売り附けに来る奸商があります。

「御前さま、此れは私(わたくし)が西安の老舗の庫から見つけ出した、千年も前の酒でございます。何でも此れは唐の昔に、張皇后がお嗜みになったと云う、有名な［玄＋鳥］脳酒(げんのうしゅ)だと申します。又此の方は、同じく唐の順宗皇帝がお好みになった、龍膏酒だそうでございます。嘘だと思し召すならば、よく酒壺の古色を御覧下さいまし。千年前の封印が、此の通り立派に残って居ります。」

　こんな工合に持ちかけるのを、人の悪い貴公子は、黙々として聞き終ってから、さて徐ろに皮肉を云いました。

「いや、お前の能弁には感心するが、己を欺そうと云う了見なら、もう少し物識りになるがいい。其の酒壺は江南の南定窯と云う奴で、南宋以前にはなかった代物だ。唐の名酒が宋の陶器に封じてあるのは滑稽過ぎる。」

斯う云われると商人は一言もなく、冷汗を掻いて引き退ってしまいます。実際、陶器に限らず、衣服でも宝石でも絵画でも刀剣でも、あらゆる美術工芸に関する貴公子の鑒識は、気味の悪いくらい該博で、支那中の考古学者と骨董家とが集まっても、到底彼の足元にすら及ばない事は確かでした。

女を売りに来る輩も、うるさい程多勢あって、めいめい勝手な手前味噌を列べ立てます。

「御前さま、今度と云う今度こそ、素晴らしい玉が見つかりました。生れは杭州の商家の娘で、名前を花麗春と云う、十六になる児でございますが、器量は元より芸が達者で詩が上手で、先ずあれ程の優物は、四百余州に二人とはございますまい。まあ欺されたと思し召して、本人を御覧になっては如何でございましょう。」

こんな話を聞かされると、毎々彼等に乗せられて居ながら、ついゝ貴公子は心を動かして、一応其の児を検分しないと気が済みません。

「それでは会って見たいから、早速呼んで来るがいい。」――多くの場合、彼は兎も角も斯う云う返辞を与えるのです。

しかし、人買いの手につれられて、貴公子の邸へ目見えに上る美人連は、余程厚顔な生れつきでない限り、大概赤耻を掻かされて、泣く泣く逃げて帰るのが普通でした。なぜと云うのに、其の人買いと美人とは、最初に先ず、豪奢を極めた邸内の序堂へ請ぜられ、長い間待たされた後、今度は更に鏡のような花斑石の舗甎を蹈んで、遠い廊下を幾曲りして、遂に奥殿の内房へ案内されます。見ると其処では今や盛大な宴楽が催され、或る者は柱に凭れて蕭笛を吹き、或る者は囲屏に倚って琵琶を弾じ、多勢の男女が蹣跚と入り交りつつ、手に手に酒琖を捧げながら、雲鑼を打ち月鼓を鳴らして、放歌乱舞の限りを尽して居るのです。もう其れだけで、好い加減胆を奪われてしまいますが、而も主人の貴公子は、いつも必ず一段高い睡房の帳の蔭に、錦繡の花毯の上へ身を横えて、さも大儀そうな欠伸をしながら、眼前の騒ぎを余所にうつらうつらと、銀の煙管で阿片を吸うて居りました。

「成る程、四百余州に二人とない美人と云うのは、此の児の事かな。………」

貴公子はやおら身を起して、睡そうな眼でじろりじろりと二人を視詰めます。そうかと思うと、直ぐに鼻先でせせら笑って、

「………だがしかし、四百余州と云う所は、己の内より余程女が居ないと見える。お前も人買いを商売にするなら、後学の為めに己の妾を見てやってくれ。」

斯く云う主人の声に応じて、例の七人の寵姫たちは、さながら馴らされた鳩のように、忽ち綉簾の隙間から、ぞろぞろと其処へ姿を現わすのです。思い思いの羅綾を纏い、思い思いの掻頭を翳した各々の寵姫の背後には、いずれも双鬟の美少年が、左右二人ずつ扈従しながら、始終柄の長い絳紗の団扇で、彼等の紅瞼に微風の漣を送って居ます。彼等は七人の女王の如く、光り耀く驕笑を浮べて、貴公子の周囲に彳立したまま、互いに顔を見合わせて、いつ迄でも黙って居ます。黙って居れば黙って居る程、彼等の美貌は一と際鮮やかに照り渡り、いかほど欲に目の晦んだ人買いでも、思わず知らず恍惚とせずには居られません。暫く茫然として、讃嘆の瞬きを続けた後、漸く我に復った人買いは、顧みて自分の売り物の哀れさ醜さに心付くと、挨拶もそこそこに、這う這うの体で邸を逃げ出してしまいます。其の後

ろ影を見送りながら、主人の貴公子は張り合いのない顔つきをして、がっかりしたように、再び臥ころんでしまうのでした。

やがて、其の年の夏が暮れ、秋が老けて、十月朝(じえちょう)の祭も終り、孔夫子(こんふうつう)の聖誕も過ぎてしまいましたが、彼の頭に巣喰って居る倦怠と幽鬱とは、依然として晴れる機会がありません。「うら若さ」を頼みにして居る貴公子も、いよいよ来年は二十五歳になるかと思えば、房々とした鬢髪の色つやまでが、だんだん衰えて来るように感ぜられます。気分が塞げば塞ぐほど、心が淋しくなればなるほど、享楽に憧れ、昂奮を求める胸中のもどかしさは益々募って、旨くもない酒を飲んだり、可愛くもない女を嬲(なぶ)ったり、十日も二十日も長夜の宴を押し通して、沸き返るような馬鹿騒ぎを催したり、いろいろ試して見ますけれど、さっぱり利き目はありませんでした。それで結局は、あの貘と云う獣のように、阿片を吸って夢を喰(くら)って、荒唐無稽な妄想の雲に囲繞されつつ、終日(ひもすがら)ぼんやりと、手足を伸ばして居るより外はなかったのです。

貴公子の眉の曇りは晴れやらぬままに、とうとう其の年が明けて、のどかな迎春の季節となりました。此の時分、大清の王化は洽(あまね)く支那の全土に行き渡り、上に英明の天使を戴いた十八省の人民は、鼓腹撃壌(こふくげきじょう)の泰平に酔うて、世間が何となく、陽気に浮き立って居ましたから、正月の南京の町々は近来にない賑やかさです。ちょうど一月の十三日――所謂上燈(いわゆるしゃんてん)の日から十八日の落燈(ろてん)の日まで、六日の間を燈夜(てんやー)と唱えて、毎年戸々の家々では夜な夜な門前に燈籠を点じ、官庁や富豪の邸宅などは、楼上高く縮緬の幔幕を張り綵燈を掲げて、酒宴を設け糸竹を催します。又、市中目貫きの大通りには、恰も日本で大阪の夏の町筋を見るように、往来の片側から向う側の軒先へ、木綿の布を掩い渡して燈棚(てんぽん)を造り、其れに紅白取り取りの燈籠をぶら下げます。そうして街上到る所に寄り集うた若者は、法華の信者がお会式の万燈を担ぐように、籠燈馬燈獅子燈などを打ち振り打ち振り、銅鑼を鳴らし金鑼を叩いて練り歩くのです。しかし、此のお祭りの最中にも、例の貴公子の顔つきばかりは相変らず沈み勝ちで、少しも冴え冴えとする様子がありません。

上燈の晩から二三日過ぎた、或る日の夕方のことでした。貴公子は眺望のいい南面の露台に出て、榻に凭れながら、いつもの通り銀の煙管で阿片をすぱすぱと吸って居ました。ちょうど其処からは、市街の雑沓が手に取るように瞰おろされ、今しも一斉に明りを入れた幾百千の燈籠は、白銀のような夕靄の中にぎらぎらと流れて、たそがれの舗面を鱗のように光らせて居ます。とある広小路の四つ角には、急拵えの戯台が出来て、旗を揚げ幟を翻し、けばけばしい扮装をした二人の俳優が、奏楽の音につれながら数番の倣戯を演じて居ます。長い間戸外の空気に遠ざかって、宮殿の奥に蟄居して居た貴公子の眼には、ふと、此れ等の光景が、一種異様な、云わば珍しい外国の都に来たような、奇妙な感じを起させたのでありましょう、――それとも又、阿片の煙に酔いしれて、途方もない幻覚を摑んだのでもありましょう、彼はいつの間にか手に持って居た煙管を置いて、露台の欄杆に頰杖をついたまま、見るとはなしに巷の騒ぎを視詰めて居るのです。折柄其処へ通りかかった参々伍々の群集は、いずれもおどけた仮装行列の隊を組んで、恰も貴公子の憂愁を慰めるように、一と際高く足拍子を蹈み歓呼の声を放ちました。続いて後から、さまざまな魚鳥の形に擬えた燈籠を翳しながら、所謂行燈の一団がやって来ます。

其の時、貴公子の視線は、一つの不思議な人影の上に注がれて、長い間熱心に、其れを追いかけて居るようでした。其の男は、頭に天鵞絨の帽子を冠り、身に猩々緋の羅紗の外套を纏い、足には真黒な皮の靴を穿いて、一匹の驢馬に轎を曳かせて来るのです。そうして、折角の靴も帽子も外套も、長途の旅に綻びたものか、ところどころ穴が明いたり、色が褪せたりして居ます。彼の前には、数十人の行燈（ひんてん）の人々が、五六間もあろうと云う大きい眼ざましい籠燈を担ぎながら、数十梃の蠟燭を燃やして、えいやえいやと進んで行きますが、此の龍燈の一群と、其の男とは何の関係もないらしく、彼は時々立ち止まって、さもさも疲労したような溜息を洩らしつつ、往来の喧囂（けんごう）を眺めて居ます。初めのうちは、仮装行列の隊伍に後れた一人のように見えましたけれど、だんだん貴公子の邸の傍へ近づくに随い、驢馬や轎車を従えて居る風体が、どうも其れとは受け取れません。且其の男は、啻（ただ）に服装ばかりでなく、皮膚や毛髪や瞳の色まで、全く普通の人間と類を異にして居るのでした。

「………あれは多分、西洋の人種に違いあるまい。恐らく南洋の島国から漂泊して来た、阿蘭陀（オランダ）人か何かであろう。」

貴公子はそう思いました。尤も、其の頃は南京の町に、折々欧人の姿を見かける時代でしたが、斯う云う祭の最中に、而も行列の人波に揉まれながら、素晴らしく眼に立つ風俗をして、くたびれた足を引き擦って、乞食の如くさまよって居る其の男の挙動には、どうしても不審を打たずには居られません。そうして猶更不思議な事には、ちょうど露台の真下へ来かかると、彼は突然歩みを止めて、例のびろうどの帽子を脱いで、恭しく楼上の貴公子に挨拶をするのです。

見ると、その男は、驢馬に曳かせた車の方を指さしながら、貴公子に向って、何か頻りにしゃべって居ます。

「此の車の轎の中には、南洋の水底（みなぞこ）に住む、珍しい生物が這入って居ます。私はあなたの噂を聞いて、遠い熱帯の浜辺から、人魚を生け捕って来た者です。」

表の騒ぎが激しい為めに、はっきりとは聞き取れませんが、彼は覚束ない支那語を操って、斯う云う意味を語って居るのでした。

何となく耳馴れない、おかしな訛りのある西人の唇から、「人魚」と云う言葉を聞いた時、貴公子は自分の胸が、我知らずときめくように感じました。彼は勿論、生れてから一遍も人魚と云う者を見た事はありません。けれども、今図らずも南洋の旅人の口から、「人魚」と云う支那語が、一種特有なUmlautを以て発音されると、其れに一段の神秘な色が籠って居るように思われたのです。

「これ、これ、誰か表へ行って、彼処に立って居る紅毛の異人を、急いで邸へ呼び入れてくれ。」

貴公子は例になくあわただしい口吻で、近侍の姣童に云いつけました。

程なく、驢馬は貴公子の邸内深く引き込まれ、第一の大門を入り、第二の儀門(にいもん)を潜り、後庭の樹林泉石の門を繞って、昼を斯く紅燈の光を湛えた、内庁(ないでん)の石段のほとりに据えられました。貴公子はいつものように、七人の寵姫を身辺に侍らせながら、廊下の端近く倚子を進めると、其れを見た異人は再び恭しく地に跪き、支那流の作法に依って稽首の礼を行うた後、又もあやしい発音で、たどたどしく語り始めるのです。

「私(わたくし)が此の人魚を獲たのは、広東の港から幾百海里を隔てて居る、蘭領の珊瑚島の附近でした。或る日私は、其処へ真珠を採りに行って、思いがけなく真珠よりももっと貴い、美しい人魚を得たのです。人は真珠を恋することは出来ませんが、いかなる人でも人魚を見たら、彼の女を恋せずには居られません。真珠には冷やかな光沢があるばかりです。しかし人魚は妖麗な姿の内に、熱い涙と暖かい心臓と神秘な智慧とを蔵して居ます。人魚の涙は真珠の色より幾十倍も浄らかです。人魚の心臓は珊瑚の玉より幾百倍も赤うございます。人魚の智慧は、印度の魔法使いよりも不思議な術を心得て居ます。人間の測り知られぬ通力を持ちながら、彼女はたまたま背徳の悪性を具えて居る為めに、人間よりも卑しい魚類に堕されました。そうして青い青い海の底を游ぎながら、常に陸上の楽土に憧れ、人間の世界を慕うて、休む暇なく嘆き悶えて居るのです。其の証拠には、人は誰でも彼の美しい人魚の顔に、幽鬱な憂の影を認める事が出来ましょう。………」

斯う云った時、異人は不自由な人魚の身の上を憐むが如く、自分も亦うら悲しげな表情を浮べました。貴公子は人魚を見せられる前に、先ず其の異人の容貌に心を動かされたようでした。彼は今迄、西洋人と云うものを未開の種族と信じて居たのに、此の、乞食のような蛮夷の顔を、つくづくと眺めれば眺める程、其処に気高い威力が潜んで居て、何となく自分を圧さえつけるように覚えたのです。其の異人の持って居る緑の瞳は、さながら熱帯の紺碧の海のように、彼の魂を底知れぬ深みへ誘い入れます。又、その異人の秀いでた眉と、広い額と、純白な皮膚の色とは、美貌を以て任じて居る貴公子の物よりも、遥かに優雅で、端正で、而も複雑な暗い明るい情緒の表現に富んで居るのです。

「一体お前は、誰から私の噂を聞いて、はるばる南京へやって来たのだ。」

異人が物語る人魚の話を、暫く恍惚として聴き入った後、貴公子は斯う尋ねました。

「私はつい此の間、媽港の街をさまようて居る際に、或る知り合いの貿易商から、始めて其れを聞いたのです。若し其の以前に知れて居たなら、恐らくあなたはもっと早く、私の人魚を御覧になる事が出来たでしょう。私は此の珍しい売り物を携えて、凡そ半年ばかりの間、亜細亜の国々の港と云う港を遍歴しましたが、何処の商人も、何処の貴族も、決して此れを購おうとはしませんでした。或る者は値段が余り高過ぎると云って、臀込みをします。なぜと云うのに、人魚の代価は亜拉比亜（アラビア）の金剛石七十箇、交趾支那の紅宝石八十箇、其れに安南の孔雀九十羽と暹羅（しゃむろ）の象牙百本でなければ、取り易える訳に行かないのです。又或る者は、人魚の恋が恐ろしさに、竦毛（おぞけ）を慄って逃げてしまいます。なぜと云うのに、昔から人間が人魚に恋をしかけられれば、一人（いちにん）として命を全うする者はなく、いつとはなしに怪しい魅力の罠に陥り、身も魂も吸い取られて、何処へ行ったか人の知らぬ間に、幽霊の如く此の世から姿を消してしまうのです。ですから、金と命とを惜しがる人は、容易に私の売り物へ手を着ける事が出来ません。私は折角、稀世の珍品を手に入れながら、誰にも相手にされないで、長い間徒労な時と徒労な旅とを続けました。若しも媽港の商人から、あなたの噂を聞かなかったら、もう少うしで私は大事な商品を、持ち腐れにする所でした。其の商人の話に依ると、私の人魚を買い得る人は、南京の貴公子より外にはない。其の人は今、歓楽の為めに巨万の富と若い命とを抛（なげう）とうとして、抛つに足る歓楽のないのを恨んで居る。其の人はもう、地上の美味と美色とに飽きて、現実を離れた、奇（く）しくも怪しい幻の美を求めて居る。其の人こそは必ず人魚を買うであろうと、彼は私に教えたのです。」

異人は相手が、自分の品物を買うか買わぬかと云う事に就いて、少しも危惧を感じて居ないようでした。彼は貴公子の心を見抜いて居るような、確信のある言葉を以て語ったのです。而もそう云う彼の態度は、相手に何等の反感を与えなかったのみならず、寧ろ止み難い焦憬の念をさえ起させました。貴公子は、彼の説明を聴かされて居るうちに、此の男から必ず人魚を購うべく、命令されて居るような気になりました。自分が此の男から人魚を買うのは、予定の運命であるかのように覚えました。

「其の商人の云った事は真実だ。私はお前が、媽港の人から聞いた通りの人間だ。お前が私を捜したように、私もお前を捜して居た。お前が私を信ずるように、私もお前を信じて居る。私はお前の売り物を一応検分する迄もなく、お前が先云うた代価で、今直ぐ人魚を買い取って上げる。」

貴公子の此の言葉は、彼自身ですらハッキリと意識しない内に、胸の底から込み上げて来て、思わず彼の唇に上ったのです。そうして見る間に、約束通りの金剛石と紅宝石と孔雀と象牙とが、或は五庫の匱の中から、或は苑囿の檻の中から、庭前へ持ち運ばれて、石階の下に堆く積まれました。異人は今更、貴公子の富の力に驚いたような素振りもなく、静かに其れ等の宝物の数を調べた後、車上の幯の布簾を掲げて、其処に淋しく鎖されて居た、囚われの身の人魚の姿を示しました。

彼の女は、うつくしい玻璃製の水甕の裡に幽閉せられて、鱗を生やした下半部を、蛇体のようにうねうねとガラスの壁へ吸い着かせながら、今しも突然、人間の住む明るみへ曝されたのを恥ずるが如く、項を乳房の上に伏せて、腕を背後の腰の辺に組んだまま、さも切なげに据わって居るのでした。ちょうど人間と同じくらいな身の丈を持つ彼の女の体を、一杯に浸した甕の高さは、四五尺程もあるでしょう。中には玲瓏とした海の潮が満々と充たされて、人魚の喘ぐ度毎に、無数の泡が水晶の珠玉の如く、彼の女の口から縷々として沸々として水面へ立ち昇ります。その水甕が四五人の奴婢に舁がれて、車の上から階上の内庁の床に据えられると、室内を照らす幾十燈の燭台の光は、忽ち彼の女の露わな肉体に焦点を凝らせて、いやが上にも清く滑かな人魚の肌は、さながら火炎の燃ゆるように、一層眩く鮮やかに輝きました。

「私は此れ迄、心私かに自分の博い学識と見聞とを誇って居た。昔から嘗て地上に在ったものなら、如何に貴い生き物でも、如何に珍らしい宝物でも、私が知らないと云う事はなかった。しかし私はまだ此れ程の美しい物が、水の底に生きて居ようとは、夢にも想像した事がない。私が阿片に酔って居る時、いつも眼の前へ織り出される幻覚の世界にさえも、此の幽婉な人魚に優る怪物は住んで居ない。恐らく私は、人魚の値段が今支払った代価の倍額であろうとも、きっとお前から其の売り物を買い取っただろう。……………」

斯う云っただけでは、まだ貴公子は自分の胸に溢れて居る無限の讃嘆と驚愕とを、充分に云い表わす事が出来ませんでした。なぜと云うのに、彼は今、自分の前に運び出された冷艶にして悽愴な、水中の妖魔を見るや否や、一瞬間に体中の神経が凍り付くような、強い、激しい、名状し難い魂の竦震を覚えたからです。そうして、いつ迄もいつ迄も、死んだように総身を硬張らせて彳立したまま、燦爛たる水甕の光を凝視して居るうちに、訝しくも彼の瞳には、感激の涙が忍びやかに滲み出て来ました。彼は久し振りで、長らく望んで居た昂奮に襲われたのです。有頂天の歓喜に蘇生ることが出来たのです。彼はもう昨日までの、張り合いのない、退屈な月日を喞つ人間ではなくなりました。彼は再び、豊かな刺戟に鞭撻たれつつ生の歩みを進めて行ける、心境に置かれたのでした。

「……………私は地上の人間に生れる事が、此の世の中での一番仕合わせな運命だと思って居た。けれども大洋の水の底に、斯く迄微妙な生き物の住む不思議な世界があるならば、私は寧ろ人間よりも人魚の種属に堕落したい。あの瑰麗な鱗の衣を腰に纏うて、此のような海の美女と、永劫の恋を楽しみたい。――此の美女の涼しい眸や、濃い黒髪や、雪白の肌に比べると、私の座右に仕えて居る七人の妾たちは、まあ何と云う醜い、卑しい姿を持って居るのだろう。何と云う平凡な、古臭い容子をして居るのだろう。」

そう云った時、人魚は何と思ったか、ゆらりと尾鰭を振り動かして、俯向けて居た顔を擡げながら、貴公子の姿をしげしげと見守りました。

博学な貴公子の鑑識は、書画骨董や工芸品ばかりでなく、支那に古くから伝わって居る観相術にも精通して居ましたが、彼は今漸く人魚の容貌を眺めて、其の骨相を案ずるのに、到底自分の習い覚えた学問の範囲では、判断する事が出来ないような希有な特長を発見しました。彼の女は成る程、絵に画いた人魚のように、魚の下半身と人間の上半身とを持って居るには違いありません。けれども其の上半身の人間の部分、――――骨組みだの、肉附きだの、顔だちだの、其れ等の局所を一々詳細に注意すると、日常自分たちが見馴れて居る地上の人間の体とは、全く調子を異にして居るのです。彼が修得した観相術の智識は、其処に応用の余地がない程、彼の女の輪廓は普通の女と趣を変えて居るのです。たとえば彼の女の、極度に妖婉な瞳の色と形とは、彼が知って居る人相学の如何なる種類にも適合しません。その瞳は、ガラス張りの器に盛られた清冽な水を透して、恰も燐のように青く大きく輝いて居ます。どうかすると、眼球全体が、水中に水の凝固した結晶体かと疑われるほど、淡藍色に澄み切って居ながら、底の方には甘い涼しい潤おいを含んで、深い深い魂の奥から、絶えず「永遠」を視詰めて居るような、崇厳な光を潜ませて居ます。其処には人間の如何なる瞳よりも、幽玄にして杳遠な暈影が漂い、朗麗にして哀切な曜映がきらめいて居ます。それから又、彼の女の眉と鼻の形状は、一層気高い、一層異常な、「美」を構成して居るように感ぜられました。それ等の眉や鼻は、支那の人相学では貴ばれる新月眉とか、柳葉眉とか、伏犀鼻とか、胡羊鼻とか云う物とは、何処かしら様子が違って居ます。けれども其処には習慣的な「美」を超絶した、人間よりも神に近い美しさがあるのです。因襲的な「円満」を通り越した、生滅者に対する不滅の円満があるのです。そうして彼の女が長い項をものうげに動かす時、暗緑色の髪の毛は海藻のように顫え悶えて、柔かい波の底を揺ぎさまよい、或いは渾沌とした雲霧の如く彼の女の額に降りかかり、或るいは絢爛な孔雀の尾の如く上方へ延び拡がります。彼の女の持って居る「円満」は、啻に彼の女の容貌の上にあるばかりでなく、人間の形を成して居る肉体の総べての部分に認める事が出来ました。頸から肩、肩から胸へ続いて行く曲線の優雅な起伏、模範的な均整を持つ両腕のしなやかさ、豊潤なようで程よく引き緊まった筋肉の、伸縮し彎屈する度毎に、魚類の敏捷と、獣類の健康と、女神の嬌態とが、奇怪極まる調和を作って、五彩の虹の交錯したような幻惑を起させます。就中、最も貴公子の眼を驚かし、最も貴公子の心を蕩かしたものは、実に彼の女の純白な、一点の濁りもない、皓潔無垢な皮膚の色でした。白いと云う形容詞では、とても説明し難いほど真白な、肌の光沢でした。其れは余りに白過ぎる為めに、白いと云うより「照り輝く」と云った方が適当なくらいで、全体の皮膚の表面が、瞳のように光って居るのです。何か、彼の女の骨の中に発光体が隠されて居て、皎々たる月の光に似たものを、肉の裏から放射するのではあるまいかと、訝しまれる程の白さなのです。而も近づいて熟視すれば、此の霊妙な皮膚の上には、微かな無数の白毫のむく毛が毿々と生えて旋螺を描き、其の末端にさながら魚の卵のような、眼に見えぬ程の小さな泡が、一つ一つに銀色の玉を結んで、宝石を鏤めた軽羅の如く、彼女の総身を掩うて居ます。

「貴公子よ、あなたは私の予期以上に、人魚の価値を認めて下さいました。あなたのお蔭で、私は充分な報酬を得、一朝にして巨万の富を手に入れる事が出来ました。私は人魚を売った代りに、此れ等の東洋の宝物を車に積んで、再び広東の港へ帰る積りです。そうして其処から汽船に乗って、遠い西洋の故郷へ戻ります。私の国では、ちょうどあなたが人魚を珍重なさるように、此れ等の宝物を珍重する人が沢山あるのです。――――私が最後の願いとして、どうぞ人魚に分かれの接吻を与えさせて下さい。」

斯う云いながら、異人が水甕の縁に寄り添うと、水中に水銀の躍るが如く、人魚はするすると上半身を表面へ露出して、両手に異人の項を抱えたまま、頬を擦り寄せて暫く潸然（さんぜん）と涙を流す様子です。其の涙は、睫毛の端から頤へ伝わり、滴々とこぼれ落ちる間に、麝香のような馥郁たる薫りを、部屋の四方へ放ちました。

「お前は人魚が惜しくはないか。あれだけの値で私に売ったのを、今更後悔しては居ないか。お前の国の人たちは、なぜ人魚より宝石の方を珍重するのだろう。お前はどうして、此の人魚を自分の国へ持って帰ろうとしないのだろう。」

貴公子は、利欲の為めに美しい物を犠牲に供して顧みない、卑しい商人根性を嘲るような句調で云いました。

「成る程あなたがそう仰っしゃるのは御尤もです。しかし西洋の国々では、人魚はそんなに珍しい物ではありません。私の国は欧羅巴の北の方の、阿蘭陀と云う所ですが、私の生れた町の傍を流れて居るライン河の川上には、昔から人魚が住むと云う話を、子供の時分に聞いた事がありました。彼の女は時とすると、人間のような下半身を持ち、或いは鳥のような両足を具えて、地中海の波の底にも大陸の山林水沢の間にも、折々形を現して人間を惑わす事があるのです。私の国の詩人や絵師は、絶えず彼の女の神秘を歌い、姿態を描いて、人魚の媚笑のいかになまめかしく、人魚の魅力のいかに恐ろしいかを、我れ我れに教えて居ます。それ故欧羅巴では、人魚ならぬ人間までも、ひたすら彼の女の艶容を学んで、多くの女が孰れも人魚と同じような、白い肌と、青い瞳と、均整な肢体の幾分ずつを具備して居ます。若し貴公子が其れをお疑いなさるなら、試みに私の顔と皮膚の色とを御覧なさい。取るに足らない私のような男でも、西洋に生れた者は、必ず何処かに、此の人魚と共通な優雅と品威とを持って居るでしょう。」

貴公子は異人の言葉を、否定する事が出来ませんでした。いかにも彼の云う通り、人魚と彼とは、容貌のうちに相似た特質のあることを、疾うから貴公子は心付いて居たのでした。讃嘆の程度こそ違え、彼は人魚に魅せられたように、此の異人の人相にも少からず感興を唆られて居たのです。其の男には人魚のような、円満と繊妍とがない迄も、やがて其処へ到達し得る可能性が含まれて居るのです。其の男は、支那の国土に住んで居る、黄色い肌と、浅い顔とを持った人間に比較して、寧ろ人魚の種属に近い生き物らしく思われました。

小さな汽船で、世界中の大洋を乗り廻す西洋人は兎も角も、其の頃まで地の表面を「時間」と等しく無限な物と信じて居た東洋の人間には、千里二千里の土地を行くのが、殆んど百年二百年の時を生きるのと同じように、難事であると考えられて居たのでした。まして亜細亜の大国に育った貴公子は、流石に好奇心の強い性癖を持ちながら、遥かな西の空にある欧羅巴と云う所を、鬼か蛇の棲む蛮界のように想像して、ついぞ此れ迄海外へ出て見ようなどと思った事はなかったのです。然るに今、生れて始めて、しみじみと西洋人の風貌に接し、其の郷国の模様を聴いて、どうして其の儘黙って居る事が出来ましょう。

「私は西洋と云うところを、そんなに貴い麗わしい土地だとは知らなかった。お前の国の男たちが、悉くお前のような高尚な輪廓を持ち、お前の国の女たちが、悉く人魚のような白皙(はくせき)の皮膚を持って居るなら、欧羅巴は何と云う浄い、慕わしい天国であろう。どうぞ私を人魚と一緒に、お前の国へ連れて行ってくれ。そうして其処に住んで居る、優越な種属の仲間入りをさせてくれ。私はもう支那の国に用はないのだ。南京の貴公子として世を終るより、お前の国の賤民となって死にたいのだ。どうぞ私の頼みを聴いて、お前の乗る船へ伴ってくれ。」

貴公子は熱心のあまり、異人の足下に跪いて外套の裾を捕えながら、気が狂ったように説き立てました。すると異人は、薄気味の悪い微笑を洩らして、貴公子の言葉を遮って云うのに、

「いやいや私は、寧ろあなたが南京に留まって、出来るだけ長く、出来るだけ深く、哀れな人魚を愛してやる事を、あなたの為めに望みます。たとえ欧羅巴の人間が、いか程美しい肌と顔とを持って居ても、彼等は恐らく、此の水甕の人魚以上にあなたを満足させる事は出来ますまい。此の人魚には、欧羅巴人の理想とする凡べての崇高と、凡べての端麗とが具体化されて居るのです。あなたは此処に、此の生き物の姚冶(ようや)な姿に、欧羅巴人の詩と絵画との精髄を御覧になる事が出来るのです。此の人魚こそは欧羅巴人の肉体が、あなたの官能を楽しませ、あなたの霊魂を酔わせ得る、『美』の絶頂を示して居ります。あなたは彼の女の本国へ行っても、此れ以上の美を求めることは出来ないでしょう。………」

其の時、異人は何と思ったか、眉宇の間に悲しげな表情を浮べて、嗟嘆するような調子になって、急に話頭を転じました。

「そうして私はくれぐれも、あなたの幸福と長寿とを祈ります。私はあなたが、既に彼の女を恋して居

る事を知って居るのです。人魚の恋を楽しむ者には早く禍が来ると云う、私の国の伝説を、あなたが実際に打ち破って下さる事を祈るのです。私は人魚の代償として、あなたの大切な命までも戴こうとは思いません。若しも私が、再び亜細亜の大陸を訪問する日のあった時、幸いあなたにお目に懸れたら、其の折にこそ私はあなたをお連れ申して上げましょう。………けれども其れは、………けれども其れは、………私はあなたがお気の毒でならないような気がします。」

云うかと思うと、異人は又も慇懃な稽首の礼を施して、人魚の代りに山の如く積み上げた宝物の車を、以前の驢馬に曳かせながら、庭前の闇へ姿を消してしまいました。

貴公子の邸は、人魚が買われてから俄かにひっそりと静かになりました。七人の妾は自分たちの綉房に入れられたきり、主人の前へ召し出される機会を失い、夜な夜な楼上楼下を騒がせた歌舞宴楽の響きも止んで、宮殿に召し使われる人々は皆溜息をつくばかりです。

「あの異人は何という忌ま忌ましい、胡乱(うろん)な男だろう。そうして何と云う奇体な魔物を売り付けて行ったのだろう。今に何かしら間違いがなければいいが。」

彼等は互いに相顧みて囁き合いました。誰一人も、水甕の据えてある内房の帳を明けて、人魚の傍へ近寄る者は居ませんでした。

近寄る者は主人の貴公子ばかりなのです。ガラスの境界一枚を隔てて、水の中に喘ぐ人魚と、水の外に悶える人間とは、終日、黙々と差し向いながら、一人は水の外に出られぬ運命を嘆き、一人は水の中に這入られぬ不自由を怨んで、さびしくあじきなく時を送って行くのでした。折々、貴公子は遣る瀬なげにガラスの壁の周囲を廻って、せめては彼の女に半身なりとも、甕の外へ肌を曝してくれるように頼みます。しかし人魚は、貴公子が近寄れば近寄るほど、ますます固く肩を屈めて、さながら物に怖じたように水底(みなそこ)へひれ伏してしまいます。夜になると、彼の女の眼から落ちる涙は、成る程異人の云ったように真珠色の光明を放って、暗黒な室内に蛍の如く瑩々(えいえい)と輝きます。その青白いあかるい雫が、点々とこぼれて水中を浮動する時、さらでも夭姣(ようこう)な彼の女の肢体は、大空の星に包まれた嫦娥(じょうが)のように浄く気高く、夜陰の鬼火に照らされた幽霊のように悽く呪わしく、惻々として貴公子の心に迫りました。

或る晩の事でした。貴公子はあまりの切なさ悲しさに、熱燗の紹興酒を玉琖に注いで、腸(はらわた)を焼く強い液体の、満身に行き渡るのを楽しんで居ると、其の時まで水中に海鼠(なまこ)の如く縮まって居た人魚は、暖かい酒の薫りを恋い慕うのか、俄かにふわりと表面へ浮かび上って、両腕を長く甕の外へ差し出すのです。貴公子が試みに、手に持った酒を彼の女の口元へ寄せるや否や、彼の女は思わず我を忘れて真紅の舌を吐きながら、海綿のような唇を杯の縁に吸い着かせたまま、唯一と息に飲み干してしまいました。そうして、たとえばあの、ビアヅレエの描いた、“The Dancer's Reward”と云う画題の中にあるサロメのような、悽惨な苦笑いを見せて、頻りに喉を鳴らしつつ次ぎの一杯を促すのです。

「それ程お前が酒を好むなら、私はいくらでも飲ませてやる。冷かな海の潮に漬って居るお前の血管に、激しい酔が燃え上ったら、定めしお前は一層美しくなるであろう。一層人間らしい親しみと愛らしさとを示してくれるだろう。お前を私に売って行った和蘭人の話に依ると、お前は人間の測り知られぬ神通力を具えて居ると云うではないか。お前には背徳の悪性があると云うではないか。私はお前の神通力を見せて貰いたいのだ。お前の悪性に触れたいのだ。お前がほんとうに不思議な魔法を知って居るなら、せめては今宵一と夜なりとも人間の姿に変ってくれ。お前が実際放肆な情欲を持って居るなら、どうぞ其のように泣いて居ないで、私の恋を聴き入れてくれ。」

貴公子が斯う云いながら、杯の代りに自分の唇を持って行くと、窈渺たる人魚の眉目は鏡に息のかかったように忽ち曇って、

「貴公子よ、どうぞ私を赦して下さい。私を憐んで赦して下さい。」

と、突然明瞭な人間の言葉を発しました。

「………私は今、あなたが恵んで下すった一杯の酒の力を借りて、漸う人間の言葉を語る通力を恢復しました。――――私の故郷は、和蘭人の話したように、欧羅巴の地中海にあるのです。あなたが此の後、西洋へ入らっしゃることがあるとしたら、必ず南欧の伊太利と云う、美しいうちにも殊に美しい、絵のような景色の国をお訪ねになるでしょう。その折若し、船に乗ってメッシナの海峡を過ぎ、ナポリの港の沖合をお通りになる事があったら、其の辺こそ我れ我れ人魚の一族が、古くから棲息して居る処なのです。昔は船人が其の近海を航すると、世にも妙なる人魚の歌が何処からともなく響いて来て、いつの間にやら彼等を底知れぬ水の深みへ誘い入れたと申します。――――私は斯くもなつかしい自分の住み家を持ちながら、ちょうど去年の四月の末、暖かい春の潮に乗せられて、ついうかうかと南洋の島国まで迷うて来たのです。そうして、とある浜辺の椰子の葉蔭に鰭を休めて居る際に、口惜しくも人間の獲物となって、亜細亜の国々の市場と云う市場に、恥かしい肌を曝しました。貴公子よ、どうぞ私を憐んで、一刻も早く私の体を、広々とした自由な海へ放して下さい。たとえ私が如何程の神通力を具えて居ても、窮屈な水甕の中に捕われて居ては、どうする事も出来ないのです。私の命と、私の美貌とは、次第々々

に衰えて行くばかりなのです。あなたが是非共人魚の魔法を御覧になりたいと思うなら、どうぞ私を恋いしい故郷へ帰して下さい。」

「お前がそのように南欧の海を慕うのは、きっとお前に恋人があるからだろう。地中海の波の底に、同じ人魚の形を持った美しい男が、夜昼（よるひる）お前を待ち憧れて居るのだろう。そうでなければ、お前はそんなに私を厭う筈がない。情（つれ）なくも私の恋を振り捨てて、故郷へ帰る道理がない。」

貴公子が恨みの言葉を述べる間、人魚は殊勝げに瞑目して首（こうべ）をうなだれ、耳を傾けて居ましたが、やがてしなやかな両手を伸ばしつつ、シッカリと貴公子の肩を捕えました。

「ああ、あなたのような世に珍らしい貴（あで）やかな若人を、私がどうして忌み嫌う事が出来ましょう。どうして私が、あなたを恋せずに居られるような、無情な心を持って居るでしょう。私があなたに焦れて居る証拠には、どうぞ私の胸の動悸を聞いて下さい。」

人魚はひらりと尾を翻して、水甕の縁へ背を托したかと思う間もなく、上半身を弓の如く仰向きに反らせながら、滴々と雫の落ちる長髪を床に引き擦り、樹に垂れ下る猿のように下から貴公子の項を抱えました。すると不思議や、人魚の肌に触れて居る貴公子の襟頸は、さながら氷をあてられたような寒さを覚えて、見る見るうちに其処が凍えて痺（しび）れて行くのです。人魚の彼を抱き緊める力が、強くなれば強くなる程、雪白の皮膚に含まれた冷氷の気は、貴公子の骨に沁み入り髄を徹して、紹興酒の酔に熱した総身を、忽ち無感覚にさせてしまいます。其のつめたさに堪えかねて、あわや貴公子が凍死しようとする一刹那、人魚は彼の手頸を抑えて、其れを徐ろに彼の女の心臓の上に置きました。

「私の体は魚のように冷かでも、私の心臓は人間のように暖かなのです。此れが私の、あなたを恋いして居る証拠です。」

彼の女が斯う云った時、ふと貴公子の掌は、一塊の雪の中に、炎々と燃えて居る火のような熱を感じました。ちょうど人魚の左の胸を撫でて居た彼の指先は、その肋骨の下に轟く心臓の活気を受けて、危く働きを止めようとした体中の血管に、再び生き生きとした循環を起させました。

「私の心臓は斯く迄熱く、私の情熱は斯く迄激しく湧いて居ながら、私の皮膚は絶ゆる隙間なく、忌まわしい寒気に戦いて居ます。そうしてたまたま麗しい人間の姿を眺めても、人魚に生れた浅ましさには、宿業の報いに依って、其の人を愛する事を永劫に禁ぜられて居るのです。私がいか程あなたを慕い憧れても、神に呪われて海中の魚族に堕ちた身の上では、ただ煩悩の炎に狂い、妄想の奴隷となって、悶え苦しむばかりなのです。貴公子よ、どうぞ私を大洋の住み家へ帰して、此の切なさと恥かしさから逃がして下さい。青いつめたい波の底に隠れてしまえば、私は自分の運命の、哀さ辛さを忘れる事が出来るでしょう。此の願さえ聴き届けて下さるなら、私は最後の御恩報じに、あなたの前で神通力を現わして見せましょう。」

「おお、どうぞお前の神通力を示してくれ。其の代りには、私はどんな願いでも聴いて上げよう。」

と、うっかり貴公子が口をすべらせると、人魚はさもさも嬉しげに、両手を合わせて幾度か伏し拝みながら、

「貴公子よ、それでは私はもうお別れをいたします。私が今、魔法を使って姿を変えてしまったら、あなたは嘸かし其れをお悔みなさるでしょう。若しもあなたが、もう一遍人魚を見たいと思うなら、欧州行きの汽船に乗って、船が南洋の赤道直下を過ぎる時、月のよい晩に甲板の上から、人知れず私を海へ

放して下さい。私はきっと、波の間に再び人魚の姿を示して、あなたに御礼を申しましょう。」
云うかと思うと、人魚の体は海月のように淡くなって、やがて氷の溶けるが如く消え失せた跡に、二三尺の、小さな海蛇が、水甕の中を浮きつ沈みつ、緑青色の背を光らせ游いで居ました。

人魚の教えに従って、貴公子が香港からイギリス行きの汽船に搭じたのは、その年の春の初めでした。或る夜、船がシンガポールの港を発して、赤道直下を走って居る時、甲板に冴える月明を浴びながら、人気のない舷に歩み寄った貴公子は、そっと懐から小型なガラスの壜を出して、中に封じてある海蛇を摘み上げました。蛇は別れを惜しむが如く、二三度貴公子の手頸に絡み着きましたが、程なく彼の指先を離れると、油のような静かな海上を、暫らくするすると滑って行きます。そうして、月の光を砕いて居る黄金の瀲波を分けて、細鱗を閃めかせつつうねって居るうちに、いつしか水中へ影を没してしまいました。

それから物の五六分過ぎた時分でした。渺茫とした遥かな沖合の、最も眩く、最も鋭く反射して居る水の表面へ、銀の飛沫をざんぶと立てて、飛びの魚の跳ねるよに、身を翻した精悍な生き物がありました。天上の玉兎の海に墜ちたかと疑われるまで、皎々と輝く妖嬈な姿態に驚かされて、貴公子が其の方を振り向いた瞬間に、人魚はもはや全身の半ば以上を煙波に埋め、双手を高く翳しながら、「ああ」と咳呦一声して、くるくると水中に渦を巻きつつ沈んで行きました。

船は、貴公子の胸の奥に一縷の望を載せたまま、恋いしいなつかしい欧羅巴の方へ、人魚の故郷の地中海の方へ、次第次第に航路を進めて居るのでした。

魔術師

私があの魔術師に会ったのは、何処の国の何と云う町であったか、今ではハッキリと覚えて居ません。――どうかすると、其れは日本の東京のようにも思われますが、或る時は又南洋や南米の殖民地であったような、或は支那か印度辺の船着場であったような気もするのです。兎にも角にも、其れは文明の中心地たる欧羅巴からかけ離れた、地球の片隅に位して居る国の都で、而も極めて殷富な市街の一廓の、非常に賑やかな夜の巷でした。しかしあなたが、其の場所の性質や光景や雰囲気に関して、もう少し明瞭な観念を得たいと云うならば、まあ私は手短かに、浅草の六区に似て居る、あれよりももっと不思議な、もっと乱雑な、そうしてもっと頽爛した公園であったと云って置きましょう。

若しもあなたが、浅草の公園に似て居ると云う説明を聞いて、其処に何等の美しさをも懐しさをも感ぜず、寧ろ不愉快な汚穢な土地を連想するようなら、其れはあなたの「美」に対する考え方が、私とまるきり違って居る結果なのです。私は勿論、十二階の塔の下に棲んで居る、“venal nymph”の一群をさして、美しいと云うのではありません。私の云うのは、あの公園全体の空気の事です。暗黒な洞窟を裏面に控えつつ、表へ廻ると常に明るい歓ばしい顔つきをして、好奇な大胆な眼を輝かし、夜な夜な毒々しい化粧を誇って居る公園全体の情調を云うのです。善も悪も、美も醜も、笑いも涙も、凡べての物を溶解して、ますます巧眩な光を放ち、炳絢な色を湛えて居る偉大な公園の、海のような壮観を云うのです。そうして、私が今語ろうとする或る国の或る公園は、偉大と混濁との点に於いて、六区よりも更に一層六区式な、怪異な殺伐な土地であったと記憶して居ます。

浅草の公園を、鼻持ちのならない俗悪な場所だと感ずる人に、あの国の公園を見せたなら果して何と云うであろう。其処には俗悪以上の野蛮と不潔と潰敗とが、溝の下水の澱んだように堆積して、昼は熱帯の白日の下に、夜は煌々たる燈火の光に、耻ずる色なく発(あば)き曝され、絶えず蒸し蒸しと悪臭を醗酵させて居るのでした。けれども、支那料理の皮蛋(ぴいたん)の旨さを解する人は、暗緑色に腐り壊れた鶩(あひる)の卵の、胸をむかむかさせるような異様な匂を掘り返しつつ、中に含まれた芳鬱(ほううつ)な渥味(あくみ)に舌を鳴らすと云う事です。私が初めてあの公園へ這入った時にも、ちょうど其れと同じような、薄気味の悪い面白さに襲われました。

何でも其れは初夏の夕べの、涼しい風の吹く時分だったでしょう。私が其の町のとあるカフェエで、私の恋人と楽しい会合を果たした後、互いに腕を組み合って、電車や自動車や人力車の繁く往き交うアヴェニュウを、睦じそうに散歩して居る最中でした。

「ねえあなた、今夜此れから公園へ行って見ようではありませんか。」

と、彼の女が突然、あの妖艶な大きな瞳をぱっちりと開いて、私の耳元で囁いたのです。

「公園？　公園に何があるのさ。」

と、私は少し驚いて尋ねました。なぜと云うのに、私は今迄、其の町にそんな公園のあった事を知らなかったのみならず、その時の彼の女の言葉には、何処となく胡散臭(うさんくさ)い調子が潜んで居て、云わば秘密な悪事でも唆(そそのか)すように聞えたからです。

「だってあなたはあの公園が大好きな筈じゃありませんか。私は初めあの公園が非常に恐ろしかったのです。娘の癖にあの公園へ足を踏み入れるのは、恥辱だと思って居たのです。其れがあなたを恋するようになってから、いつしかあなたの感化を受けて、ああ云う場所に云い知れぬ興味を感じ出しました。あなたに会う事が出来ないでも、あの公園へ遊びに行けば、あなたに会って居るような心地を覚え始めました。………あなたが美しいようにあの公園は美しいのです。あなたが物好きであるように、あの公園は物好きなのです。あなたはよもやあの公園を、知らない筈はないでしょう。」

「おお知って居る、知って居る。」と、私は思わず答えました。そうして更に斯う云いました。「………彼処にはたしかいろいろな、珍しい見せ物があった筈だ。世界中の奇蹟と云う奇蹟の凡てが集まって居た筈だ。彼処には古代の羅馬に見るような、アムフィセアタアもあるだろう。スペインの闘牛もあるだろう。其れよりももっと突飛な、もっと妖麗な、Hippodrome もあるだろう。それから私の大好きな、いとしい可愛いお前よりも尚大好きな活動写真があるだろう。そうして彼の、世界中の人間の好奇心を唆かした Fantomas や Protea よりも、もっと身の毛の竦つようなフィルムの数々が白昼の幻の如くまざまざと映されて居るだろう。」

「私は此の間、彼処の活動写真館で、あなたが平生耽読して居る古来の詩人芸術家の、名高い詩篇や戯曲の映画を幾巻も幾巻も見せられました。ホオマアのイリアッドだの、ダンテの地獄の写真などは、あなたも多分御存じでしょう。しかしあなたは、支那小説の西遊記の、西梁女国の艶魔の媚笑を御覧になった事がありましょうか。又アメリカのポオの作った、恐怖と狂想と神秘との、巧緻な糸で織りなされた奇しい幾個の物語が、フィルムの上に展開して、眼前に現われて来る凄さを、嘗て想像したことがあるでしょうか。"The Black Cat" の戦慄すべき地下室の情況や、"The Pit and the Pendulum" の暗澹たる牢獄の有様が、小説よりも更に無気味に、実際よりも更に鮮かに、強く明るく照し出される刹那の気持ちを味わって御覧なさい。而もそれ等の幻燈劇を、黙って静かに見物して居る数百人の観客は、みんな悪夢に魘されたようにビッショリと冷汗を掻き、女は男の腕に絡まり男は女の肩にしがみ着いて、歯を喰いしばっておののきながら、一心に執拗に、昂奮した怯えた瞳を、映画の上へ注いで居るのです。彼等は折々、熱に浮かされた病人のような微かな嘆息を洩らすばかりで、咳一つ、眼瞬き一つしようとする者は居ませんでした。そんな事をする隙のない程、彼等の魂は脅威に充たされ、彼等の体は硬直して居るのです。たまたま余りの明白さに堪えかねて、面を背けて逃げ出そうとする者があると、真暗な観客席の何処からともなく、気違いじみた、けたたましい拍手の声が起ります。すると拍手は忽ちの間に四方へ瀰漫し、内々浮き腰になって居た連中迄が相和して、館の建物を震撼するような盛んな響きが、暫く場内にどよめき渡るのです。………」

彼の女の語る挑発的な巧妙な舒述は、一言一句大空の虹の如く精細に、明瞭な幻影を私の胸に呼び起して、私は話を聴いて居るより、寧ろ映画を見て居るような眩ゆさを感じました。同時に私は、其の公演へ今迄何度も訪れたことがあるらしく感ぜられました。少くとも彼の女が見物したと云う其れ等の幻燈の数々は私の心の壁の面に、妄想ともつかず写真ともつかず、折々朦朧と浮かび上って私の注視を促すことは屢々あるのです。

「しかし恐らく彼の公園には、もっと鋭くわれわれの魂を脅かし、もっと新しくわれわれの官能を蠱惑する物があるだろう。――――物好きな私が、夢にも考えたことのない、破天荒な興行物があるだろう。私には其れが何だか分らないが、お前は定めし知って居るに違いない。」

「そうです。私は知って居ます。其れは此の頃公園の池の汀に小屋を出した、若い美しい魔術師です。」

と、彼の女は即座に答えました。

「私は度び度び其の小屋の前を素通りしましたが、まだ一遍も中へ這入ったことがないのです。其の魔術師の姿と顔とは、余りに眩く美しくて、恋人を持つ身には、近寄らぬ方が安全だと、町の人々が云うのです。其の人の演ずる魔法は、怪しいよりもなまめかしく、不思議なよりも恐ろしく、巧緻なよりも奸悪な妖術だと、多くの人は噂して居ます。けれども小屋の入り口の、冷い鉄の門をくぐって、一度魔術を見て来た者は、必ずそれが病み付きになって毎晩出かけて行くのです。どうしてそれ程見に行きたいのか、彼等は自分でも分りません。きっと彼等の魂までが、魔術にかけられてしまうのだろうと私は推量して居るのです。――ですがあなたは其の魔術師をまさか恐れはしないでしょう。人間よりも鬼魅を好み、現実よりも幻覚に生きるあなたが、評判の高い公園の魔術を見物せずには居られないでしょう。たとえいかなる辛辣な呪詛や禁厭を施されても、恋人のあなたと一緒に見に行くのなら、私も決して惑わされる筈はありません。………」

「惑わされたら惑わされるがいいじゃないか。其の魔術師がそんなに綺麗な男なら。」

私は斯う云って、春の野に啼く雲雀のように、快濶な声でからからと笑いました。しかし其の次ぎの瞬間には、ふと、胸の底に湧いて来た淡い不安と軽い嫉妬に裏切られて、早速言葉を荒げずには居られませんでした。

「それでは此れから直ぐ公園へ行って見よう。われわれの魂が魔法にかかるかかからないか、お前と一緒に其の男を試してやろう。」

二人はいつか町の中央にある広小路の、大噴水の滸をさまようて居たのでした。噴水の周囲には、牛乳色の大理石の石垣が冠のような円形を作って、一間毎に立って居る女神の像の足下から、泉の水は淙々として溢れ膨らみ、絶えず大空の星を目がけて吹き上げながら、アーク燈の光のうちに虹霓となり雲霧となりつつ、夜の空気に潺湲と咽び泣いて居るのです。とある行路樹の、鬱蒼とした葉蔭のベンチに腰を卸して、暫く街頭の人ごみを眺めて居た私は、間もなく其処の雑沓に異常な現象が現われて居る事を発見しました。町の四方から、其の四つ辻の噴水に向って集まって来る四条の道路は、いずれも夕方のそぞろ歩きを楽しむらしい群衆に依って賑わって居ますが、而も其れ等の人々の殆んど全部は、一様に同じ方角を志しつつゆるくなだらかに流れて行くのです。南と北と西と東との道路のうち、南の一条を除く以外の三つの線を歩く者は、一旦悉く四つ辻の広場に落ち合った後、今度は更に濃密な隊を作り、真黒な太い列を成して、南の口へぞろぞろと押して行きます。そうして今しも、噴水の傍のベンチに憩うて居る私等二人は、云わば大河のまん中に停滞して居る浮き洲のように、独り静かに周囲から取り残されて居るのでした。

「御覧なさい。これ程多勢の人たちがみんな公園へ吸い寄せられて行くのです。――――さあ、われわれも早く出掛けましょう。」

彼の女は斯う云って、やさしく私の背中を擁して立ち上りました。二人はどんなに押し返されても別れ別れにならないように、鉄の鎖の断片の如く頑丈に腕を絡み合って、人ごみの内に交ったのです。

やや長い間、私は唯、無数の人間の雲の中を嫌応なしに進みました。行く手を眺めると、公園は案外近い所にあるらしく、燦爛としたイルミネエションの、青や赤や黄や紫の光芒が、人々の頭に焦げつく程の低空に、炎々と燃え輝いて居るのです。道路の両側には、青楼とも料理屋ともつかない三階四階の楼閣が並んで、花やかな岐阜提灯を珊瑚の根掛けのように連ねたバルコニイの上を見ると、酔いしれた男女の客が狂態の限りを尽して野獣のように暴れて居ました。彼等の或る者は、街上の群衆を瞰おろして、さまざまの悪罵を浴びせ、冗談を云いかけ、稀には唾を吐きかけます。彼等はいずれも外聞を忘れ羞恥を忘れて踊り戯れ、馬鹿騒ぎの揚句には、蒟蒻のようにぐたぐたになった男だの、阿修羅のように髪を乱した女だのが、露台の欄杆から人ごみの上へ真倒まに落ちて来るのです。そうして見る見る野次馬の為めに、顔を滅茶々々に掻き揮られ、衣類をずたずたに引き裂かれて、或る者は悲鳴を放ちながら、或る者は絶息して屍骸のようになりながら、水に浮かぶ藻屑の如く何処までも何処までも運ばれて行くのです。私は、自分の前へ落ちて来た一人の男が、逆立ちになって二本の脛を棒杭のように突き出したまま、止めどもなく流れて行くのを見て居ました。其の男の足は、四方八方から現われて来る無頼漢の手に依って、最初に先ず靴を脱がされ、次にはズボンをぼろぼろに破られ、果ては靴足袋を剝ぎ取られて、打ったり抓ったりされるのでした。それから又、酒ぶくれに太った一人の女が、ジオヴンニ・セガンティニの「淫楽の報い」と云う絵の中にある人物のような形をして、胴上げにされながら、「やっしょい、やっしょい」と担がれて行くのも見物しました。

「この町の人たちは、みんな気が違って居るようだ。今日は一体、お祭りでもあるのか知ら。」

と、私は恋人を顧みて云いました。

「いいえ、今日ばかりではありません。此の公園へ来る人は年中こんなに騒いで居るのです。始終此のように酔払って居るのです。此の往来を歩いて居る人間で、正気な者はあなたと私ばかりです。」

彼の女は相変らずしとやかな、真面目な句調で、そっと私に告げました。どんな喧囂の巷に這入っても、どんな乱脈な境地にあっても、常に持ち前の心憎い沈着と、純潔な情熱とを失わない彼の女は、悪魔の一団に囲まれた唯一人の女神のように、清く貴く私の眼に映じたのです。私は彼の女の冴え冴えとした瞳を見ると、吹き荒ぶ嵐の中に玲瓏と澄み渡った、鏡のような秋の空を連想せずには居られませんでした。

二人は人波に揉まれ揉まれて、一尺の地を一寸ずつ歩く程にして、つい鼻先に控えて居る公園の入口へ、漸く辿り着く迄に一時間以上も費したようでした。其処までぎっしりと密集して、巨大な蜈蚣の這うが如く詰め駈けて来た人々は、門内の広場に達すると、やがて参々伍々に別れて、思い思いの方面へ散らばって行くのです。公園と云っても、見渡す限り丘もなく森もなく、人工の極地を悉した奇怪な形の大廈高楼が、フェアリー・ランドの都のように甍を連ね、幾百万粒の燭を点じて、巍々として聳えて居るのでした。広場の中心に茫然と彳立したまま、其の壮観を見渡した私は、先ず何よりも、天の半ばに光って居るGrand Circusと云う広告燈のイルミネエションに胆を奪われました。其れは直径何十丈あるか分らない極めて厖大な観覧車の如きもので、ちょうど車の軸のところに、グランド・サアカスの二字が現れているのです。そうして、数十本の車の輻には、一面の電球が赫燦たる光箭を放ち、さながら虚空に巨人の花傘を拡げたような環を描いて、徐々に雄大に廻輾を続けて居ます。而も一層驚く可き事は、素肌も同然な肉体に軽羅を纏うた数百人のチヤリネの男女が、炎々と輝く火の柱に攀じ登りつつ、車の廻るに従って、上方の輻から下方の輻へと、順次に間断なく飛び移って居る有様です。遠くから其れを眺めると、車輪全体へ鈴なりにぶら下って居る人間が、火の粉の降るように、天使の舞うように、衣を翩々と翻して、明るい夜の空を翱翔して居るのでした。

私の注意を促したのは、此の車ばかりでなく、殆んど公園の上を蓋うて居る天空のあらゆる部分に、奇怪なもの、道化たもの、妖麗なものの光の細工が、永劫に消えぬ花火の如く、蠢めき、閃めき、のたくって居るのを認めました。若しあの空の光景を、両国の川開きを歓ぶ東京の市民や、大文字山の火を珍らしがる京都の住民に見せたなら、どんなにびっくりすることでしょう。私が其の時、ちょいと見渡したところだけでも、未だに忘れられない程の放胆な模様や巧緻な線状が、数限りなくあるのです。たとえて云えば、其れは誰か、人間以上の神通力を具備して居る悪魔があって、空の帳に勝手気儘な落書きを試みたとも、形容することが出来るでしょう。或は又、世界の最後の審判の日、Doom's Day の近づいた知らせに、太陽が笑い月が泣き彗星が狂い出して、種々雑多な変化星が、縦横無尽に天際を揺曳するのにも似て居るでしょう。

私たちの立って居る広場は、正確な半円形を形作って、その円周の弧の上から、七条の道路が扇の骨の如く八方へ展いていました。七条のうちで最も広い、最も立派なのは、まん中の大通りでした。何十軒何百軒あるか分らない公園の見せ物の中で、取り分け人気を呼んでいる小屋は大概其処にあるらしく、或は厳しい、或は危っかしい、或は頓狂な、或は均整な、ありとあらゆる様式の建築物が、城砦のように軒を並べ、参差として折り重なって居るのです。其処には日本の金閣寺風の伽藍もあれば、サラセニックの高閣もあり、ピサの斜塔を更に傾けた突飛な櫓があるかと思えば、杯形に上へ行く程脹らんでいる化物じみた殿堂もあり、家全体を人面に模した建物や、紙屑のように歪んだ屋根や、蛸の足のように曲った柱や、波打つもの、渦巻くもの、彎屈するもの、反り返るもの、千差万別の姿態を弄して、或は地に伏し、或は天を摩して居ます。

「あなた……」

そうして其の時、私の愛らしい恋人は、斯う云いかけて軽く私の袂を引きました。

「あなたは何が珍らしくて、そんなに見惚れていらっしゃるの？　此の公園へは度び度びお出でになったのでしょう。」

「私は此処へ何度も来て居る。」

そう云わなければ恥辱を受けるように感じて、私は慌て頷きました。「………だがしかし、幾度来ても私は見惚れずに居られないのだ。其れ程私は此の公園が好きなのだ。」

「まあ」と云って、彼の女はあどけなくほほ笑みながら、「魔術師の小屋は彼処にあるのです。さあ早く行きましょう。」

と、左手を挙げて、其の大通りの果てを指しました。

広場から大通りへ這入る口には、鎌倉の大仏程もある、真赤な鬼の首がわれわれの方を睨んで居ました。鬼の眼にはエメラルド色の、濃緑色の電燈が爛々と燃えて、鋸のような歯を露わして笑って居ます。ちょうど其の歯の生えて居る上顎と下顎との間が、一箇のアーチになって居て、多勢の人は其処をくぐって行くのです。それでなくても、公園全体が溶礦炉の如く明るいのに、其の大通りの明るさは又一段と際立って、一道の火気が鬼の口から烈々と噴き出て居ます。私は恋人に促されて其の火の中へ飛び込んだ時、さながら体が焦げるような心地を覚えました。

両側に櫛比して居る見世物小屋は、近づいて行くと更に仰山な、更に殺風景な、奇想的なものでした。極めて荒唐無稽な場面を、けばけばしい絵の具で、忌憚なく描いてある活動写真の看板や、建物毎に独特な、何とも云えない不愉快な色で、強烈に塗りこくられたペンキの匂や、客寄せに使う旗、幟、人形、楽隊、仮装行列の混乱と放埓や、其れ等を一々詳細に記述したら、恐らく読者は竦然として眼を掩うかも知れません。私があれを見た時の感じを、一言にして云えば、其処には妙齢の女の顔が、腫物の為めに膿ただれて居るような、美しさと醜さとの奇抜な融合があるのです。真直ぐなもの、真ん円なもの、平なもの、――――凡て正しい形を有する物体の世界を、凹面鏡や凸面鏡に映して見るような、不規則と滑稽と胸悪さとが織り交って居るのです。正直をいうと、私は其処を歩いて居るうちに、底知れぬ恐怖と不安とを覚えて、幾度か踵を回そうとしたくらいでした。

若しも彼の女が一緒でなかったら、私はほんとうに中途で逃げたかも分りません。私の心の臆するに従い、彼の女はますます軽快に、子供のような無邪気な足どりで、勇ましく進んで行くのでした。私が物に脅かされた怯懦な眼つきで、訴えるように彼の女の様子を窺うと、彼の女はいつも面白そうな、罪のない笑顔を見せてにこにこして居るのです。

「お前のような正直な、柔和な乙女が、この恐ろしい街の景色を、どうして平気で見て居られるのだろう。」

私は屡々、彼の女に尋ねようとして躊躇しました。けれども私が実際斯う云う質問を発したら、彼の女は何と答えたでしょう。「わたしが平気で居られるのは、あなたの感化だ。」と云うでしょうか。「わたしにはあなたと云う恋人がある為めなのです。恋の闇路へ這入った者には、恐ろしさも恥かしさもない。」と云うでしょうか。――――そうです。彼の女はきっと此れ等の言葉を答えるに違いないでしょう。彼の女は其れ程熱心に私を信じ、其れ程純粋に私を愛して居るのです。羊のように大人しい、雪のように浄い彼の女が、此の公園を喜ぶのは、たしかに私を恋している証拠なのです。私の趣味を自分の趣味とし、私の嗜好を自分の嗜好にしようと努めた結果なのです。世間の人は彼の女の事を、私の為めに堕落をしたと云うかも知れません。しかし彼の女の趣味や嗜好が如何程悪魔に近づいたにせよ、彼の女の心、彼の女の心臓はいまだに人間らしい温情と品威とを、失わずに居たのでした。

そう考えると、私は彼の女に感謝せずには居られませんでした。私のような、世の中に何の望みもなく、唯美しい夢を抱いて国々を漂泊しながら、慵く佗しく生きて居る人間が、貴い乙女の魂を征服して居る事を思うと、私は非常に勿体ない心地がしました。

「私はとてもお前のような優しい女子の恋人になる資格はないのだ。お前は私と一緒になって、此の公園へ遊びに来るには、余りに気高い、余りに正しい人間だ。私はお前に忠告する。お前の為めには、二人の縁を切った方が、どんなに幸福だか分らない。私はお前が、こんな所へ平気で足を踏み入れる程、大胆な女になったかと思うと、自分の罪が空恐ろしく感ぜられる。」

私は不意に斯う云って、彼の女の両手を捕えたまま、往来に立ち竦んでしまいました。しかし彼の女はやっぱり平気で、にこやかに笑って居るばかりです。自分の一身が、いかに忌まわしい滅亡の淵に臨んで居るかを、心付かない小児のように、朗かな瞳を開き、爽かな眉を示して居るのです。私が同じ意味の言葉を再三再四繰返すと、

「私は覚悟して居ます。今更あなたに伺わないでも、私にはよく分って居ます。あなたと一緒に、斯うして此の町を歩いて居る今の私が、自分にはどんなに楽しく、どんなに幸福に感ぜられるでしょう。あなたが私を可哀そうだと思ったら、どうぞ私を永劫に捨てないで下さい。私があなたを疑わないように、あなたも私を疑わないで居て下さい。」

彼の女は相変らず機嫌のよい、小鳥のような麗かな声で、ただ訳もなく斯う云い捨ててしまいました。

そうして、ふたたび私を促して、例の魔術師の小屋の前までやって来た時、

「さああなた、此れから私達は試しに行くのです。二人の恋と、魔術使の術と、孰方が強いか試してやりましょう。私はちっとも恐くはありません。私は自分を堅く堅く信じて居ますから。」

と、私を激励するように幾度となく念を押しました。それ程迄に突き詰めた、彼の女の真心のうるわしさを見せられては、たとえ私がいかに卑劣な、根性の腐った人間でも、どうして感奮せずに居られましょう。

「先の言葉は私が悪かった。お前のような清い女が、私のような汚れた男と結び着く事になったのは、大方運命と云うものだろう。二人の体と魂とは、眼に見えぬ宿縁の鎖で、生れぬ前から一緒に縛られて居たのだろう。お前は清い女のままで、私は汚れた男のままで、二人は永えに愛し合うべき因果に支配されて居るのだ。――魔術師は愚か、どんなに不思議な、どんなに凄じい地獄へでも、私はお前を連れて行こう。お前でさえ恐くないと云うのに、何で私に恐いものがあるだろう。」

私は斯う云って、彼の女の前に跪いて、神々しい白衣の裾に長い接吻を与えました。

魔術師の小屋のある所は、彼の女が云った通り、繁華な街区の果てにある物淋しい一廓でした。湧き返るような閙嚷の巷から、急にうす暗い、陰気な地域へ出て来た私の神経は、鎮静するというよりも、却って一層の気味悪さに襲われて、不測の災に待ち受けられて居るような、疑心の昂まるのを覚えました。

私は今迄、此の公園には何等の自然的風致、――木とか森とか水とか云う物が、全く欠けて居る事を訝しんで居ましたが、此の一廓へ来た時に、初めて其れが幾分応用されて居るのを認めました。しか

し勿論、其処に使われて居る自然的要素は、決して自然の風致を再現する為めに塩梅せられるものではなく、寧ろ飽くまでも人工を助け、其の拗れた技巧の効果を補う為めの材料として、取り入れられて居るのでした。こう云ったらば或る読者は、「アルンハイムの領地」とか、「ランダアの小屋」とか云うポオの小説に描かれた園芸術を想像するかも知れませんが、私の云う人工的の山水は、あれよりももっと小細工を弄した、もっと自然に遠ざかった景色のように思われました。つまり、木だの、草だの、水だのを、アーチや看板や電燈などと全く同じに、或る建物を作り上げる道具の一種として、取り扱って居るのです。其処にあるものは、縮小された自然、若しくは訂正された自然ではなくて、山水の形を取った建築物だという方が、適当だかも知れません。森や林が、植物らしい潑溂とした生気を欠き、器用な模造品のような、誂え向きの線状をたっぷりと湛えて、庭というよりも芝居の道具立てに近い感じを起させます。絵の具の代りに木の葉を使い、波幕の代りに水を使い、張子の代りに丘を使ったと云うだけの事なのです。

その山水を、一個の舞台装置として評価すれば、たしかに凄惨な、特有な場面になって居て、到底自然の風致などの、企及し難い或る物を摑んで居ました。其処では一本の樹木の枝、一塊の石の姿まで、幽鬱な暗示を含み、深遠な観念を表わすように配置され、吾人は其れが樹木であり、石である事を忘れる迄に、慄然たる鬼気を感ずるのです。読者は多分、ベックリンの描いた、「死の島」という絵のある事を御存知でしょう。そうして私が、現在説明しようとして居る場面は、多少あの絵に似通った効果を、更に冷く、更に晦く、更に寂寞たる物象に依って現わして居るのでした。先ず第一に、私の神経を極端に脅かしたものは、あの一廓を屏風の如く囲繞して、黒く、堆く、矗々と攅立しているポプラアの林です。私が其れを林であると気がつく迄には、余程の時間を要しました。なぜと云うのに、遠くから望むと其れは殆ど林と思えないくらい、不可解な恰好をしていたからです。たとえて見れば、ちょうど監獄署の塀のような、頭もなく足もなく、ただ真黒な平な壁が井戸側の如く円く続いて、天(そら)に聳えて居るのです。而もだんだん精細に熟視すると、此の蜿蜒(えんえん)たる塁壁の輪は、二匹の偉大な蝙蝠が、右と左に立ち別れつつ両方から暗澹たる翼を拡げて、手を握り合った形状を備えて居るのでした。注意すれば注意する程、蝙蝠の眼や耳や、手や足や、翼と翼との間隙などが、明瞭な輪廓を以て、障子へ映る影法師のように、ありありと、天地の間に塞がって居るのです。それ故、此の巧妙な Silhouette が何で造られたものであろうか、私が判断に苦しんだのも無理がありません。一番最初は森に見え、其の次ぎには壁に見え、其の次ぎに蝙蝠に見え出したモンスタアが、実はやっぱり枝葉の繁った白楊樹(はくようじゅ)の密林を、非常に大規模な、非常に精妙な技術に依って、怪物の姿に模したものだと分った時、私は一段の脅威と讃嘆とを禁じ得ませんでした。

「あなたは誰が此の森を設計したか御存知ないでしょう。此れはあの魔術師が作ったのです。つい近頃、自分が勝手に植木屋を指図して、大木をどんどん運ばせて、僅かの間に植えさせてしまったのです。仕事に与(あずか)った多勢の人夫たちは、誰一人も此の森がどんな形に出来上るか、気が付いた者は居ませんでした。彼等はただ魔術師の命ずるままに、一本一本樹を植えて行っただけでした。いよいよ森が出来上った時、魔術師は愉快そうに笑って、『森よ、森よ、お前は蝙蝠の姿になって、人間共を威嚇してやれ。』と叫びながら、魔法杖を振り上げて大地を三度び叩きました。すると忽ち、其処に居合わせた人夫等は、自分たちが今迄夢中で拵えていた白楊樹の森が、偶然にも怪鳥の影法師に似て居る事を発見したのです。

其れ以来、魔術師の評判は、此の森の噂と共に、普く街中へ広まりました。或る人の説では、実際森が怪鳥の形を持って居るのではなく、見る人の方が、そう云う幻覚を起すのだと云います。しかし兎に角、魔術師の小屋へ行こうとして、此処を通りかかった者は、必ず常に影法師に脅されて、胆を冷やさずには居りません。森が魔法にかけられて居るのか、見る人の方がかけられて居るのか、其の秘密を知って居るのは、ただ当人の魔術師ばかりです。」

こういう彼の女の物語を聞きながら、私は尚も瞳を凝らして、附近一帯の風物を細やかに点検しました。魔法の森――これは町の人が附けた名前なのです。――は、単に形態が妖怪じみて居るばかりでなく、空の中途に濃い高い帳を繞らして、その圏内に包まれた区域を、公園全体の花やかな色彩から都合よく遮蔽し、闇と呪とに充たされた荒涼たる情景を作るのに、極めて主要な役目を勤めて居るのでした。森に取り巻かれた場所の広さは、何でも不忍池ぐらいはあったでしょう。そうして其の大部分には、真暗な、腐った水のどんよりと澱んだ、じめじめとした沼が、氷のように冷かな底光りを見せて、一面に行き瀰っている様子でした。魔法の森で、自分の視覚を疑った私は、その沼に対しても、あんまり水面が静かである為めほんとうの水が湛えてあるのか、それともガラスが張ってあるのか、暫く断案を下すのに躊躇しました。実際、ガラス張りだと信ずる事が可能な程、その水は磑々として動かず流れず、一つ所に凝り固まって、試しに石を投げ込んでも、戞々と鳴って撥ね返りそうに思われました。此の粛然とした「死」のように寂しく厳めしい沼の中頃に、島とも船とも見定め難い丘のような物が浮かんで居て、“The Kingdom of Magic”と微かに記した青い明りが、たった一点、常住の暗夜を照らす星の如く、頂きの尖った所に灯されて居ます。

「丘のような物」が何であるかは、今少し精しく説明する必要がありますが、其れは恰も地獄の絵にある針の山に酷似した、突兀たる巌石の塊なのです。三角形の、矛のように鋭い岩が磊々と積み重なって、草もなく木もなく家もなく、黙然と蟠まって居るのです。ただ此れだけで、「魔術の王国」と云う看板はあるものの、其の王国が何処にあるのやらさっぱり分りません。

「あそこです。――あそこが小屋の入口です。」

と云って、彼の女が指さした方を見ると、成る程看板の辺に、岩と岩との間に挟まった、小さな、窮屈な、鉄の門らしいものがありました。そうして私たちの立って居る沼の滸から、一条の細長い危っかしい仮橋が、此の門の前までかかって居るのです。

「だが彼の門は堅く締まって居るようだ。見物人の出這入りする風もなければ、人間らしい声と云うものがまるきり聞えない。あれでも魔術をやって居るのか知ら。」

私は独り言のように云うと、彼の女は直ぐに頷きました。

「そうです。今が大方、魔術の始まって居る最中でしょう。あの魔術師は普通の手品使いと違って、演技の半ばに囃しを入れたり、拍手を求めたりしないそうです。それ程魔術が深刻で、敏速だと云う話です。見物のお客も一様に固唾を呑んで、殆んど総身へ水をかけられたような気持ちになって、時々こっそりと溜息を洩らすばかりだと云います。あの静かさから推量すると、今がきっと演技の最中に違いありません。」

斯う云った彼の女の声は、抑え切れない恐怖の為めか、それとも怪しい昂奮の為めか、例になく皺嗄れて顫えて居るようでした。

二人は其れ切り黙り込んで、島に通ずる仮橋を渡り始めました。

門を這入って僅かに五六歩進んだ時、今まで陰惨な暗黒の世界に馴れて居た私の瞳は、俄かに満場の眩い光線に射竦められて、ぐりぐりと抉られるような痛みを覚えました。あの、磊々たる土塊の外見を持って居た魔術の王国は、意外にも金壁燦爛たる大劇場の内部を備えて、柱や天井に隙間なく施された荘厳な装飾が、熀々とした電燈に映じて眼の醒めるように輝いて居るのです。そうして場内のあらゆる坐席は、土間も二階も三階も、ぎっしりと塞がって、身動きも出来ない大入でした。観客のうちには、支那人だの、印度人だの、欧羅巴人だの、種々雑多な服装をした凡べての人種が網羅されて居ましたが、なぜか日本人らしい風俗の者は、われわれ以外に一人も見当りませんでした。それから又、特等席のボックスには、此の都の上流社会の、公園などへ容易に足を踏み入れる筈のない、紳士や貴婦人のきらびやかな一団が並んで居ました。彼等の婦人の或る者は、由緒ある身の外聞を憚る為めか、回々教徒の女人のような覆面をして、人影に肩をすぼめて居ましたけれど、猶且舞台に注がれた二つの瞳には、秘密を裏切る品威と情欲との、鮮やかな色が現れて居るのでした。紳士の中には此の国の大政治家や、大実業家や、芸術家や宗教家や道楽息子や、いろいろの方面で名を知られた男たちが交って居ました。私は彼等の多くの顔を、嘗て幾度も写真で見た事があるように感じました。彼等の或る者はナポレオンに似、又或る者はビスマルクに似、或る者はダンテのような、或る者はバイロンのような輪廓を備えて居るのでした。其処にはネロもソクラテスも居たでしょう。ゲエテもドン・ファンも居たでしょう。私は彼等が、どうしてこんな魔の王国に来て居るのか、其の理由を直ちに解釈する事が出来ました。聖人でも暴君でも詩人でも学者でも、みんなやっぱり「不思議」と云うものに惹き寄せられる心を持って居るのです。

彼等は或いは研究の為め、経験の為め、布教の為めに来たのだと云うでしょう。ひょっとすると、彼等は自分でもそう信じて居るでしょう。しかし私に云わせると、彼等の魂の奥底には、程度こそ違え、私が感ずると同じような美を感じ、私が夢る(ゆめみ)と同じような夢を夢る素質が潜んで居るのです。彼等はただ、私のように其れを意識し、若しくは肯定しないだけの相違なのです。――――私は何と云う事もなく、こんな風に考えました。

私と彼の女とは、支那人の辮髪(べんぱつ)だの、黒人の頭帕(タアバン)だの、婦人のボンネットだのが、紅蓮白蓮(ぐれんびゃくれん)の波打つように錯綜して居る土間の椅子場に分け入って、辛うじて二つの席に坐を占めました。舞台と私たちとの間には、少くとも五六行の椅子が列んで居て、其の大部分には、瀟洒(しょうしゃ)たる初夏の装いを凝らした欧洲種の若い女等が、肉附のいい清らかな項(うなじ)を揃えて、白鳥のように群って居るのでした。私の視線は此れ等の幾層にも重なり合った女の肩を打ち超えて、其の向うにある舞台の上に注がれたのです。

舞台の背景には、一面に黒幕が垂れ下って、中央の一段高い階段の上に、素晴らしく立派な、玉座の如き席が設けてありました。此れが所謂(いわゆる)「魔術のキングドム」の王の拠る可き席なのでしょう。其処には生きた蛇の冠を頭に戴き、羅馬(ローマ)時代の袍衣(トーガ)を身に着けて、黄金の草鞋(サンダル)を穿いた極めて年若な魔術師が、端然として腰掛けて居るのです。階段の下の、玉座の右と左とは、三人ずつの男女の助手が、奴隷のように畏まり、足の裏を観客の方へ曝して、さも賤(いや)しげに額(ぬか)づいて居ます。舞台の装置と人物とは、纔(わずか)に此れだけの、簡単過ぎたものでした。

私は上着のポケットを捜って、門を這入る時に渡されたプログラムを開けて見ましたが、其れには大凡そ二三十種の演技の数が記してあって、孰(ど)れも此れも悉く前古未曾有(ぜんこみぞう)な、驚天動地の魔術であるらしく想像されました。最も私の好奇心を煽った二三番の例を挙げれば、第一にメスメリズムと云うのがあります。此れは小書きの説明に依ると、場内の観客全体に催眠作用を起させるので、劇場内のあらゆる人間が、魔術師の与える暗示の通りに錯覚を感ずるのです。たとえば魔術師が、「今は午前の五時だ。」と云えば、人々は爽かな朝の日光を見、自分たちの懐中時計がいつの間にやら五時を示して居る事に気が付きます。其の外「此処は野原だ。」と云えば野原に見え、「海だ。」と云えば海に見え、「雨だ。」と云えば体がビショビショと濡れ始めます。次ぎに恐ろしいのは、「時間の短縮」と云う妖術です。魔術師が一箇の植物の種子を取って土中に蒔き、徐(おもむろ)に呪文を唱えると、十分間に其れが芽を吹き茎を生じて花を咲かせ実を結ぶのです。而も其の植物の種子は、観客の方で勝手な物を何処からでも択んで来ることを望むばかりか、亭々(ていてい)として雲を凌ぐような高い幹でも、鬱蒼として天を蔽うような繁った葉でも、十分間に必ず発育させると云うのです。其れに似たのでもっと不気味なのは、「不思議な妊娠」と題せられた演技でした。此れも同じく呪文の力で、十分間に一人の婦人を妊娠させ分娩させるのだそうです。此の魔法に使われる婦人は、多くの場合「王国」の奴隷の女ですが、若しも見物人の内に有志の婦人があってくれれば、更に有り難いと書いてあります。以上の例を読んだだけでも、読者はいかに此の魔術師が、凡庸の手品使いと類を異にして居るか、了解する事が出来るでしょう。

しかし非常に残念な事には、私が入場した折には、既にプログラムの大部分が演了せられて、纔かに最終の一番を剰(あま)して居る所でした。私たちが席へ就いてから間もなく、玉座に据わって居た彼(か)の魔術師は、やおら立上って舞台の前面に歩み出て、子供のように顔を赧らめながら、可愛らしい、羞恥を含んだ低い声音(こわね)で、今から取りかかる魔法の説明を試みました。

「……さて、今晩の大詰の演技として、私は茲に最も興味ある、最も不可解な妖術を、諸君に御紹介したいと思います。此の幻術は、仮りに『人身変形法』と名づけてありますが、つまり私の呪文の力で任意の人間の肉体を、即坐に任意の他の物体――鳥にでも虫にでも獣にでも、若しくは如何なる無生物、たとえば水、酒のような液体にでも、諸君のお望みなさる通りに変形させてしまうのです。或は又、全身でなくとも、首とか足とか、肩とか臀とか、ある一局部だけを限って、変形させる事も出来ます……。」

私は、魔術師が諄々として語り続ける滑かな言葉よりも、寧ろ彼の艶冶な眉目と阿娜たる風姿とに心を奪われ、いつ迄もいつ迄も恍惚として、眼を睜らずには居られませんでした。彼が超凡の美貌を備えて居る事は、前から聞いて居たのですが、其れにしても私は今、話に依って予想して居た彼の顔立ちと、実際の輪廓とを比較して、美さの程度に格段の相違があるのを認めました。就中、一番私の意外に感じたのは、うら若い男子だとのみ思って居た其の魔術師が、男であるやら女であるやら全く区別の付かない事です。女に云わせれば、彼は絶世の美男だと云うでしょう。けれども男に云わせたら、或は曠古の美女だと云うかも知れません。私は彼の骨格、筋肉、動作、音声の凡ての部分に、男性的の高雅と智慧と活潑とが、女性的の柔媚と繊細と陰険との間に、渾然として融合されて居るのを見ました。たとえば彼の房々とした栗色の髪の毛や、ふっくらとした瓜実顔の豊頰や、真紅な小さい唇や、優婉にして而も精悍な手足の恰好や、其れ等の一点一劃にも、此の微妙なる調和の存在して居る工合は、ちょうど十五六歳の、性的特長がまだ充分に発達し切らない、少女或は少年の体質によく似て居ました。それから彼の外見に関するもう一つの不思議は、彼が一体、何処に生れた如何な人種であろうかと云う問題です。此れは恐らく、誰しも彼の皮膚の色を見た者には当然起る可き疑いで、その男――だか女だかは、決して純粋の白人種でも、蒙古人種でも、黒人種でもないのです。強て比較を求めたなら、彼の人相や骨格は、世界中での美人の産地と云われて居るコウカサスの種属に、いくらか近い所があるかも知れません。けれどももっと適切に形容すると、彼の肉体はあらゆる人種の長所と美点ばかりから成り立った、最も複雑な混血児であると共に、最も完全な人間美の表象であると云う事が出来ます。彼は誰に対しても常にエキゾティックな魅力を有し、男の前でも女の前でも、擅に性的誘惑を試みて、彼等の心を蕩かしてしまう資格があるのです。

「……ところで私は、予め皆さんに御相談をして置きますが……」

と魔術師は猶も言葉を続けました。

「私は先ず試験的に、此処に控えて居る六人の奴隷を使用して、彼等を一々変形させて御覧に入れます。しかし私の妖術のいかに神秘な、いかに奇蹟的なものであるかを立証する為め、私は是非共満場の紳士淑女が、自ら奮って私の魔術にかかって頂く事を望みます。既に私が此の公園で興行を開始してから、今晩で二た月余りになりますが。其の間毎夜のように観客中の有志の方々が、常に多勢、私の為めに進んで舞台へ登場され、甘んじて魔術の犠牲となって下さいました。犠牲――そうです。其れはたしかに犠牲です。貴き人間の姿を持ちながら、私の法力に弄ばれ、犬となり豚となり、石ころとなり糞土となって、衆人環視のうちに恥を曝す勇気がなければ、此の舞台へは来られない筈です。にも拘らず、私は毎夜観客席に、奇特な犠牲者を幾人でも発見する事が出来ました。中には身分の卑しからぬ貴公子や貴婦人なども密かに犠牲者の間へ加わって居られると云う噂を聞きました。それ故私は、今夜も亦例に依って、沢山の有志家が続々と輩出せられる事を信じ、且つ誇りとして居る次第なのです。」

斯う云った時、青白い魔術師の顔にはさも得意げな凄惨な微笑みが浮かびました。而も多くの見物人は、彼の不敵な弁舌を聴き、傲慢な態度に接すれば接する程、だんだん彼に魂を惹き付けられ、征服されて行くような心地がするのです。

やがて魔術師は、その時まで玉座の前に跪いて、彫刻の群像の如く平伏して居た奴隷の中から、一人の可憐な美女を麾くと、彼の女は夢遊病者の如くよろよろとして魔術師の前に歩み出て、再び其処に畏まりながら、糸の弛んだ操つり人形のように、ぐたりと頭を項垂れました。

「お前は私の奴隷のうちでも、一番私の気に入った、一番可愛らしい女だ。もう五六年、お前が辛棒してさえ居れば、私はきっとお前を立派な魔術師にさせてやる。人間は勿論、神でも悪魔でも及ばないような、世界一の魔法使いにさせてやる。お前は嘸かし、私の家来になった事を幸福に感じて居るだろう。人間界の女王になるより、魔の王国の奴隷になる方が、遥かに幸福な事を悟っただろう。」

魔術師は、床に垂れた彼の女の長い髪の毛を、自分の足に踏み敷きながら、反り身になって直立したまま、こんな文句を厳かに云い渡して、

「さあ、此れからいつもの変形術を行うのだが、お前は今夜は何になりたい？　私はお前が知って居る通り、非常に慈悲深い王様だ。何でもお前の望みのままにさせてやるから、好きな物を言うがいい。」

と、恰も歓ばしい恩寵を授けるような句調で云いました。

其の時、まるで石膏の如く硬張って居た女人の全身は、忽ち電流を感じたようにもくもくと顫え始めたかと思うと、氷の融けた河水の如く彼の女の唇も動き始めて、

「ああ王様、有り難うございます。私は今夜美しい孔雀になって、王様の玉座の上に輪を描きつつ、飛び廻りとうございます。」

と、婆羅門の行者が祈祷するように、両手を高く天に掲げて合掌するのです。

魔術師は機嫌よく打ち頷いて、直ちに口の内で呪文を唱え出しました。十分間と云う話でしたが、彼の女の五体が全く孔雀の羽毛に蔽われてしまう迄には、五分もかからなかったでしょう。そうして残りの五分間に、肩から上の人間の部分が、次第に孔雀の首に変って行くのでした。此の、後の五分間の始まりに、まだうら若い女の顔を持った孔雀が、さも嬉しげな瞳を挙げてほほ笑みつつ、次ぎにはうっとりと眼を眠って眉根を寄せ、だんだん切ない鳥の頭に推移しようとする過程が、凡べてのうちで最も詩的な光景のように感ぜられました。斯くて十分間の終り目に、一羽の孔雀と化し去った後の女は、颯爽たる羽ばたきの音を立てて飄颻と舞い上り、観客席の天井を二三回翔って、玉座の傍に飛び帰るや否や、一朶の錦雲の地に落つる如く、階段の中途にしずしずと降って、さっと綵扇を開いたように尻尾を一杯に拡げました。残りの五人の奴隷たちも、順々に魔王の前へ麾かれて、一人々々矢継ぎ早やに妖術を施されて行くのです。三人の男の奴隷のうち、一人は豹の皮となって、王様の玉座の椅子に敷かれたいと云いました。二人は二本の純銀の燭台となって、階段の左右を照らしたいと云いました。最後に二人の女奴隷は、二匹の優しい蝶々と化して、身も軽々と王様のお姿に附き纏いたいと云うのでした。そうして其れ等の五人の願いは、即座に聴き届けられたのです。

此の、破天荒な妙技の数々を眼前に眺めた満場の観客は、震駭の余り鳴りを静めて、自分で自分の視覚の作用を疑いながら、茫然自失するばかりでした。殊に第一の男の奴隷が、魔術師の杖に叩かれて煎餅のように薄くなり、やがて美しい豹の皮に変ろうとする一刹那の、苦しい呻き声を聞かされた瞬間に、私は自分の前に腰かけた一人の女が、慄然として面を蔽いつつ連れの男に抱き着いたのを認めました。

「どうですか皆さん、………誰方(どなた)か犠牲者になる方はありませんか。」

と、魔術師は前よりも一層勝ち誇った態度を示して、身辺に飛び交う二匹の蝶を追いやりながら、舞台の上を往ったり来たりして居るのです。

「………皆さんは魔の王国に捕虜となる事を、そんなに気味悪く思うのですか。人間の威厳や形態と云うものに、それ程執着する値打ちがあると思うのですか。あなた方は、私の為めに変形させられた奴隷たちの境遇を、浅ましいもの哀れなものと考えるかも知れません。しかし彼等の外見は、たとえ蝶々であり孔雀であり、豹の皮であり燭台であっても、彼等は未だに人間の情緒と感覚とを失わずに居るのです。そうして彼等の胸の中(うち)には、あなた方の夢にも知らない、無限の悦楽と歓喜とが溢れ漲って居るのです。彼等の心境が如何に幸福を感じて居るかは、一遍私の魔術を試したお方には、大概お分りであろうと思います………。」

魔術師が斯う云って場内の四方を見廻すと、人々は彼の瞳に睨まれて催眠術にかけられる事を恐れたのか、皆一度に肩を縮めて膝に突伏(つっぷ)してしまいました。すると忽ち、さやさやと鳴る衣擦(きぬず)れの音に連れて、土間の一隅から舞台の方へ歩いて行く微かな女の靴の響きが、深い沈黙の底を破って聞えたのです。

「………魔術師よ、お前は私を定めて覚えて居るだろう。私はお前の魔術よりも、お前の美貌に迷わされて、昨日も今日も見物に来ました。お前が私を犠牲者の中(うち)へ加えてくれれば、それで私は自分の恋がかなったものだとあきらめます。どうぞ私を、お前の足に穿いて居る金の草鞋(サンダル)にさせて下さい。」

斯う云う声に誘われて、おずおずと顔を擡げた私は、先刻特等席に居た覆面の婦人が、殉教者の如くひれ伏して、魔術師の前に倒れて居るのを見出しました。

魔術師の魅力に惑わされて、舞台へふらふらと進み出た男女は、覆面の婦人の後（あと）にも数十人ありました。

そうして、ちょうど二十人目の犠牲者となる可く、夢中で席を離れたのは斯く云う私自身でした。

あの時、私の恋人は、私の袖をしっかりと捕えて、涙をさめざめと流して云いました。

「ああ、あなたはとうとう魔術師に負けてしまったのです。私のあなたを恋する心は、あの魔術師の美貌を見ても迷わないのに、あなたは彼（あ）の人に誘惑されて、私を忘れてしまったのです。私を捨てて、あの魔術師に仕えようとなさるのです。あなたは何と云う意気地のない、薄情な人間でしょう。」

「私はお前の云う通り、意気地のない人間だ。あの魔術師の美貌に溺れて、お前を忘れてしまったのだ。成る程私は負けたに違いない。しかし私には、負けるか勝つかと云う事よりもっと大切な問題があるのだ。」

こう云う間も、私の魂は磁石に吸われる鉄片のように、魔術師の方へ引き寄せられて居るのでした。

「魔術師よ、私は半羊神（ファウン）になりたいのだ。半羊神（ファウン）になって、魔術師の玉座の前に躍り狂って居たいのだ。どうぞ私の望みをかなえて、お前の奴隷に使ってくれ。」

私は舞台に駈け上って、譫言（うわごと）のように口走りました。

「よろしい、よろしい、お前の望みは如何にもお前に適当して居る。お前は初めから、人間などに生れる必要はなかったのだ。」

魔術師がからからと笑って、魔法杖で私の背中を一と打ち打つと、見る見る私の両腕には鬖々たる羊の毛が生え、頭には二本の角が現れたのです。同時に私の胸の中には、人間らしい良心の苦悶が悉く消えて、太陽の如く晴れやかな、海の如く広大な愉悦の情が、滾々として湧き出でました。

暫くの間、私は有頂天になって、嬉し紛れに舞台の上を浮かれ廻って居ましたが、程なく私の歓びは、私の以前の恋人に依って妨害されました。

私の跡を追いかけながら、惶てて舞台へ上って来た彼の女は、魔術師に向ってこんな事を云ったのです。

「私はあなたの美貌や魔法に迷わされて、此処へ来たのではありません。私は私の恋人を取り戻しに来たのです。彼の忌まわしい半羊神の姿になった男を、どうぞ直ちに人間にして返して下さい。それとも若し、返す訳に行かないと云うなら、いっそ私を彼の人と同じ姿にさせて下さい。たとえ彼の人が私を捨てても、私は永劫に彼の人を捨てる事が出来ません。彼の人が半羊神になったら、私も半羊神になりましょう。私は飽く迄、彼の人の行く所へ附いて行きましょう。」

「よろしい、そんならお前も半羊神にしてやる。」

此の魔術師の一言と共に、彼の女は忽ち、醜い呪しい半獣の体に化けたのです。そうして、私を目がけて驀然と走り寄ったかと思うと、いきなり自分の頭の角を、私の角にしっかりと絡み着かせ、二つの首は飛んでも跳ねても離れなくなってしまいました。

人面疽

歌川百合枝は、自分が女主人公となって活躍して居る神秘劇の、或る物凄い不思議なフィルムが、近ごろ、新宿や渋谷辺のあまり有名でない常設館に上場されて、東京の場末をぐるぐる廻って居ると云う噂を、此の間から二三度耳にした。それは何でも、彼女がまだアメリカに居た時分、ロス・アンジェルスのグロオブ会社の専属俳優として、いろいろの役を勤めて居た頃の、写真劇の一つであるらしかった。見て来た人の話に依ると、写真の終りに地球のマアクが附いて居て、登場人物には日本人の外に、数名の白人が交って居る。日本語の標題は「執念」と云うのだが、英語の方では、「人間の顔を持った腫物」の意味になって居る、五巻の長尺で、非常に芸術的な、幽鬱にして怪奇を極めた逸品であると云う評判であった。

勿論、百合枝のアメリカで写したフィルムが、日本の活動写真館に現れたのは、今度が始めてではないのである。彼女が帰朝する以前にも、グロオブ会社から輸入された五六種の映画の中に、おりおり彼女の姿が見えて、欧米の女優の間に伍してもおさおさ劣らない、たっぷりとした滑らかな肢体と、西洋流の嬌態に東洋風の清楚を加味した美貌とが、早くから同胞の活動通に注意されて居た。写真の面に出て来る彼女は、日本の婦人には珍しいほど活溌で、可なりな冒険的撮影にも笑って従事するだけの、胆力と身軽さとを備えて居るらしく、女賊とか毒婦とか女探偵とか、妖艶な、そうして敏捷な動作を要する役に扮するのが、最も得意のようであった。殊に、いつぞや浅草の敷島館に上場された、「武士の娘」と題する一篇などは、キクコと呼ばれる日本の少女が、某国の軍事上の秘密を探るべく、間諜となって欧亜の大陸を股にかけ、芸者だの貴婦人だの曲馬師だのに変装すると云う筋で、女主人公のキクコを勤める百合枝の花々しい技芸は、一時公園の観客を沸騰させたものであった。彼女が去年、東京の日東活動写真会社の招聘を受けて、前例のない高給を以て抱えると云う条件の下に、四五年ぶりでアメリカから戻って来たのも、あの写真が内地人に多大の人気を博した結果なのである。

しかし百合枝には、「人間の顔を持った腫物」などと云う戯曲を、嘗て一度も演じた覚えがないように感ぜられた。その写真を見たと云う人から、劇の内容や一々の場面に就いて、委しい説明を聞かされても、彼女は自分が、いつそんなものを撮影したのか、全く想い浮べる事が出来なかった。仕組まれて居る事件の発端は、或る暖い、広重の絵のようになまめかしい、南国の海に面した日本の港の、——多分長崎か何処かであろう。——入江に沿うた街道の遊郭に住む、菖蒲太夫と云う華魁の話から始まって居る。町中で第一の美女と歌われて居る華魁が、夕暮になると何処ともなく聞えて来る尺八の音に誘われて、湾内の景色を望む青楼の三階に、竜宮の乙姫のようなあでやかな姿を見せながら、欄干に靠れて恍惚と耳を傾ける。尺八の主は、とうから彼女に恋い憧れて居る賤しい穢い、青年の乞食なのである。せめて男と生れた効には、一夜なりとも彼の華魁の情を受けて、心置きなく此の世を去りたい。——そう云う願いを、人知れず胸の奥に秘めて居る青年は、自分の貧しい境涯を喞ち、醜い器量を耻じる余り、いつもたそがれの闇に紛れては、海岸の波止場の蔭にさまよいでて、一管の笛を便りに、よそながら華魁の顔を垣間見るのを楽しんで居る。此の哀れな乞食の外にも、彼女に魂を奪われる者は多勢あるが、遂に一人も、彼女から真の情熱を報いられた客はいない。それもその筈、彼女は去年の春の末に、此の港に碇泊したアメリカの商船の船員と、仮りの契りを結んでから、明けても暮れても其の白人の俤を忘れかねて、再会の約束をした今年の秋を待ち侘びつつ、乞食の尺八が聞える度に、ぼんやりと沖の帆を眺めて、物思いに沈んで居る。……

此れが映画の序幕であって、やがてアメリカの船員が港へ戻って来る事になる。菖蒲太夫の愛に溺れた白人は、如何にもして彼女を故郷へ連れて行こうと焦りながらも、莫大な身請けの金を工面する道がないので、彼女を遊里から盗み出した上、商船の底に隠してアメリカへ密航させようとする。彼は、此の計画を遂行する為めに、例の笛吹きの乞食を説いて、相棒になって貰うのである。或る夜ひそかに華魁が妓楼の裏口から忍んで出ると、其処に待ち構えて居る白人が彼女を大きなトランクに入れて、荷車に積んで、其れを乞食に預けたまま、自分は何喰わぬ顔で商船へ帰ってしまう。乞食は町はずれの寂しい浜辺の、彼が毎晩雨露を凌いで居る古寺の空家へ、荷車を曳いて行って、華魁を入れたトランクを本堂の須弥壇の傍に匿って置く。数日を経て白人は、夜の深更に及んだ頃、一艘の艀を寺の崖下の波打ち際に漕ぎ寄せて、乞食の手からトランクを受け取り、首尾よく本船へ積み込もうと云う策略である。乞食は喜んで白人の頼みを諾したが、仕事が成功した暁には、どうぞ自分に金銭以外の報酬をくれろと云うのであった。彼は今迄誰にも語らなかった切なる胸の中を打ち明けて、「華魁の為めに働くことなら、私はたとい命を捨てても惜しいとは思いません。かなわぬ恋に苦しんで居るより、私はいっそ、華魁がそれ程までに慕って居るあなたの為めに力を貸して、お二人の恋を遂げさせて進ぜましょう。それが私の、華魁に対するせめてもの心づくしです。けれどもあなたが、此の見すぼらしい乞食の衷情を、若し少しでも可哀そうだと思し召して下すったら、幸い華魁をあの古寺へ匿って置く間だけ、或はたった一と晩だけでも、どうぞ体を私の自由にさせて下さい。後生一生のお願いでございます。………」こう云って、あまたたび額を地に擦りつけて、涙を流して拝むのである。「………去年の春、あなたの船が此の港を立ち去ってから、毎日々々、お部屋の欄干に彳んで、笛を吹いては華魁の心を慰めて上げたのも私でございます。乞食にしては身の程を知らぬ、勿体ないようなお願いでございますが、お聞き届けて下すったら、私は死んでも本望でございます。万一悪事が露顕しても、罪は私が一人で背負って、何処までもあなた方をお助け申しましょう」こう云って掻き口説かれて見ると、白人は其の願いをにべなく拒絶する訳にも行かない。自分の大事な恋人ではあるが、どうせ此れ迄多くの男に肌を許した華魁の事であるから、乞食の親切に報いる為めに、一と夜か二た夜の情を売っても差支えはなさそうに考えられた。

――けれども、その話を聞かされた本人の菖蒲太夫は、櫺子格子の隙間から、乞食の様子を一と目見たばかりで、身顫いをしたのである。お客と云うお客に媚び諂らわれて、我が儘一杯に振舞って来た驕慢な彼女には、あの垢だらけな、鬼のような顔つきをした青年に、体は愚か袂の端にでも触られるのは、死ぬより辛く感ぜられた。そこで彼女は白人と諜し合わせ、兎も角も乞食を欺いて、トランクを荷車へ積ませてしまうのである。

白人は乞食に別れて本船へ帰って行く。乞食は荷車を古寺へ曳き込んでから、華魁の姿に会いたさに、うす暗い本堂の仏像の前でトランクの蓋を明けようとする。が、蓋には厳重な錠が下りて居て、どうしても開かない。彼は鞄にしがみ着いて、中に隠れて居る華魁を相手に、夜中白人の不信を恨み、悶々の情を訴える。「あの白人は、悪気があってお前を欺した訳ではない。きっと慌ててお前に鍵を渡すのを忘れたのだろう。今にあの人がやって来たら、此の鞄を明けさせて、必ず約束を果して上げる」こう云って、彼女は頻りに乞食を宥め賺して居る。そうするうちに二三日過ぎて、夜の明け方に寺へ駈け附けた白人は、乞食に向って、鍵を忘れた事を幾度か謝罪した後、「もう直き商船が錨を上げて港を出帆しようとして居る。とてもお前の頼みを聴いて居る暇はないから、どうぞ此れで勘弁してくれろ」と、若干の金包を投げ与える。乞食は無論、そんな物を快く受け取る筈がない。「此の後長く華魁の姿を見ることの出来ない世の中に、生きて居ても仕様がないから、私は望みがかなったら、海に身を沈めて死のうとまで決心して居た。それだのにあなた方は、酷くも私を欺したのだ。さほど華魁が私をお嫌いなさるなら、無理にとはお願い申しますまい。その代り、どうぞ今生の思い出に、一と眼なりともお顔を拝ませて下さいまし。せめて華魁の、黄金（おうごん）の刺繍（ぬいとり）をしたきらびやかなキモノの裾になりとも、最後の接吻をさせて下さいまし」彼は繰り返して頼むのであるが、どうしても華魁は承知しない。「何と云っても此の鞄の蓋を明けてくれるな。早く其の乞食を追い払って、私を船へ載せてくれろ」と、彼女はトランクの中から声を上げて、白人を促すのである。「お前には気の毒だが、ああ云って居る彼女の言葉を、私は背く訳には行かない。それに残念ながら、今日も私はトランクの鍵を持って来なかった」と云って、白人も当惑そうに弁解する。「よろしゅうございます。そう云う訳なら、私は今、あなたの眼の前で、此の海岸から身を投げます。ですが私は、死んでも華魁に会わずには置きません。会って恨みを言わずには置きません」と、乞食が云う。「死ぬなら勝手にお死に」と、彼女が再び鞄の中で叫ぶ。（写真では鞄の中の縦断面が映し出されて、眉を逆立てて癇癪を起して居る彼女の表情が、自由に撮影されて居る）「私が死んだら、私の執拗な妄念は、私の醜い悌は、華魁の肉の中に食い入って、一生お傍に附き纏って居るでしょう。その時になって、どんなに後悔なすっても及びませせぬぞ」云うかと思うと、乞食は寺の前の崖の上から、海へ飛び込んでしまう。すると白人は漸く安堵したように、急いでポケットから鍵を取り出して、トランクの蓋を開いて、華魁をいたわりながら、互に謀（はかりごと）の成就したのを喜び合う。

――此れ迄が一巻と二巻との内に収めてある。

第三巻以下は、日本を離れた船の中から、白人の故郷のアメリカの事になって居る。先ず現れる場面は、彼女を入れたトランクが種々雑多な貨物と一緒に、船艙の片隅へ放り込まれる光景と、そのトランクの縦断面とである。彼女は、最初から貯えられてある水とパンとで命を繋ぎながら、窮屈な鞄の中に、両膝を抱えて、膝頭の上に項を伏せて身を縮めて居る。二日立ち三日立つうちに、右の方の膝頭に妙な腫物が噴き出して、恐ろしく膨れ上って来る。そうして、如何にも柔かそうに、ふわふわとふくれた表面には、更に細かい、四つの小さな腫物の頭が突起し始める。不思議な事に、その腫物は一向痛みを感じないらしく、彼女は腫れ上って居る局部を、手で圧して見たり叩いて見たりする。あまり邪慳に圧し潰そうとしたせいか、柔かであった表面は、日を経るままにこちこちに固まって、其の代り四つの小さな腫物の頭が、だんだんくっきりと、明瞭な輪廓を示すようになる。四つのうちの、上の方にある二箇は球のように円くなり、中央の一箇は縦に細長い形を取り、最下部にある一箇は横にうねうねと、芋虫が這って居るような無気味なものになる。トランクの中は真暗な筈であるが、空気を通わせる為めに、予め作って置いた僅かな隙間からさし込む明りが、彼女の身辺を朦朧と闇に浮べて、殊に右の膝頭の周囲には、やや鮮やかな、月の暈のような圏を描いた光線が、一滴の水をたらした如く、ぼったりと滲んで居る。彼女は或る時、其の疾患部をつくづく眺めて居ると、上方にある二箇の突起が、何となく生物の眼玉のように思われて仕方がない。すると今度は、中央の細長いのが鼻のようでもあり、下方の芋虫の形をして居るのが唇のようでもあり、脹れ膨らんだ表面全体が、俄然として、紛う方なき人間の顔になって居る事を発見する。「心の迷いではないか知らん」――――彼女は斯うも考えたが、やはり人間の顔に相違ない。而も一層厭なことには、それは恰も子供の画いた戯画のような、簡単な線から成り立っては居るけれど、どうやら彼の乞食の俤に似通って居る。そう気が付いた瞬間に、彼女は名状し難い恐怖に襲われて、ぐったりと俯向きに卒倒してしまう。………

気を失って項垂れて居る彼女の頭は、ちょうど例の膝頭の上に伏さって居る。――――その間に腫物は刻々と生長して、簡単な線に過ぎなかった眼だの、鼻だの、口だのは、次第に生命を吹き込まれたような精彩と形態とを帯び始め、遂に全く、乞食の顔を生き写しにした、本物の人間の首になって来る。（尤も、大きさは実物より幾分か小さく、ほぼ膝頭へ当て嵌まる程度に縮与されて、巧妙に焼き込まれて居る）其れは、嘗て笛吹きの青年が今や身を投げようとして呪いの言葉を放った折の、あの幽鬱な、執念深い表情を、すばらしい巨匠の手に依って彫刻された如く、寂然と、黙々と湛えて居るのである。

此れから以後は、その人面疽が彼女にさまざまな復讐をする、凄惨な物語で充たされて居る。船がアメリカに着くと、彼女は腫物の事を堅く恋人に秘して、サン・フランシスコの場末の町に、二人で間借りをして暮して行く。彼女と世帯を持ちたさに、船員を罷めて或る会社の事務員に雇われた白人は、彼女が近頃ひどく陰気になったのを訝しみながら、それとなく注意して居るうちに、或る晩偶然な出来事から、とうとう忌まわしい秘密を発見して、彼女を捨てて逃げ去ろうとする。彼女は恋人を逃がすまいと激しく格闘する拍子に、過って咽喉を緊めて彼を殺してしまう。（彼女の体には、もう怨霊が乗り移って居て、無意識の間にそれ程の腕力を出させたのである）恋人の死体を前にして、彼女は暫く失心したように、惘然と彳立して居る。――――その時、格闘の結果ずたずたに裂けた、彼女のガウンの裾の破れ目から、白人の死体を覗いて居る人面疽が、凝然たる顔面筋肉を始めて動かして、にやにやと底気味の悪い笑いを洩らす。（爾来人面疽は盛んに表情を動かすようになって、喜んだり悲しんだり、眼を瞋らしたり舌を出したり、どうかするとさめざめと涙を流し、唇を歪めて涎をたらしたりする）――此れが最初の復讐であって、その後の彼女の運命は、絶えず人面疽に迫害され威嚇される。彼女は恋人を殺してから、急に性質が一変して、恐ろしく多情な、大胆な毒婦になると共に、美しかった容貌が以前に倍する優婉を加え、一段の嬌態を発揮するようになって、次から次へと多くの白人を欺しては、金を巻き上げ、命をも奪い取る。折々、犯した罪の幻に責められて、夜半の夢を破られる彼女は、何とかして改心しようとするけれど、いつも人面疽が邪魔をして、彼女の臆病を嘲り悪事を唆かす為めに、知らず識らず堕落と悔恨とを重ねて行く。或る時は売春婦になり、或る時は寄席芸人になり、（此の劇の女主人公は、洋装にも日本服にも極めてよく調和する、都合のいい顔立ちと体格とを持って居て、其れが写真に遺憾なく応用されて居る）彼女の境遇が変転するに従って、舞台は桑港から紐育に移り、欧洲の各国から入り込んだ貴族や、富豪や、外交官や、身分の高い紳士連が幾人となく彼女に魅せられて生血を吸われる。彼女は壮麗な邸宅を構え、自動車を乗り廻して、貴婦人と見紛うばかりの豪奢な生活を送るようになるが、孤独の時は相変らず良心の呵責に悩まされる。而も悩まされれば悩まされる程却って彼女の肉体は水々しく膩漲り、血色はつやつやと耀きを増す。最後に彼女は、某国の侯爵の青年と恋に落ちて、首尾よく結婚してしまう。しかし、そのまま侯爵の若夫人として、平和な月日を過す事が出来たら、此の上もない好運であるけれど、決してそううまくは行かなかった。――或る晩、新婚の夫婦が多勢の客を招いて、大夜会を催した折に、彼女はとうとう、夫をはじめ誰にも深く隠して居た人面疽を満座の中で暴露してしまうのである。彼女は始終、腫物にガーゼをあてて、上から固い襪をぴったりと穿いて、人の前では如何なる場合でも膝を露わさなかったのに、その夜、彼女が舞踏室で夢中になって踊り狂って居る最中、突然真赤な血が、純白な彼女の絹の襪に縷を引いて、点々と床にしたたり落ちる。それでも彼女はまだ気が付かずに跳ね廻ったが、平生から夫人が膝に繃帯するのを不思議がって居た侯爵が、何げなく傍へ寄って傷を検べて見ると、――――人面疽が自ら襪を歯で喰い破って、長い舌を出して、目から鼻から血を流しながら、げらげらと笑って居る。彼女は其の場から発狂して、自分の寝室へ駈け込むと同時に、ナイフを胸に衝き通しつつ、寝台の上へ仰向きに倒れる。斯うして彼女は自殺してしまっても、人面疽だけは生きて居るらしく、未だに笑いつづけて居る。――――

此れが「人間の顔を持った腫物」の劇の大略であって、一番最後には、人面疽の表情が「大映し」になって現れるのだそうである。

大概、此の種の写真には、映画の初めに、原作者並びに舞台監督の姓名と、主要な役者の本名と役割とを書いた、番附が現れるのを普通とする。ところが此の写真に限って、作者や舞台監督の名は、何処にも記載していない。ただ、菖蒲太夫に扮する女優の歌川百合枝だけが、れいれいしく紹介されて、開巻第一に、公爵夫人と華魁との衣裳を着けて挨拶に出る。そうして、百合枝よりも寧ろ重大な役を勤める、笛吹きの乞食になる日本人は、一体誰なのか、どう云う素性の俳優なのか、今迄嘗て見覚えのない顔であるにも拘らず、全然閑却されて居るのである。

以上の話を、百合枝は、自分を贔屓してくれる二三の客筋から聞いた。それが当の本人の、活きた形を捉えて居る活動写真であるからには、彼女は必ず、いつか一遍、何処かで撮影した事があるに相違ない。けれどもどうしても、彼女にはそう云う劇を演じた記憶が残って居なかった。尤も、フィルムへ写し取る為めに劇を演ずる場合には、普通の芝居のように、戯曲の発展の順序を追ってやるのではなく、その時の都合に因って、台本の中から手あたり次第に場面を選んで、前後を構わず写して行くのである。どうかすると、或る一つの場所で、全然異った戯曲の中の或る光景を、二つも三つも同時に撮影する事さえあって、活動俳優は自分の演じて居る芝居の筋を、知らないで居る例が多い。殊に百合枝の雇われて居たグロオブ会社では、舞台監督が、俳優には絶対に、戯曲の筋を知らせない方針を取って居た。俳優は予め本読みや稽古をする必要がなく、役の性根などはまるで分らずに、ただ出たところ勝負で、舞台監督の示す動作を見倣って、その型の通りに泣いたり笑ったりしながら、一と場一と場を拵え上げて行くのであった。こうすると、俳優の間違った解釈を防ぎ、彼等の技芸から芝居じみた不自然さを除いて、演出に活気を生ずると云う考えから、アメリカの会社では、一般に此の方法を取って居るのである。それ故百合枝は、グロオブ会社で働いて居た四五年の間に、殆ど無数の場面を撮影して居るけれど、其れ等の場面が如何なる劇の要素となり、幾種類の戯曲を組み立てて居るのか、当時は自分でも想像することが出来なかった。云わば彼女は、或る大規模な機械に附属する、一局部の歯車だの弾条だのを製造して居る職工のようなものだ。成る程彼女は今迄に何回となく、華魁や貴族の夫人に扮装した覚えはある。女賊や女探偵を得意にして居たのであるから、トランクの中へ隠れたり、男を翻弄したり殺害したり、そんな光景を演じた経験は、頻々として、数え切れない程の回数に達して居る。従って、そのうちの孰れと孰れとが、人面疽の劇の一部になって居るのか、彼女に見当が付かないのも、一往無理はないのである。おまけに此の写真劇には、熟練な技師のトリックが行われて居て、腫物になる乞食の顔を彼女の膝へ焼き込みにしてあるのだから、本人に記憶がないのは、猶更当然であるかも知れない。

しかし、そうは云うものの、後日完成された一巻の映画を見るなり、若しくは筋を聞くなりすれば、大抵あの時写したのが此れであったと、思い当るのが常である。況んや長尺物のうちでも、特に傑出した立派なフィルムを、彼女が今日迄、見たこともなく存在さえも知らなかったと云うような、馬鹿々々しい事実がある訳はない。それに彼女は、アメリカに居た時分、自分の演じた写真劇を見物するのが何よりも好きで、たといどんな短いフィルムでも、一つ残らず眼を通して居る筈だ。日本へ帰ってからも、ロス・アンジェルスの昔が恋しいのと、東京の会社で拵える写真の出来栄えが思わしくないのとで、たまたまアメリカ時代の映画が、公園あたりへ現れる度に、暇を盗んでは見に行くようにした。だから、全く心当りのない人面疽の写真が、いつの間にかグロオブ会社で製作されて、日本へ渡って来て居ると云う事実は、「人間の顔を持った腫物」以上に、百合枝には不思議に感ぜられたのである。

不思議と云えば、一体それ程芸術的な、優秀な写真が、長く世間に認められずに居て、此の頃ふいと、場末の常設館などを廻って居るのも不思議である。いつ其の写真は日本へ輸入されたのであろう。そうして何と云う会社の手によって、何処で封切りをされたのであろう。東京の場末に現れる前は、何処をうろうろして居たのだろう。彼女は試みに、同じ会社に勤めて居る俳優や、二三人の事務員に尋ねても、誰もそんな物は知らないと云う。折があったら、彼女は一遍見に行きたいと思って居ながら、何分遠い場末の町に懸(かか)って居て、今日は青山明日は品川と云うように、始終ぐるぐる動いて居る為めに、いつも機会を逸してしまう。

自分で目撃する事が出来ないとなると、その写真に対する彼女の好奇心はますます募った。グロオブ会社には、ジェファソンと云う「焼き込み」の上手な技師が抱えてあって、盛んにトリック写真を製作した位であるから、人面疽の劇も、恐らく彼の伎倆を待って、出来上がったもののように察せられる。

あの快活な剽軽(ひょうきん)なジェファソンの性質から考えると、彼女をびっくりさせる積りで、思い切って大胆な細工を施したかも知れない。腫物の箇所以外にも、予想外な、微妙なトリックを、全篇到る処に応用したかも分らない。――――だが、そうだとすれば、いよいよ彼女は、その写真を見せられなければならぬ筈である。彼女は又、笛吹きの青年になると云う日本人の俳優に就いても、深い疑惑を抱かずには居られなかった。グロオブ会社に雇われて居た日本人の男優は、当時僅かに三人しかいない。その三人の内の一人が、長崎のような港湾を背景に使って、少なくとも乞食に扮して、彼女と一緒にカメラの前へ立った事は、断じてないのである。彼女の、白繻子のような美しい膝頭へ、醜い俤を永劫に残して居る日本人は、抑々何者であろう。――――空想を逞しゅうすればする程、百合枝は何だか、自分が実際の菖蒲太夫であって、怪しい一人の日本人に呪われて居るような心地がした。

此の、解き難い謎の写真の来歴を、日東写真会社の内に、誰か知って居る者はないだろうか。斯う思った彼女は、ふと、会社に古くから勤めて居る、高級事務員のHと云う男に気が付いた。その男は、外国会社との取引に関する通信や、英語の活動雑誌だの、筋書だのの翻訳に従事して居る人間で、日本に渡って来たアメリカのフィルムの製作年代や、輸入の経路や、中に現れる俳優の素性に就いて、委しい知識を持って居るらしかった。その男に尋ねれば、何等かの手がかりは得られそうに考えられた。或る日彼女は、日暮里の撮影場の傍にある、事務所の二階へ上って行って、其処に執務して居るHの肩を、軽く叩いた。

「………ああ、あの写真の事ですか、………僕は満更知らなくもありませんが、………」

Hは、彼女に質問を受けると、人の好さそうな眼をぱちぱちやらせて、ひどく狼狽した様子であった。

そうして、不安らしく部屋の周囲を見廻しながら、百合枝が開け放して這入って来た入口のドオアを、自ら立って締めて来た後、やっと落ち着いたようにしげしげと百合枝の顔を眺めた。

「………そうすると、あなた御自身にも、あの写真をお写しになった覚えがないのですね。それではいよいよ、あれは不思議な、変な写真です。実はあれに就いて、僕もあなたにお尋ねして見たいと、とうから思って居たのですが、他聞を憚る事でもあり、それに少し気味の悪い話なので、ついついお伺いする機会がありませんでした。今日は幸い誰も居ませんから、お話してもようござんすが、聞いた後で、気持を悪くなさらないように願います」

「大丈夫よ、そんな恐い話なら猶聞きたいわ」

と、百合枝は強いて笑いながら云った。

「………あのフィルムは、実は此の会社の所有に属して居るもので、此の間中暫らく場末の常設館へ貸して置いたのです。あれを会社が買ったのは、たしかあなたがアメリカからお帰りになる、一と月ばかり前でしたろう。それもグロオブ会社から直接買ったのではなく、横浜の或るフランス人が売りに来たのです。そのフランス人は、外の沢山のフィルムと一緒に、上海(シャンハイ)であれを手に入れて、長らく家庭の道楽に使って居たと云う話でした。フランス人が買った以前にも、支那や南洋の殖民地辺で散々使われたものらしく、大分疵(きず)が附いて、傷(いた)んで居ました。しかし会社では、『武士の娘』以来、あなたの人気が素晴らしい際でもあり、あなたが会社へ来て下さると云う契約の整った時でしたから、———それに又、傷んでは居るが非常に抜けのいい、あなたの物としても特別の味わいのある、毛色の変った写真でしたから、法外に高い値段で買い取ったのです。ところが、買い取ってから間もなく、あの写真に就いて奇妙な噂が立ちました。あの写真を、夜遅く、たった一人で静かな部屋で映して見ると、可なり大胆な男でも、とてもしまいまで見て居れないような、或る恐ろしい事件が起ると云うのです。その事実は、以前会社に雇われて居たMと云う技師が、フィルムの曇りを修正する為めに、此の事務所の階下の部屋で、或る晩、あの写真を映しながら疵を検べて居た、偶然の機会に発見されたのです。最初は誰もMの言葉を信用しなかったのですが、その後、物好きな連中が二三人で、代る代る試して見てから、『たしかに怪しい、あの写真は化け物だ』と云う騒ぎになりました。怪しい事は其ればかりでなく、Mと云う技師は、あの写真に脅やかされたのが原因で、だんだん気が変になり、程なく会社を罷めるようになりました。M以外の、物好きに実験した連中も、それから毎晩、夢に魘されたり、訳のわからぬふらふら病に取り憑かれたり、合点の行かない出来事が引き続いて生じるのでした。現に社長なども、実験した一人ですが、後で半月ばかり、病名の明かでない熱病に罹って、ひどい目に会わされたのです。御承知の通り、社長はああ云う御幣担ぎの、神経質の人ですから、そうなるともう一日も、あのフィルムを会社に置くのが嫌になったのでしょう、病気が治ると直ぐ秘密会議を開いて、あのフィルムを至急他の会社へ売却する事、あのフィルムに関係のあるあなたに対しても、雇い入れの契約を破棄する事と云う、二箇条の意見を提出しました。しかし社長の此の意見には、大分反対の説があって、あれ程高価で買い入れた品物を、会社がみすみす損をしてまで、むざむざと外の会社へ売却する必要はないと云う人や、フィルムは兎に角、本人のあなたに対して、折角契約を結び、既に多額な前金まで払って置きながら、破談を申し込むには及ばないと云う人や、議論が頗る紛糾して、結局、一つの妥協案が成り立ったのです。つまり、あのフィルムに怪異が現れるのは、深夜、たった一人で見て居る時に限るのだから、めったに其れを発見する人はないであろうし、公開の席で多数の観覧に供するには、何の差支えもない訳である。だから社長が、どうしてもあれを社内に置くのが嫌なら、当分の間、余所の会社へ貸す事にして、相当の値で買い手の附くのを待つがいい。それからあなたとの契約は、解除する理由が全くない。勿論写真の怪しい事件が、世間へぱっと拡がるような事になると、あなたの人気にも、フィルムの価値にもけちが附きますから、一同堅く秘密を守って、たとえ社内の人間にも、成るべく彼の事件を知らせないようにする。――斯う云う案が成り立ちました。ですから、役員や俳優の顔触れに著しい動揺のあった今日では、あの秘密を知って居る者が社内に殆ど一人も居ないのも無理はありません。最初、秘密会議に出席した重役連の意向では、何処かの堂々たる会社へ、高い損料で貸し付けようと云う考だったのですが、ちょうど其の頃は、会社同士の競争や軋轢が激しかったので、予想通りには行きませんでした。そこで拠んどころなく、京都、大阪、名古屋あたりの、小さな常設館へ貸してやりましたが、新聞へ花々しい広告を出すような、立派な興行主の手にかからない為めに、あれだけの写真が、遂に何処でも、一遍も評判にならずに済んでしまいました。そうして此の頃、関西を一と廻り廻って来て、東京の場末に現れるようになったのです。……僕は其のフィルムの、深夜の怪異に就いては実験者の話を聞いて居るだけで、自分が目撃した覚えはありません。けれども、あれを会社が買い込んで、警察官や新聞記者を立ち合わせて、始めて試写をやった際に、全篇の映画を詳細に見物して居る一人です。その時僕がおかしいと思ったのは、あの中の乞食の役を勤めて居る、日本人の俳優の事でした。あの劇に登場する主な男女優は、あなたを始め、僕には大概顔馴染の、名前の知れて居る人達ですが、ただあの日本人だけが、一度も見覚えのない役者でした。僕は少くとも、あなたと同時に、グロオブ会社に勤めて居た日本人の役者は誰々であるか、よく知って居る積りです。僕の調査に間違いがないとすれば、女優ではあなた以外にEとOとの二人、男優では、S、K、Cの三人だけしか居なかった筈です。………ねえ、そうでしょう?………ところが、其の乞食になる日本人は、Sでも、Kでも、Cでもないんです。それとも此の三人の外に、誰かお心あたりがありますか知らん? 僕があなたに伺って見たいと思って居たのは、その事でした」

Hは斯う云って、長い話の言葉を劃った。

「あたしにしても、三人の外に別段心あたりはないけれど、誰か、あたしの知らない役者を、焼き込みにしてあるようなな形跡はないでしょうか。………あたしはきっとそうだと思うわ」

「焼き込みと云う事も僕は考えて見ました。トリック写真の名人の、ジェファソンの話も聞いて居ましたから、或はそうかとも思いましたが、いくらジェファソンにしたところで、焼き込みにしたには、どうもあんまりうま過ぎる箇所が、正に一箇所か二箇所はある筈です。若しもあれが全然焼き込みだとすれば、ジェファソンは、殆ど僕等の想像も及ばない、霊妙不可思議の秘法を心得て居るのだとしか思われません。何にしてもいろいろの点に、疑わしい事が沢山ありますから、実は半年程前に、其れ等の疑問を一と纏めにして、グロオブ会社へ問い合わせの手紙を出したのでした。するとやがて、会社から寄越した返事と云うのが、此れが又甚だ要領を得ないものでした。会社の云うには、自分の所では『人間の顔を持った腫物』と云う標題の劇を、作った事はない。けれども、其の劇の中に現れて居るような場面をところどころに使って、其れに多少似通った筋の写真劇を、作った事はたしかにある。だから、何者かが、そのフィルムへ他のフィルムの断片を交ぜ込んだり、或は一部部の修正や焼き込みを行って、そう云う贋物を製造したのではないだろうか。まさか当会社に専属中の俳優たちが、会社に内証で、そう云う写真を製作したとは信じられない。彼等は毎日当会社の撮影場に出勤して居て、そんな余裕は絶対にないのである。それから、ミッス・ユリエが当会社に在勤中、彼女と同時に雇われて居た日本人の男優は、仰せの如く、S、K、Cの三人だけである。しかし彼女の在勤以前に日本人が二三人雇われて居た事もあるし、最近には新たに雇ったのが五六人居る。故に当会社に於いても、彼女が顔を知らない日本人を、彼女のフィルムへ焼き込む事は、必ずしも有り得ない事ではなく、同時に随分ありそうな事である。但し、当会社では可なり困難な、破天荒な焼き込みを行い得るけれども、其の焼き込みが如何なる程度まで、如何にして可能なりやは、会社の秘密に属することで、残念ながら明瞭なお答えを致しかねる。猶、お問い合せのフィルムが果して贋物であるとすれば、当会社でも捨てて置く訳には行かないし、参考の為め、一往その品を検査して見たいから、相当の代価を以て、是非当会社へ譲り渡して貰いたい。………大体が、先ず斯う云ったような意味で、結局、あの写真の正体は未だに分らずじまいなのです。やっぱりグロオブ会社の返事の中に書いてあるように、何者かがあれに似寄った筋のフィルムを、外のいろいろのフィルムと継ぎ合わせて、うまい工合に修正したり焼き込んだりして、一つの写真劇に拵え上げたと云う推察が、一番中って居るようですが、そうだとすると、そんな仕事の出来る奴は、ジェファソン以上の名人でなければ出来ませんな。しかし、たといジェファソン以上の名人が居るにしても、あんな面倒な仕事を、単に金儲けの目的でやれるものではなし、例の真夜中の怪しい出来事と結び附けて考えると、あれには何か、余程の曰く因縁があるに違いありません。………斯う云うと変ですが、あなたは若しや、アメリカにいらっしった時分に、誰かに恨みを買うような事を、なすった覚えがありはしませんかね。どうしてもあれは、あなたに惚れて居ながら、散々嫌われたとか欺されたとか云うような覚えのある人間に、関係のある事ですよ。僕は必ずそうだと思います。そう云う男の怨念が、あれに取り憑いて居るのです」

「まあ待って下さい。私はそんな、怨念に取り憑かれるような、悪い事をした覚えはないけれど、その腫物になる人間の顔と云うのは、全体どんな人相なのか知ら。何でも大そうな醜男だと云う話じゃないの」

「そうです、恐ろしい醜男です。日本人だか南洋の土人だか分らないくらいな、色の真黒な、眼のぎろりとした、でぶでぶした円顔の、全く腫物のような顔つきをした男です。年頃は三十前後、写真の中のあなたよりは十ぐらい老けて見えます。一遍見たら忘れられない顔ですから、あなたがその男を御存じなら、想い出せないと云う訳はありません。いや、あなたばかりでなく、僕等にしても、あの男が何処の何者だか今まで知らずに居ると云うのは、実に不思議千万です。なぜかと云うのに、笛吹きの乞食の役の、深刻を極めた演出と云い、腫物になってからの陰鬱な、物凄い表情と云い、先ずあの男に匹敵する俳優は、『プラアグの大学生』や『ゴオレム』の主人公と勤めて居る、ウエエゲナアぐらいなものでしょう。あれ程の特徴のある容貌と技芸を持った、唯一の日本人が、内地では勿論、アメリカの活動雑誌にも、写真は愚か名前さえ出た事がないのは、其れがもう、既に一つの怪異です。今日までのところ、あの男は此の世の中には住んで居ない人間で、ただフィルムの中に生きて居る幻に過ぎないのです。そう信ずるより外、仕方がないのです。殊に、あのフィルムの怪異を実験した人達は、誰もあの男を、人間の写真であるとは思って居ません。『あの男は化け物だ。あんな役者が居る筈はない』と云います。『化け物でなければ、あんな怪しい変事が起る筈はない』と云います。………」

「だから変事と云うのは、どんな事なんだか、其れをあたしは聞きたいんだわ。先から随分委しく説明して貰ったけれど、肝腎の変事の話を未だに聞かないのだから。………」

「実はあなたが、神経をお病みになるといけないと思って、わざと差控えて居たのですが、此処まで話が進んだら、もうしゃべってしまいましょう。僕はその、後に気違いになったと云うM技師から、最も詳細な実験談を聞きましたが、極く掻い摘まんだお話をすれば、つまりあの写真の怪異は、その幻の男の顔にあるのです。一体、M技師の長い間の経験に依ると、活動写真の映画と云うものは、浅草公園の常設館などで、音楽や弁士の説明を聴きながら、賑やかな観覧席で見物してこそ、陽気な、浮き立つような感じもするが、あれを夜更けに、たった一人で、カタリとも音のしない、暗い室内に映して見て居ると、何となく、妖怪じみた、妙に薄気味の悪い心持になるものだそうです。それが静かな、淋しい写真なら無論のこと、たとい花々しい宴会とか格闘とかの光景であっても、多数の人間の影が賑やかに動いて居るだけに、どうしても死物のように思われず、却って見物して居る自分の方が、何だか消えてなくなりそうな心地がする。中でも一番無気味なのは、大映しの人間の顔が、にやにや笑ったりする光景で、――――そう云う場面が現れると、思わずぞうっとして、歯車を廻して居る手を、急に休めてしまうと云います。そんな場合には、怒る顔より笑う顔の方が余計に恐いと、M技師はよく云って居ました。『それでも自分は技師だから何でもないが、もし、或る俳優が、自分の影の現れるフィルムを、たった一人で動かして見たら、どんなに変な気持がするだろう。定めし、映画に出て来る自分の方がほんとうに生きて居る自分で、暗闇に佇んで見物して居る自分は、反対に影であるような気がするに違いない』と云って居ました。暗闇の写真でさえそうですから、『人間の顔を持った腫物』のフィルムを、此の日暮里の事務所の、ガランとした映写室で、真夜中頃に一人で見て居る時の心持は、大凡そ僕等にも想像する事が出来るでしょう。何でももう、第一巻の、笛吹きの乞食の姿が現れる刹那から、胸を刺されるような、総身(そうしん)に水を浴びるような気分を覚えて、或る尋常でない想像が襲って来るそうです。あの写真は随分疵だらけで処々ぼやけていながら、それが少しも邪魔にならずに、寧ろ陰鬱な効果を助けて居るのだから妙じゃありませんか。それでもまあ、第一巻から二巻、四巻までは、どうにか辛抱して見て居られるそうですが、第五巻の大詰(おおづめ)、菖蒲太夫の公爵夫人が発狂して自殺するとき、次に現れる場面を、じっと静かに注意を凝らして視詰めて居ると、大概の者は恐怖の余り、一時気を失ったようになるのです。その場面はあなたの右の脚の半分を、膝から爪の先まで大映しにしたもので、例の膝頭に噴き出て居る腫物が、最も深刻な表情を見せて、さもさも妄念を晴らしたように、唇を歪めながら一種独特な、泣くような笑い方をする。――その笑い声が、突如として極めて微かに、しかしながら極めてたしかに、疑うべくもなく聞えて来る。M技師の考えでは、其れは外部に余計な雑音があったり、注意が少しでも散って居たりすると、聞えないくらいの声であるから、聞き取るには可なり耳を澄まして居る必要がある。事に依ると其の笑い声は、写真が公衆の前で映写される場合にも、聞えて居るのかも知れないが、恐らく誰にも気が付かずに済んでしまうのだろう。と、云うことでした。――どうです、あなたにしても、此の話をお聞きになったら、あまり好い気持はなさらないでしょう。実は、お話し申すのを忘れて居ましたけれど、そのフィルムは今度いよいよ、グロオブ会社へ譲り渡す事になって、二三日前に、巣鴨の大正館と云う常設館から引き取って、目下、此の事務所の其の棚の上に載せてあるのです。社内で映写する事は、社長から厳禁されて居ますが、フィルムのままで御覧になるなら一向差支えはありません。いかがです、僕が立ち会いの上で、ちょいとお見せ申しましょうかね。兎に角、その乞食の顔を御覧になるだけでも、何か此の謎を解く端緒を得られるかも知れません。………」

Hは、百合枝が、好奇心に充ちた瞳を輝やかして頷くのを待って、傍の棚上に積んである、ブリキ製の円い五つの缶の内から、第一巻と第五巻とを納めた缶を引き擦り卸した。そうして、デスクの上で蓋を除いて、鋼鉄のようにキラキラしたフィルムの帯を、長く長く伸ばしながら、明るい窓の方へ向って、其れを百合枝に透かして見せた。

「ほら、御覧なさい。此れが乞食の男です。………」

こう云って、Hは更に第五巻の方の、彼女の膝へ焼き込んである腫物の顔を示して、

「………ね、此の通り、此処で腫物になって居ます。此れがたしかに焼き込みだと云うことは、僕にも分ります。此の男にあなたは覚えがありませんかね。

「いいえ、私はこんな男に覚えはない」

と、彼女は云った。其れは彼女が、過去の記憶を辿って見る必要のないほど明らかに、未知の一人の日本人の男子の顔であった。

「だけどHさん、此れは焼き込みに違いないのだから、やっぱり何処かに、こう云う男が居ることは居るのね。まさか幽霊じゃないでしょう」

「ところが一つ、どうしても焼き込みでは駄目な処があるのです。そら、此処を御覧なさい。此れは第五巻の真ん中ごろです。女主人公が腫物に反抗して、その顔を擲ろうとすると、顔が彼女の手頸に噛み

着いて、右の拇指(おやゆび)の根本(ねもと)を、歯と歯の間へ、挟んで放すまいとしているのです。あなたは盛んに、五本の指をもがいて苦しがって居ます。此れなんぞはどうしたって、焼き込みでは出来ませんよ」

云いながら、Hはフィルムを百合枝の手に渡して、煙草に火をつけて、部屋の中を歩き廻りつつ、独り語のように附け加えた。

「………此のフィルムが、グロオブ会社の所有になると、どう云う運命になりますかナ。僕は、抜け目のないあの会社の事だから、きっと此れを何本も複製して、今度は堂々と売り出すだろうと思います。きっとそうするに違いありません」——

覚海上人天狗になる事

南勝房法語にいう、「南ガ云ワク十界ニ於テ執心ナキガ故ニ九界ノ間ニアソビアルクホドニ念々ノ改変ニ依テ依身ヲ受クル也、サヨウニナリヌレバ十界住不住自在也、………密号名字ヲ知レバ鬼畜修羅ノ棲メルモ密厳浄土也、フタリ枕ヲナラベテネタルニヒトリハ悪夢ヲ見独リハ善夢ヲ見ルガ如シ、………凡心ヲ転ズレバ業縛ノ依身即チ所依住ノ正報ノ浄土也、其ノ住処モ亦此クノ如シ、三僧祇ノ間ハ此ノ理ヲ知ランガタメニ修行シテ時節ヲ送ル也」と。此の南勝房という坊さんが覚海上人のことであって、順徳院の建保五年に高野山第三十七世執行検校法橋上人位に擢(ぬき)んでられたというから、ざっと今から七百年前、鎌倉時代の実朝の頃の人である。但馬(たじま)の国朝来(あさき)郡の生れで、始めは同国健屋(たてのや)の与光寺の学頭であったが、後に高野山へ登って学侶の華王院に住した。この与光寺という寺は現存していて、土地の人は今も上人の遺徳を慕っているという。華王院の方は今日では増福院と称し、前掲の南勝房法語、並びに覚海伝、上人自筆の消息文等を伝えている。一日私は此の寺を訪れ住職鷲峰師の好意に依って悉くそれらの古文書を筆録し得た。

紀伊続風土記所載高野山の天狗の項に「是は鬼魅の類にして魔族の異獣なり」とあるが、「然れども感業の軽重に随って自ら善悪の二種あり、よりて仏塔神壇を寄衛して修禅の客を冥護するあり、又一向邪慢憍高にして悪逆に与し正路に趣ざるあり、当山に栖止するもの仏道を擁護し悪事を罰するの善天狗なり」ともあるから、魔界の種族ではあるが、必ずしも仏法の敵でないことが分る。兎に角「人体ハ吉シ雑類異形ハ悪シト偏執スルハ悟リ無キ故也、相続ノ依身ハイカナリトモ苦シカラズ、臨終ニ何ナル印ヲ結ブトモ思ワズ、思ウヨウニ四威儀ニ住ス可シ、動作何レカ三昧ニ非ザラン、念念声声ハ悉地ノ観念真言也」と云うのが南勝房法語の建て前であって、上人が天狗になったことは、上人自身としてはその信念を実行に移した迄である。

増福院に蔵する所の上人の消息文は「蓮華谷御庵室」へ宛てたもので、鷲峰師の説明に依ると、此の宛て名の主は所謂「高野非事吏（ひじり）」の祖明遍上人（少納言入道信西末子）のことであるという。「近日十津川郷人来二当寺領大瀧村一懸レ札申云当村并花園村等吉野領十津川之内也仍令レ懸二此牓示之札一自今以後者可レ勤二十津川之公事一云々此条自由之次第不思議之事候」という書き出しで、全文を掲げるのは煩わしいから省略するが、要するに吉野僧の暴状を見て憤懣の思いを明遍上人に訴えたものである。覚海伝に拠れば此の事のあったのは建保六年正月より承久元年八月に至る間で、吉野の春賢僧正が郷民を引率して、高野山の所領に闖入し、花園の庄大瀧の郷に吉野領と云う札を立て、「並於二御廟橋下一標二牓芳野領一」とあるから、今の奥の院の大師霊廟の前にある無明の橋のことであろう、あの辺にも亦高札を立てた。伝には「爾来以二精進法界之霊場一為二殺生汚穢之猟地一幾許狼藉不道不レ遑二枚挙一也」と記し、消息の方には「剰殺二数十鹿一剥レ皮」と記し、「寺家之歎何事過レ之候哉人守二忍辱之地一無二弓箭一之間十津川之住人知二如レ此子細一動及二狼藉一候者也」とも云っている。然らば当時高野山には僧兵というものがなかったのであろうか。紀伊続風土記は曰く、「古老伝に吉野悪僧等の企にて此の山の領地を劫奪し大師の霊跡を涜さんとす、時に覚海検校深重の悲誓を発て修羅即遮那の観門を凝し魔即法海の行解を務め其の類に同じて山家を鎮護し、大師仏法の運を龍花の春に達せんとして大勢勇猛の羽翼と化し、白日に飛去すという」と。覚海伝には、此の時（承久元年八月五日）三千の衆徒が大秘伝法の絶滅を悲しみ山を下ろうとしたのを、上人が強いておしとどめ、自分が炎魔の庁へ行って訴えるからもう一日待てと云ったと記してあって、示寂したのはそれより更に六年の後、貞応二年癸未八月十七日春秋八十二歳の時ということになっている。しかし上人が魔族を使嗾したために吉野の悪僧春賢僧正は同年十二月に俄かに夭滅し、吉野方へ加勢して非理に組みした公卿たちは悉く「三地両所の冥罰を蒙った」とあるから、これに依って一山の危機は救われた訳である。すると覚海上人が天狗になったのは既に在世中からであって、時々魔界へ飛行したのであろうか。金剛三昧院の毘張房も同じく天狗であるが、これは元来天狗であったものが人間に化けて寺に住み込んでいたので、上人の場合はこれと反対である。

上人が死後に於いて魔界に生れたことは、或いは魔界に生れるという信念を以て死んだことは確かと見ていい。此の間の事情に就いては、少しく長くなるけれども覚海伝の一節を仮名交り文に書き改めて大方諸賢の一粲に供しよう。

有ル時師自ラ誓イ懇ロニ祷ッテ曰ク、吾既ニ産ヲ鄙北ニ受ケ、遮那ノ法ヲ南山（註、南山は高野のこと、比叡山の北嶺に対していう。）ニ習イ、現今山頭ニ在ッテ務職ニ任ズ、奇縁不可思不可測ナリ、唯願ワクハ三世ノ勃駄十界ノ索多及ビ吾ガ大師、吾ニ我ガ前生ヲ示告セヨ、イカナレバ此クノ如ク得難キノ人身ヲ得、遇イ難キノ密法ニ逢イタル乎ト、五体ヲ地ニ擲チ、目ニ血涙ヲ流シ、身ノ所在ヲ忘レ、誠ヲ尽シテ命根尚絶エントスルニ至ル。時ニ大師欻爾トシテ真影ヲ現ズ。和柔類イ稀ニシテ容顔霊威、和雅ノ梵音ヲ挙ゲテ幽声ヲ耳ニ徹セシム。汝ハ始メ是レ摂州ノ南海ニ産シ、形ヲ小蛤ニ現ジテ蚌蠃ノ海族ト与ニ波ニ漂イ、砂石ニ交糅シテ四海ニ流ルルコト千歳。唄音風ニ順ッテ碧波ニ入ルニ逢イ、蛤聞熏ノ力ニ因ッテ海浪ニ激揚セラレテ自ラ天王寺ノ西ノ浜畔ニ着キタルトキ、童僕戯レニ抛ッテ天王寺堂前ノ床ニ置キタルニ、（註、大阪の天王寺が昔いかに海に近かったかということが、此の記事に依って想像される。）誦経読咒ノ声ヲ聴クニ因ッテ第二生ニ牛身ヲ受ク。重キヲ負ウテ遠キニ至リ、牧童鞭ヲ加エ、蚊蚋肉ヲ齧ミタレドモ、余縁尚朽チズシテ一日大乗般若ヲ書スルノ料紙ヲ荷イ負ウガ故ニ、転生シテ第三生ニ赭馬ノ肉身ヲ受ク。唯縁熏発シテ幸イニ信輩ノ熊野ニ詣ルモノヲ乗セタルガ為メニ、更ニ転生シテ第四生ニハ柴燈ヲ燃ヤスノ人身トナルコトヲ得タリ。常ニ火光ヲ以テ道路ヲ照ラスガ故ニ智度ノ浄業漸々ニ熏増シテ、第五生ニハ吾ガ廟前密法修法ノ承仕給者トナル。晨天ニ閼伽ヲ汲ンデ運ビ、昏暮ニ浄花ヲ採ッテ摘ミ、香ヲ抹ンデ熏煙ヲ凝ラシ、飯ヲ炊イテ滋味ヲ調エ、耳ニハ常ニ三密ノ理趣ヲ聴キ、目ニハ自カラ五観ノ妙相ヲ見ル。是クノ如キノ冥熏加持ノ力用ニ依ッテ現今第六生ニハ法門ノ棟梁南山検校ノ鴻職ヲ感受シタリ。第七生ニハ必ズ秘密法ヲ護ルノ威猛依身ヲ受ケ、身体ニ羽翼ヲ生ジテ飛行自在ニ、修鼻突出シテ彎笋ノ如ク、遍身赤黒ニシテ毛髪銅針ニ類セン。是レ乃チ吾ガ末弟憍慢放逸ニシテ酒色ニ耽リ、仏法王法ヲ軽ンジテ佗ノ財宝ヲ貪リ、汚穢不浄ノ身ヲ以テ伽藍ニ渉登シ、高歌狂乱シテ信者ノ機嫌ヲ毀チ、引イテ吾ガ密法ヲ壊リ、猥リニ狂族ヲ夥シクスルガ故ニ、此クノ如キノ異容ニ非ザレバ争デカ治罰賞正ノ誘進ヲナサンヤ。魔仏一如、生仏不二、修羅即遮那ハ、汝常ニ是レ臆念スル所也。言イ訖ッテ麗々タル遺韻山谷ニ伝ワリ、馥々タル異香野外ニ熏ジ、感涙胆ニ銘ジテ身心汒昧ナリ焉。故ニ世人称シテ南山ノ碩学七生ヲ悟ルノ人ト云ウ矣。

此れに類似の本生譚は今昔物語等にも多く見受けられるけれども、天王寺海浜の蛤と云い、熊野参詣の馬と云い、いかにも高野の上人の前生にふさわしい。即ち上人は大師のお告げに依って自分の来世を予知していたのである。しかし予知していたが故に南勝房法語の如き信仰を建立したのか、此の信仰の故に天狗に生れるべく運命づけられたか。何れが因で、何れが果か。伝に依れば後者のように思われる。

上人の廟は山中の遍照ヶ岡にあるが、一説には華王院境内の池辺に葬ったとも云い、その池も現に増福院の庭中に存している。覚海伝の賛の終りに曰く、「遍照岡崛ノ枯枝落葉毫釐モ之ヲ採ルトキハ厳祟ヲ施ス、其ノ威其ノ霊信ズ可ク懼ル可シ、其ノ悉地ヲ成ズル上カ中カ下カ、都ベテ即身ノ仏カ、嗚呼奇ナル哉遊戯三昧」と。

或る漂泊者の俤

それは去年の今頃――――十月二十五日の午後二時時分のことである。当時私は天津の仏租界にあるインピリアル・ホテルに泊って居たが、ちょうど其の日の其の時刻に仏租界の朝鮮銀行で或る用件を済ませた後、何処と云うあてもなく其の辺の街を散歩して居た。その辺の街――――それは天津の市中でも一番立派な、まるで欧洲の都会へでも来たような感じのする、美しく整頓した街であったから、いつも其処を散歩するのが私は非常に好きだったのである。

で、朝鮮銀行の角をバロン・デュ・グロウ街の方へ曲り、その通りのところどころにある雑貨店のショウ・ウィンドウなどを覗きながら歩いて居る最中であった。私とは反対の方向から疲れた足どりでよぼよぼと躓いて来る一人の男に出会ったのである。男の歳は五十前後、痩せて背の高い、しかし肩幅の広いガッシリした骨組みの頑丈そうな体つきで、だらりと両側へ他人の物のように力なく垂らして居る腕の先の、日に焼けて渋紙色に赤茶けた手の甲や、大きな掌や、節くれ立った太い指から判断すると、労働者らしくも見えないことはなかったが、その服装は此の辺に居る苦力のそれとは違って居るし、労働者にしてもあまり穢過ぎて見すぼらしいので、どちらかと云えば寧ろ乞食に近いのであった。ぼろぼろに破れて胸板のあたりが露わになったメリヤスの古シャツの上に、カラアもカフスもなく、煤けたコール天の茶色の上衣を直に着て、方々に泥やペンキのしみの附いた、靴の踵が隠れるほどだぶだぶした長い黒羅紗のズボンを穿いて、頭には縁が綻びて醤油色になった麦藁帽子を冠り、その帽子の下には蓬々とした髪の毛が揉み上げから頤鬚の方へつながって居る。勿論ズボンにも靴にも穴があいて居て、その隙間から露出して居る脛や足の甲の皮膚は、ぱさぱさに乾涸らびてひびが入ったような細かい皺を畳み、人間の肌ではなく松の樹の皮か何ぞのような感じを与えたのである。と、こう云っただけでは、場所が天津であるから、此の男が支那人であるやら西洋人であるやら、読者には判明しないであろう。いや実を云うと、その時其処で彼に行き遇った私ですらも、擦れちがいに一瞥したところでは彼が何処の国の人間であるか合点が行かなかった。それほど其の男の顔は窶れ凹んで、輪廓が分らないくらいに髯が一面に生えて、且夥しく垢で汚れて居た。が、だんだん気をつけて観察すると、その瞳の色だの、多少の白髪を交えて居る髯や眉毛の色だのの濃い黒さから推し測って、彼が東洋人であることだけは、――支那人やら日本人やら朝鮮人やら其処までは明かでないにしても、東洋人で或ることだけは疑うべくもなかったのである。そうして、なおよく注意して見るのに、乞食のようではありながら面長な顔だちの何処か知らに品のいい趣があり、生れながらの賤しい人間ではないらしい様子があった。真っ黒な鬚と垢との中に光って居る二つの眼、形が崩れて歪みかかっては居るけれど、元は立派であったろうと想像される優雅なきゃしゃな鼻筋、それ等はたしかに労働者や乞食の顔の中にあるものではない。殊に私の興味を動かしたのはその眼であった。まるで小説か活動写真の主人公にでもありそうなその眼であった。暗い帽子の鍔の蔭の、落ち凹んだ眼窩の奥にある大きな瞳が、不思議に美しいつやと輝きとを持ちながら、何等の表情もなく云わば深淵の水のように静かに澱んで居て、それは美しさの点から云っても、また美しい癖に無表情である点から云っても、全く襤褸に包まれた宝玉であった。無表情なのは疲労のあまり意識が朦朧として居るのか、酒に酔い過ぎてうっとりとなって居るのか、或は白痴か麻痺狂ででもあるのか、――恐らく此れ等の孰れもが原因で或るのかも知れない。そうして其の無表情の為めに、瞳の輝きは猶更美しさを増して見えたのである。彼は折々立ち止まって、はっと夢から覚めたように往来を眺め廻すことがあるが、そんな折には、彼の穏やかな瞳にも云い知れぬ憂愁の色がほんのりと漂うて来る。しかし其れとても彼自身の表情ではなく、静かな湖の表面へ雲の影が落ちるように、或る暗い蔭が何処からともなくふいいと翳って来て、無心に澄んで居る彼の瞳へ陰鬱な曇りを懸けるのではないだろうか、と、そう思われるほど其の眼差は生気を欠いて居た。――兎に角私は最初に一と目見た瞬間から、妙に其の男の心を惹かれたので、彼が歩き出す方へと、後になり先になりしながら喰着いて行った。

先云ったバロン・デュ・グロウ街を、前のめりによろけそうな歩調で、竹馬が歩くように一歩々々蹈み固めつつ歩いて来た彼は、とある曲り角へ来ると、又立ち止まって例の陰鬱な眼つきをしながら、往来をうろうろ見廻して居る様子であった。彼は其処までは電車路に沿うて自然にやって来たのだが、電車の線路は其処から左の方へ曲って行くので、自分も其れに附いて曲って行こうか或は猶も真直ぐに此の通りを進んだものかと、ちょいと考えさせられたのだろう。けれど、考えたのはものの一分とはかからない間で、直ぐまた大通りを一直線に歩き出した。曲るのも大儀と云うような風で、前の方へ引張られるように動き出したのである。

北支那の秋の天気は、毎日々々カラリと晴れ渡って居るのだけれど、その日は珍しく生暖かい南風が吹いて、それでなくても煙突の多い天津の町の空には時々気紛れな雲の塊がどんよりと浮んでは、又いつの間にか明るい日の影を地上へ洩らしてすうッと消えるように過ぎ去って行く。風は地這いをしながらくるくると大道に渦を巻いて、下から吹き上げるが如く走って来るのだが、コンクリートで張り詰めた鋪道の上からは舞い騰るべき砂埃もなく、却て平らな堅い表面が、その風に洗われたようにつるつるに光って見える。若し其の清潔な鋪道の上に、何か穢い物が動いて居たとすれば、それは其処を通りつつあった例の男の足だけであろう。其処ではたしかに、踏まれて居る地面よりも、踏んで居る靴の方が比較にならぬくらい見すぼらしいのであった。が、肝心の本人はそんな事実に気がつく筈もなく、ただ滑かにコチコチした路を歩き悪そうに、重い踵を引き擦りながらのめって行くのである。もし其の男が乞食であるとしたなら、彼は物を乞うのに最も不適当な街路を択んだ訳であった。なぜかと云うのに、一体に物静かな仏蘭西租界の、おまけに電車の通って居ない其の辺は、銀行や会社の煉瓦造りの高い建物が昼間も森閑と並んで居るばかりで、稀に物を売る店はあっても、それ等は孰れも城郭のように巍然とした大商店で乞食などの傍へも寄り付ける構えではない。たまたま路端に腰を卸して休むべき地点を求めるにしても、コンクリートの大道がつやつやと研かれて居る限り、附近には彼の汚れたズボンの臀を据えるべき空地もなければ、腰かけの代りになりそうな石ころもない。往き交う者は大概品の好い身なりをした西洋人か、たまには優雅な黒塗りの箱馬車が、寛濶な二頭立ての馬の蹄を戞々と鳴らして通り過ぎる。二三軒のショウ・ウィンドウに、けばけばしい刺繍をしたキモノだの派手な婦人の洋服だの毛皮の外套や襟巻だのが、それを身に着ける女たちのなまめかしい姿を想い出させるような形に、花やかに垂れ下って飾られて居るのだけが、単調な街の空気を纔かに浮き立たせて居るに過ぎない。しかし例の男はそれ等の物には無関心のように、うつろな瞳を空に睜いて進んで行ったが、やがて其の幅の広い肩を引き昂げて安心したような深い溜息をついた。その時彼の眼の前には、今迄の寂しい街路が尽きて、賑やかな白河の海岸通りが突き当りに現れて来た。

男は其処へ出ると、岸辺の石崖のほとりに植わって居るプラタナスの並樹の蔭に佇みながら目ざましい活気に充ちた周囲の有様に、暫く茫然と気を奪われて居るらしかった。其処は万国橋の下を流れて来る河が、ぐるりと一とうねりうねって居る辺で、天津の市中でも最も大都会らしい景況と騒擾との沸き立って居る区域であった。川縁には二三千噸の汽船が隙間もなく錨を卸して巨大な横腹を並べ、その近所にアンペラで包んだ荷物だの綿花を入れた白い袋だのが山のように積まれて居るのを、大勢の苦力が一箇々々肩に担いで片端から運んで行く。ニュウ・ヨーク・スタンダード・オイル・コムパニー、アジアティック・ペトロリュウム・コムパニーなどの諸会社が此方河岸（こっちがし）にぎっしりと軒を連ね、その対岸には其れ等の会社の石油タンクが、河を埋めて居る汽船の帆柱よりも高く、丘のようにもくもくと聳えて居る。タンクは一様に饅頭のような円い形をして、白や黄色のペンキで塗られた上に、会社の名前が太い英字で大きく黒々と書かれて居る。BRUNNER ALKALI MANUFACTURING Co. と記された、最も大きなゴシックの文字のあるタンクの上に、夕日が赤くカッキリと照り付けて、傍に堆く盛り上げられた石炭の山の上には、人夫がぞろぞろと蟻のように繋がって居るのが見える。船から荷物を揚げ卸しする数台のクレーンの鎖の軋めきが絶え間なくガラガラと響いて居る中を、氷を担いで行く者や、毛皮を載せて行く車や、撒水馬車が忙しそうに右往左往する。川縁には苦力の休息所に充てられたアンペラの小屋掛けが五六軒あって、むさくろしい支那人の労働者が其処にうようよと群がりながら駄菓子を喰ったり茶を飲んだりして居るけれど、それでもあのプラタナスの木蔭に立って居る男に比べれば、彼等の顔には生き生きとした気力が現われて居るのである。例の男は、自分の前を通り過ぎる果物売りの車の上を羨しそうに見送って居たが、ふと小屋掛けの横の方にある煉瓦の堆積が眼に留まると、いかにも恰好な休み場所を見附けたように、のっそりと歩いて行って其の上に腰を卸した。それから両手をズボンのポッケットに入れて何物をか捜し始めた。

苦力たちが貪って居る喰物の香が激しく鼻を襲って来たので、急に堪え難い空腹を想い出したのであろう。しかし其のポッケットに一文も這入って居ない事は明かだったので、或は最初から銭を捜そうとしたのではなかったかも知れない。やがて彼が其の右の手に、銭の代りに摑み出したのはマドロスの持つパイプであった。彼はそれを空っぽのまま口に咬えて、頻りにすぱすぱと脂を吸った。幾分かでも飢を凌ぐに足ると思ったのであろう。

彼はもう、そこへどっかと腰を据えたなり、一寸も動けないほどくたびれ切って居るらしかった。両手を膝頭の上に載せて、両の掌をだらりと垂らして、口に挟んだパイプのこともいつの間にか忘れてしまったように、ぼんやりと自分の脚下を視詰めるともなく視詰めて居る。その脚下から一間とは隔たって居ない石崖の下には白河の水が、その名とは反対に泥の如く濁って、天に蔓る煤煙を溶かしたような色を湛えながら、無気味に慵げに流れて行くのである。そんな景色が彼の心に何等かの感慨を催さしめるのでもあろうか、彼の瞳には、そうして休んで居る間に、恰も晴れたり曇ったりしつつある折柄の空模様のように、いろいろの蔭がさっと蓋さって来ては又急激に遠のいてしまう。つい今しがた迄は、その双眼が涙を帯びたような光と潤いとを刻々に増して来て、遣る瀬ない情緒が胸に迫って来たかの如き悲壮な色を張らして居たかと思うと、忽ち次ぎの瞬間には何も彼も打ち棄ててのどかな夢を見て居るような、恍惚たる表情が浮かんで来る。或る刹那には女のような優しい眸をしそうになったり、餓鬼のような卑しい欲望がむらむらと燃え上るかと見えたり、盗賊をでも働きそうなこすっからい眼つきがちらりと閃めいて通ったりする。が、それ等のあわただしい眼の働きは、先も云ったように、別段彼自身の与り知らぬ事であったかも知れない。彼自身は恐らくは、零落の淵に沈淪する今の境涯を嘆く心をさえ失ってしまった人間であろう。そうした彼の瞳だけが、長い変遷と漂泊とをし続けた過去の幻影を追うて、さまざまな物の形を映しては消し映しては消しして居たのであろう。兎に角その謎の如き瞳は、蹉跎たる彼の半生を残りなく語って居るように見えた。彼が余念もなく水を眺めて居る間に、其処に彼の数奇をつくした五十年の経歴をもう一度繰り返されて走馬燈の如く走りつつあるのではないかと訝しまれた。

西に傾きかけた夕日が、プラタナスの影を前よりも一尺も長く地上へ曳くようになった時分、その男は未だにじっと項垂れたまま立ち上りそうにもしなかったが、ちょうど其の時に川上の方から異常な物音が、――――機械の歯車が廻るような物音がごうごうと轟いて来たので、私はその響きの方を振り返った。見ると、それは万国橋が汽船を通す為めに廻転を始めたのである。橋詰のインピリアル・ホテルの前には通行を遮られた人々が黒く堆く群がって、後から後からと殖えて来る雑沓の中を、数台の電車や馬車や轎などが威勢よく駆け付けて来ては其処で同じように喰い止められて居る。煉瓦の土台を中心にして虚空に浮かびつつ動いて居る鉄橋の上では、二三人の人夫が橋の床板を掃除しながら、時々塵埃を帚木で河に掃き捨てて居る。掃き捨てられた塵埃は、朦々たる砂塵となって舞い下りながら、更にそれよりも薄穢い白河の水に呑まれて行く。しかしそんなに濁った河でも、太陽の光を反射する事は出来ると見えて、土台石の煉瓦には夕日がきらきらと水面から照り返されて、美しい波紋を描いて居るのが、寧ろ不思議な現象のように感ぜられるのである。橋は川筋と並行になるまで向き変ると、其処で暫く廻転を止めた後、再び騒々しい響きを立てながら元の方角へ動き出した。そうして両岸の連絡が全く旧に復すると同時に、停滞して居た群集は長い列を作って橋上に延び始めた。

私は又ふり返って煉瓦の堆積に腰かけて居る彼の男を見た。と、彼は依然として先の姿勢を寸分も崩さずに、パイプを口に咬えたまま黙然と脚下の濁った水を視詰めて居たのである。………

私

もう何年か前、私が一高の寄宿寮に居た当時の話。

或る晩のことである。その時分はいつも同室生が寝室に額を鳩めては、夜おそくまで蠟勉と称して蠟燭をつけて勉強する（その実駄弁を弄する）のが習慣になって居たのだが、その晩も電燈が消えてしまってから長い間、三四人が蠟燭の灯影にうずくまりつつおしゃべりをつづけて居たのであった。

その時、どうして話題が其処へ落ち込んだのかは明瞭ではないが、何でも我れ我れは其の頃の我れ我れには極く有りがちな恋愛問題に就いて、勝手な熱を吹き散らして居たかのように記憶する。それから、自然の径路として人間の犯罪と云う事が話題になり、殺人とか、詐欺とか、窃盗などと云う言葉がめいめいの口に上るようになった。

「犯罪のうちで一番われわれが犯しそうな気がするのは殺人だね。」

と、そう云ったのは某博士の息子の樋口と云う男だった。

「どんな事があっても泥坊だけはやりそうもないよ。――何しろアレは実に困る。外の人間は友達に持てるが、ぬすッとゝとなるとどうも人種が違うような気がするからナア。」

樋口はその生れつき品の好い顔を曇らせて、不愉快そうに八の字を寄せた。その表情は彼の人相を一層品好く見せたのである。

「そう云えば此の頃、寮で頻りに盗難があるッて云うのは事実かね。」

と、今度は平田と云う男が云った。平田はそう云って、もう一人の中村と云う男を顧みて、「ねえ、君」と云った。

「うん、事実らしいよ、何でも泥坊は外の者じゃなくて、寮生に違いないと云う話だがね。」

「なぜ。」

と私が云った。

「なぜッて、委しい事は知らないけれども、――――」と、中村は声をひそめて憚るような口調で、「余り盗難が頻々と起るので、寮以外の者の仕業じゃあるまいと云うのさ。」

「いや、そればかりじゃないんだ。」

と、樋口が云った。

「たしかに寮生には違いない事を見届けた者があるんだ。――――つい此の間、真ッ昼間だったそうだが、北寮七番に居る男が一寸用事があって寝室へ這入ろうとすると、中からいきなりドーアを明けて、その男を不意にピシャリと殴り付けてバタバタと廊下へ逃げ出した奴があるんだそうだ。殴られた男は直ぐ追っかけたが、梯子段を降りると見失ってしまった。あとで寝室へ這入って見ると、行李だの本箱だのが散らかしてあったと云うから、其奴が泥坊に違いないんだよ。」

「で、その男は泥坊の顔を見たんだろうか？」

「いや、出し抜けに張り飛ばされたんで顔は見なかったそうだけれども、服装や何かの様子ではたしかに寮生に違いないと云うんだ。何でも廊下を逃げて行く時に、羽織を頭からスッポリ被って駈け出したそうだが、その羽織が下り藤の紋附だったと云う事だけが分っている。」

「下り藤の紋附？　それだけの手掛りじゃ仕様がないね。」

そう云ったのは平田だった。気のせいか知らぬが、平田はチラリと私の顔色を窺ったように思えた。そうして又、私も其の時思わずイヤな顔をしたような気がする。なぜかと云うのに、私の家の紋は下り藤であって、而も其の紋附の羽織を、その晩は着ては居なかったけれども、折々出して着て歩くことがあったからである。

「寮生だとすると容易に掴まりッこはないよ。自分たちの仲間にそんな奴が居ると思うのは不愉快だし、誰しも油断して居るからなあ。」

私はほんの一瞬間のイヤな気持を自分でも耻かしく感じたので、サッパリと打ち消すようにしながらそう云ったのであった。

「だが、二三日うちにきっと掴まるに違いない事があるんだ。――――」

と、樋口は言葉尻に力を入れて、眼を光らせて、しゃがれ声になって云った。

「――――これは秘密なんだが、一番盗難の頻発するのは風呂場の脱衣場だと云うので、二三日前から、委員がそっと張り番をして居るんだよ。何でも天井裏へ忍び込んで、小さな穴から様子を窺っているんだそうだ。」

「へえ、そんな事を誰から聞いたい？」

此の問を発したのは中村だった。

「委員の一人から聞いたんだが、まあ余りしゃべらないでくれ給え。」

「しかし君、君が知ってるとすると、泥坊だって其の位の事はもう気が附いて居るかも知れんぜ。」

そう云って、平田は苦々しい顔をした。

ここで一寸断って置くが、此の平田と云う男と私とは以前はそれ程でもなかったのに、或る時或る事から感情を害して、近頃ではお互に面白くない気持で附き合って居たのである。尤もお互にとは云っても、私の方からそうしたのではなく、平田の方でヒドク私を嫌い出したので、「鈴木は君等の考えて居るようなソンナ立派な人間じゃない、僕は或る事に依って彼奴の腹の底を見透かしたんだ。」と、平田が或る時私をコッぴどく罵ったと云う事を、私は嘗て友人の一人から聞いた。「僕は彼奴には愛憎を尽かした。可哀そうだから附き合ってはやるけれど、決して心から打ち解けてはやらない」と、そうも云ったと云う事であった。が、彼は蔭口をきくばかりで、一度も私の面前でそれを云い出したことはなかった。ただ恐ろしく私を忌み、侮蔑をさえもして居るらしい事は、彼の様子のうちにありありと見えて居た。相手がそう云う風な態度で居る時に、私の性質としては進んで説明を求めようとする気にはなれなかった。「己に悪い所があるなら忠告するのが当り前だ、忠告するだけの親切さえもないのなら、或は又忠告するだけの価値さえもないと思って居るなら、己の方でも彼奴を友人とは思うまい。」そう考えた時、私は多少の寂寞を感じはしたものの、別段その為めに深く心を悩ましはしなかった。平田は体格の頑丈な、所謂「向陵健児」の模範とでも云うべき男性的な男、私は痩せッぽちの色の青白い神経質の男、二人の性格には根本的に融和し難いものがあるのだし、全く違った二つの世界に住んで居る人間なのだから仕方がないと云う風に、私はあきらめても居た。但し平田は柔道三段の強の者で、「グズグズすれば打ん殴るぞ」と云うような、腕ッ節を誇示する風があったので、此方が大人しく出るのは卑怯じゃないかとも考えられたが、――そうして事実、内々はその腕ッ節を恐れて居たにも違いないが、――私は幸いにもそんな下らない意地ッ張りや名誉心にかけては極く淡泊な方であった。「相手がいかに自分を軽蔑しようと、自分で自分を信じて居ればそれでいいのだ、少しも相手を恨むことはない。」――こう腹をきめて居た私は、平田の傲慢な態度に報ゆるに、常に冷静な寛大な態度を以てした。「平田が僕を理解してくれないのは已むを得ないが、僕の方では平田の美点を認めて居るよ。」と、場合に依っては第三者に云いもしたし、又実際そう思っても居たのだった。私は自分を卑怯だと感ずることなしに、心の底から平田を褒めることの出来る自分自身を、高潔なる人格者だとさえ己惚れて居た。

「下り藤の紋附？」

そう云って、平田がさっき私の方をチラと見た時の、その何とも云えないイヤな眼つきが、その晩はしかし奇妙にも私の神経を刺したのである。一体あの眼つきは何を意味するのだろうか？　平田は私の紋附が下り藤である事を知りつつ、あんな眼つきをしたのだろうか？　それともそう取るのは私の僻みに過ぎないだろうか？――だが、若し平田が少しでも私を疑ぐって居るとすれば、私は此の際どうしたらいいか知らん？

「すると僕にも嫌疑が懸るぜ、僕の紋も下り藤だから。」

そう云って私は虚心坦懐に笑ってしまうべきであろうか？　けれどもそう云った場合に、ここに居る三人が私と一緒に快く笑ってくれれば差支えないが、そのうちの一人、――平田一人がニコリともせずに、ますます苦い顔をするとしたらどうだろう。私はその光景を想像すると、ウッカリ口を切る訳にも行かなかった。

こんな事に頭を費すのは馬鹿げた話ではあるけれども、私はそこで咄嗟の間にいろいろな事を考えさせられた。「今私が置かれて居るような場合に於いて、真の犯人と然らざる者とは、各々の心理作用に果してどれだけの相違があるだろう。」こう考えて来ると、今の私は真の犯人が味うと同じ煩悶、同じ孤独を味って居るようである。つい先まで私はたしかに此の三人の友人であった、天下の学生達に羨ましがられる「一高」の秀才の一人であった。しかし今では、少くとも私自身の気持に於いては既に三人の仲間ではない。ほんの詰らない事ではあるが、私は彼等に打ち明けることの出来ない気苦労を持って居る。自分と対等であるべき筈の平田に対して、彼の一顰一笑に対して気がねして居る。

「ぬすッととなるとどうも人種が違うような気がするからナァ。」

樋口の云った言葉は、何気なしに云われたのには相違ないが、それが今の私の胸にはグンと力強く響いた。「ぬすッとは人種が違う」――ぬすッと! ああ何と云う厭な名だろう、――思うにぬすッとが普通の人種と違う所以は、彼の犯罪行為その物に存するのではなく、犯罪行為を何とかして隠そうとし、或は自分でも成るべくそれを忘れて居ようとする心の努力、決して人には打ち明けられない不断の憂慮、それが彼を知らず識らず暗黒な気持に導くのであろう。ところで今の私は確かに其の暗黒の一部分を持って居る。私は自分が犯罪の嫌疑を受けて居るのだと云う事を、自分でも信じまいとして居る。そうしてその為めに、いかなる親友にも打ち明けられない憂慮を感じて居る。樋口は勿論私を信用して居ればこそ、委員から聞いた湯殿の一件を洩らしたのだろう。「まあ余りしゃべらないでくれ給え。」彼がそう云った時、私は何となく嬉しかった。が、同時にその嬉しさが私の心を一層暗くしたことも事実だ。「なぜそんな事を嬉しがるのだ。樋口は始めから己を疑って居やしないじゃないか。」そう思うと、私は樋口の心事に対して後ろめたいような気がした。

それから又斯う云う事も考えられた。どんな善人でも多少の犯罪性があるものとすれば、「若し己が真の犯人だったら、――」という想像を起すのは私ばかりでないかも知れない。私が感じて居るような不快なり喜びなりを、ここに居る三人も少しは感じて居るかも知れない。そうだとすると、委員から特に秘密を教えて貰った樋口は、心中最も得意であるべき筈である。彼はわれわれ四人の内で誰よりも委員に信頼されて居る。彼こそは最もぬすッとに遠い人種である。そうして彼が其の信頼を贏ち得た原因は、彼の上品な人相と、富裕な家庭のお坊っちゃんであり博士の令息であると云う事実に帰着するとすれば、私はそう云う境遇にある彼を羨まない訳に行かない。彼の持って居る物質的優越が彼の品性を高める如く、私の持って居る物質的劣弱、――S県の水呑み百姓の倅であり、旧藩主の奨学資金でヤッと在学しつつある貧書生だと云う意識は、私の品性を卑しくする。私が彼の前へ出て一種の気怯れを感じるのは、私がぬすッとであろうとなかろうと同じ事だ。私と彼とは矢張人種が違って居るのだ。彼が虚心坦懐な態度で私を信ずれば信ずるほど、私はいよいよ彼に遠ざかるのを感ずる。親しもうとすればするほど、――うわべはいかにも打ち解けたらしく冗談を云い、しゃべり合い笑い合うほど、ますます彼と私との距離が隔たるのに心づく。その気持は我ながら奈何ともする事が出来ない。……

「下り藤の紋附」は其の晩以来、長い間私の気苦労の種になった。私はそれを着て歩いたものかどうかに就いて頭を悩ました。仮りに平気で着て歩くとする、みんなも平気で見てくれればいいが、「あ、彼奴があれを着ている」と云うような眼つきをするとする、そうして或る者は私を疑い、或る者は疑っては済まないと思い、或る者は疑われて気の毒だと思う。私は平田や樋口に対してばかりでなく、凡べての同級生に対して、不快と気怯れを感じ出す、そこで又イヤになって羽織を引込める、と、今度は引込めたが為めにいよいよ妙になる。私の恐れるのは犯罪の嫌疑その物ではなく、それに連れて多くの人の胸に湧き上るいろいろの汚い感情である。私は誰よりも先に自分で自分を疑い出し、その為めに多くの人にも疑いを起させ、今まで分け隔てなく附き合って居た友人間に変なこだわりを生じさせる。私が仮りに真のぬすッとだったとしても、それの弊害はそれに附き纏うさまざまのイヤな気持に比べれば何でもない。誰も私をぬすッとだとは思いたくないであろうし、ぬすッとである迄も確かにそうと極まる迄は、夢にもそんな事を信ぜずに附き合って居たいであろう。そのくらいでなければ我れ我れの友情は成り立ちはしない。そこで、友人の者を盗む罪よりも友情を傷ける罪の方が重いとすれば、私はぬすッとであってもなくても、みんなに疑われるような種を蒔いては済まない訳である。ぬすッとをするよりも余計に済まない訳である。私が若し賢明にして巧妙なぬすッとであるなら、――いや、そう云ってはいけない、――若し少しでも思いやりのあり良心のあるぬすッとであるなら、出来るだけ友情を傷けないようにし、心の底から彼等に打ち解け、神様に見られても耻かしくない誠意と温情とを以て彼等に接しつつ、コッソリと盗みを働くべきである。「ぬすッと猛々しい」とは蓋し此れを云うのだろうが、ぬすッとの気持になって見ればそれが一番正直な、偽りのない態度であろう。「盗みをするのも本当ですが友情も本当です」と彼は云うだろう。「両方とも本当の所がぬすッとの特色、人種の違う所以です」とも云うだろう。――兎に角そんな風に考え始めると、私の頭は一歩々々とぬすッとの方へ傾いて行って、ますます友人との隔たりを意識せずには居られなかった。私はいつの間にか立派な泥坊になって居る気がした。

或る日、私は思い切って下り藤の紋附を着、グラウンドを歩きながら中村とこんな話をした。

「そう云えば君、泥坊はまだ擱まらないそうだね。」

「ああ」

と云って、中村は急に下を向いた。

「どうしたんだろう、風呂場で待って居ても駄目なのか知らん。」

「風呂場の方はあれッ切りだけれど、今でも盛んに方々で盗まれるそうだよ。風呂場の計略を洩らしたと云うんで、此の間樋口が委員に呼びつけられて怒られたそうだがね。」

私がさっと顔色を変えた。

「ナニ、樋口が?」

「ああ、樋口がね、樋口がね、――――鈴木君、堪忍してくれ給え。」

中村は苦しそうな溜息と一緒にバラバラと涙を落した。

「――――僕は今まで君に隠して居たけれど、今になって黙って居るのは却って済まないような気がする。君は定めし不愉快に思うだろうが、実は委員たちが君を疑って居るんだよ。しかし君、――――こんな事は口にするのもイヤだけれども、僕は決して疑っちゃ居ない。今の今でも君を信じて居る。信じて居ればこそ黙って居るのが辛くって苦しくって仕様がなかったんだ。どうか悪く思わないでくれ給え。」

「有難う、よく云ってくれた、僕は君に感謝する。」

そう云って、私もつい涙ぐんだ、が、同時に又「とうとう来たな」と云うような気もしないではなかった。恐ろしい事実ではあるが、私は内々今日の日が来ることを予覚して居たのである。

「もう此の話は止そうじゃないか、僕も打ち明けてしまえば気が済むのだから。」

と、中村は慰めるように云った。

「だけど此の話は、口にするのもイヤだからと云って捨てて置く訳には行かないと思う。君の好意は分って居るが、僕は明かに耻を掻かされたばかりでなく、友人たる君に迄も耻を掻かした。僕はもう、疑われたと云う事実だけでも、君等の友人たる資格をなくしてしまったんだ。孰方にしても僕の不名誉は拭われッこはないんだ。ねえ君、そうじゃないか、そうなっても君は僕を捨てないでくれるだろうか。」

「僕は誓って君を捨てない、僕は君に耻を掻かされたなんて思っても居ないんだ。」

中村は例になく激昂した私の様子を見てオドオドしながら、

「樋口だってそうだよ、樋口は委員の前で極力君の為めに弁護したと云って居る。『僕は親友の人格を疑うくらいなら自分自身を疑います』とまで云ったそうだ。」

「それでもまだ委員たちは僕を疑って居るんだね？――何も遠慮することはない、君の知ってる事は残らず話してくれ給えな、其の方がいっそ気持が好いんだから。」

私がそう云うと、中村はさも云いにくそうにして語った。

「何でも方々から委員の所へ投書が来たり、告げ口をしに来たりする奴があるんだそうだよ。それに、あの晩樋口が余計なおしゃべりをしてから風呂場に盗難がなくなったと云うのが、嫌疑の原にもなってるんだそうだ。」

「しかし風呂場の話を聞いたのは僕ばかりじゃない。」――此の言葉は、それを口に出しはしなかったけれども、直ぐと私の胸に浮かんだ。そうして私を一層淋しく情なくさせた。

「だが、樋口がおしゃべりをした事を、どうして委員たちは知っただろう？　あの晩彼処に居たのは僕等四人だけだ、四人以外に知って居る者はない訳だとすると、――そうして樋口と君とは僕を信じてくれるんだとすると――」

「まあ、それ以上は君の推測に任せるより仕方がない。」そう云って中村は哀訴するような眼つきをした。

「僕はその人を知って居る。その人は君を誤解して居るんだ。しかし僕の口からその人の事は云いたくない。」

平田だな、――――そう思うと私はぞっとした。平田の眼が執拗に私を睨んで居る心地がした。

「君はその人と、何か僕の事に就いて話し合ったかね?」

「そりゃ話し合ったけれども、……………しかし、君、察してくれ給え、僕は君の友人であると同時にその人の友人でもあるんだから、その為めに非常に辛いんだよ。実を云うと、僕と樋口とは昨夜その人と意見の衝突をやったんだ。そうしてその人は今日のうちに寮を出ると云って居るんだ。僕は一人の友達の為めにもう一人の友達をなくすのかと思うと、そう云う悲しいハメになったのが残念でならない。」

「ああ、君と樋口とはそんなに僕を思って居てくれたのか、済まない済まない、――――」

私は中村の手を執って力強く握り締めた。私の眼からは涙が止めどなく流れた。中村も勿論泣いた。生れて始めて、私はほんとうに人情の温かみを味った気がした。此の間から遣る瀬ない孤独に苛(さいな)まれて居た私が、求めて已まなかったものは実に此れだったのである。たとい私がどんなぬすッとであろうとも、よもや此の人の物を盗むことは出来まい。………

「君、僕は正直な事を云うが、――――」

と、暫く立ってから私が云った。

「僕は君等にそんな心配をかけさせる程の人間じゃないんだよ。僕は君等が僕のような人間の為めに立派な友達をなくすのを、黙って見て居る訳には行かない。あの男は僕を疑って居るかも知れないが、僕は未だにあの男を尊敬して居る。僕よりもあの男の方が余っぽど偉いんだ。僕は誰よりもあの男の価値を認めて居るんだ。だからあの男が寮を出るくらいなら、僕が出ることにしようじゃないか。ねえ、後生だからそうさせてくれ給え、そうして君等はあの男と仲好く暮らしてくれ給え。僕は独りになってもまだ其の方が気持がいいんだから。」

「そんな事はない、君が出ると云う法はないよ。」

と、人の好い中村はひどく感激した口調で云った。

「僕だってあの男の人格は認めて居る。だが今の場合、君は不当に虐げられて居る人なんだ。僕はあの男の肩を持って不正に党する事は出来ない。君を追い出すくらいなら僕等が出る。あの男は君も知ってる通り非常に自負心が強くってナカナカ後へ退かないんだから、出ると云ったらきっと出るだろう。だから勝手にさせて置いたらいいじゃないか。そうしてあの男が自分で気が付いて詫りに来るまで待てばいいんだ。それも恐らく長いことじゃないんだから。」

「でもあの男は強情だからね、自分の方から詫りに来ることはないだろうよ。いつ迄も僕を嫌い通して居るだろうよ。」

私の斯う云った意味を、私が平田を恨んで居て其の一端を洩らしたのだと云う風に、中村は取ったらしかった。

「なあに、まさかそんな事はないさ、斯うと云い出したら飽く迄自分の説を主張するのが、あの男の長所でもあり欠点でもあるんだけれど、悪かったと思えば綺麗さっぱりと詫りに来るさ。そこがあの男の愛すべき点なんだ。」

「そうなってくれれば結構だけれど、――――」

と、私は深く考え込みながら云った。

「あの男は君の所へは戻って来ても、僕とは永久に和解する時がないような気がする。――――ああ、あの男は本当に愛すべき人間だ。僕もあの男に愛せられたい。」

中村は私の肩に手をかけて、此の一人の哀れな友を庇うようにしながら、草の上に足を投げて居た。夕ぐれのことで、グラウンドの四方には淡い靄がかかって、それが海のようにひろびろと見えた。向うの路を、たまに二三人の学生が打ち連れて、チラリと私の方を見ては通って行った。

「もうあの人たちも知って居るのだ、みんなが己を爪弾きして居るのだ。」

そう思うと、云いようのない淋しさがひしひしと私の胸を襲った。

その晩、寮を出る筈であった平田は、何か別に考えた事でもあるのか、出るような様子もなかった。そうして私とは勿論、樋口や中村とも一言も口を利かないで、黙りこくって居た。事態が斯うなって来ては、私が寮を出るのが当然だとは思ったけれども、二人の友人の好意に背くのも心苦しいし、それに私としては、今の場合に出て行くことは疚しい所があるようにも取られるし、ますます疑われるばかりなので、そうする訳にも行かなかった。出るにしてももう少し機会を待たなけりゃならない、と、私はそう思って居た。

「そんなに気にしない方がいいよ、そのうちに犯人が摑まりさえすりゃ、自然と解決がつくんだもの。」

二人の友人は始終私にそう云ってくれて居た。が、それから一週間程過ぎても、犯人は摑まらないのみか、依然として盗難が頻発するのだった。遂には私の部屋でも樋口と中村とが財布の金と二三冊の洋書を盗まれた。

「とうとう二人共やられたかな、あとの二人は大丈夫盗まれッこあるまいと思うが、………」

その時、平田が妙な顔つきでニヤニヤしながら、こんな厭味を云ったのを私は覚えて居る。

樋口と中村とは、夜になると図書館へ勉強に行くのが例であったから、平田と私とは自然二人きりで顔を突き合わす事が屢々あった。私はそれが辛かったので、自分も図書館へ行くか散歩に出かけるかして、夜は成るべく部屋に居ないようにして居た。すると或る晩のことだったが、九時半頃に散歩から戻って来て、自習室の戸を明けると、いつも其処に独りで頑張って居る筈の平田も見えないし、外の二人もまだ帰って来ないらしかった。「寝室か知ら?」――と思って、二階へ行って見たが矢張誰も居ない。私は再び自習室へ引き返して平田の机の傍に行った。そうして、静かにその抽出しを明けて、二三日前に彼の国もとから届いた書留郵便の封筒を捜し出した。封筒の中には拾円の小為替が三枚這入って居たのである。私は悠々とその内の一枚を抜き取って懐に収め、抽出しを元の通りに直し、それから、極めて平然と廊下に出て行った。廊下から庭へ降りて、テニス・コートを横ぎって、いつも盗んだ物を埋めて置く草のぼうぼうと生えた薄暗い窪地の方へ行こうとすると、

「ぬすッと!」

と叫んで、いきなり後から飛び着いて、イヤと云うほど私の横ッ面を張り倒した者があった。それが平田だった。

「さあ出せ、貴様が今懐に入れた物を出して見せろ!」

「おい、おい、そんな大きな声を出すなよ。」

と、私は落ち着いて、笑いながら云った。

「己は貴様の為替を盗んだに違いないよ。返せと云うなら返してやるし、来いと云うなら何処へでも行くさ。それで話が分っているからいいじゃないか。」

平田はちょっとひるんだようだったが、直ぐ思い返して猛然として、続けざまに私の頬桁を殴った。私は痛いと同時に好い心持でもあった。此の間中の重荷をホッと一度に取り落したような気がした。

「そう殴ったって仕様がないさ、僕は見す見す君の罠に懸ってやったんだ。あんまり君が威張るもんだから、『何糞！　彼奴の物だって盗めない事があるもんか』と思ったのがしくじりの原(もと)なんだ。だがまあ分ったから此れでいいや。あとはお互に笑いながら話をしようよ。」

そう云って、私は仲好く平田の手を取ろうとしたけれど、彼は遮二無二胸倉を摑んで私を部屋へ引き摺って行った。私の眼に、平田と云う人間が下らなく見えたのは此の時だけだった。

「おい君達、僕はぬすッとを摑まえて来たぜ、僕は不明の罪を謝する必要はないんだ。」

平田は傲然と部屋へ這入って、そこに戻って来て居た二人の友人の前に、私を激しく突き倒して云った。部屋の戸口には騒ぎを聞き付けた寮生たちが、刻々に寄って来てかたまって居た。

「平田君の云う通りだよ、ぬすッとは僕だったんだよ。」

私は床から起き上って二人に云った。極く普通に、いつもの通り馴れ馴れしく云った積りではあったが、矢張顔が真青になって居るらしかった。

「君たちは僕を憎いと思うかね。それとも僕に対して耻かしいと思うかね。」

と、私は二人に向って言葉をつづけた。

「――――君たちは善良な人たちだが、しかし不明の罪はどうしても君たちにあるんだよ。僕は此の間から幾度も幾度も正直な事を云ったじゃないか。『僕は君等の考えて居るような値打ちのある人間じゃない。平田君こそ確かな人物だ。あの人が不明の罪を謝するような事は決してない』ッて、あれほど云ったのが分らなかったかね。『君等が平田君と和解する時はあっても、僕が和解する時は永久にない』とも云ったんだ。僕は『平田君の偉いことは誰よりも僕が知って居る』とまで云ったんだ。ねえ君、そうだろう、僕は決して一言半句もウソをつきはしなかっただろう。ウソはつかないがなぜハッキリと本当の事を云わなかったんだと、君たちは云うかも知れない。やっぱり君等を欺して居たんだと思うかも知れない。しかし君、そこはぬすッとたる僕の身になって考えてもくれ給え。僕は悲しい事ではあるがどうしてもぬすッとだけは止められないんだ。けれども君等を欺すのは厭だったから、本当の事を出来るだけ廻りくどく云ったんだ。僕がぬすッとを止めない以上あれより正直にはなれないんだから、それを悟ってくれなかったのは君等が悪いんだよ。こんな事を云うと、いかにもヒネクレた厭味を云ってるようだけれども、そんな積りは少しもないんだから、何卒真面目に聞いてくれ給え。それほど正直を欲するならなぜぬすッとを止めないのかと、君等は云うだろう。だが其の質問は僕が答える責任はないんだよ。僕がぬすッととして生れて来たのは事実なんだよ。だから僕は其の事実が許す範囲で、出来るだけの誠意を以て君等と附き合おうと努めたんだ。それより外に僕の執るべき方法はないんだから仕方がないさ。それでも僕は君等に済まないと思ったからこそ、『平田君を追い出すくらいなら、僕を追い出してくれ給え』ッて云ったじゃないか。あれはごまかしでも何でもない、本当に君等の為めを思ったからなんだ。君等の物を盗んだ事も本当だけれど、君等に友情を持って居る事も本当なんだよ。ぬすッとにもそのくらいな心づかいはあると云う事を、僕は君等の友情に訴えて聴いて貰いたいんだがね。」

中村と樋口とは、黙って、呆れ返ったように眼をぱちくりやらせて居るばかりだった。

「ああ、君等は僕を図々しい奴だと思ってるんだね。やっぱり君等には僕の気持が分らないんだね。それも人種の違いだから仕様がないかな。」

そう云って、私は悲痛な感情を笑いに紛らしながら、尚一言附け加えた。

「僕はしかし、未だに君等に友情を持って居るから忠告するんだが、此れからもないことじゃないし、よく気を付け給え。ぬすッとを友達にしたのは何と云っても君たちの不明なんだ。そんな事では社会へ出てからが案じられるよ。学校の成績は君たちの方が上かも知れないが、人間は平田君の方が出来て居るんだ。平田君はごまかされない、此の人は確かにえらい！」

平田君は私に指さされると変な顔をして横を向いた。その時ばかりは此の剛愎な男も妙に極まりが悪そうであった。

それからもう何年か立った。私は其の後何遍となく暗い所へ入れられもしたし、今では本職のぬすッと仲間へ落ちてしまったが、あの時分のことは忘れられない。殊に忘れられないのは平田である。私は未だに悪事を働く度にあの男の顔を想い出す。「どうだ、己の睨んだことに間違いはなかろう。」そう云って、あの男が今でも威張って居るような気がする。兎に角あの男はシッカリした、見所のある奴だった。しかし世の中と云うものは不思議なもので、「社会へ出てからが案じられる」と云った私の予言は綺麗に外れて、お坊ちゃんの樋口は親父の威光もあろうけれどトントン拍子に出世をして、洋行もするし学位も授かるし、今日では鉄道院○○課長とか局長とかの椅子に収まって居るのに、平田の方はどうなったのか杳として聞えない。此れだから我れ我れが「どうせ世間は好いかげんなものだ」と思うのも尤もな訳だ。

読者諸君よ、以上は私のうそ偽りのない記録である。私は茲に一つとして不正直な事を書いては居ない。そうして、樋口や中村に対すると同じく、読者に対しても「私のようなぬすッとの心中にも此れだけデリケートな気持がある」と云うことを、酌んで貰いたいと思うのである。

だが、諸君もやっぱり私を信じてくれないかも知れない、けれども若し――甚だ失礼な言い草ではあるが、――諸君のうちに一人でも私と同じ人種が居たら、その人だけはきっと信じてくれるであろう。

或る罪の動機

博士を殺した下手人が博士の忠僕であった書生の中村であると分った時、博士の遺族の人々は皆驚いたのである。未亡人も、令息も、令嬢も、等しく云いようのない恐怖と戦慄とに撲たれたのである。なぜなら、それが如何なる動機に基いて実行にまで持ち来たされたか、又あの善良な博士が如何にして災害を受ける原因を作り得たか、全くそれらが意料の範囲を逸して居たから。――――そうして人は、一般に、災害が何等の発見し得べき理由もなく訪れて来たとき、而もそれが極めて陰険に、巧妙に、恰も一箇の事実を遂行するが如くに綿密な計画を以て遂行されたとき、一層その恐怖を大にするものであるから。――――つまり彼等は、人はどんなに完全に幸福であり善良であっても、いつ何時いかなる禍の犠牲になるかも知れないと云う事を、痛切に感じたのである。其の事は博士に徴して真理であるばかりでなく、加害者たる中村に徴しても真理であった。何となれば、――――彼等の見る所では、――――中村も博士と同じく幸福であり善良であったから。博士の殺されたのが偶然の禍であるとしたら、中村の博士を殺したのも、抑もその考が中村の頭に発生したのも、矢張偶然の禍であるとしか、彼等には思えなかったから。

で、その時、――――と云うのはF探偵が紛れもない指紋に由って彼の犯罪を立証し、博士が殺されたその書斎で、遺族の人々の面前に於いて彼の自白を迫った時、中村は口辺に薄笑いを洩らしながら、「しまった」と云う風に頭を掻きながら、静かに云った。

「ああ、お分りになりましたか。――――では仕方がございません、先生は私が殺したのです。――――」

その態度は、落ち着いてはいたが横着とは見えなかった。不思議にも矢張今迄通りの正直で忠実な書生に見えた。其の素振りや物の言い振りは少しも今迄の中村を裏切らない、彼に似つかわしいものであった。強いて異点を求めれば、ただ顔色が平生よりもやや青褪めて居ただけである。

「私が殺したのに相違ございません、皆様は嘸びっくりなさいますでしょうが、私は気が違ったのでも何でもないのです、正気で実行したのです。どうか私を出来るだけ憎んで下さいまし。」

彼はそう云って、未亡人や、令息や、令嬢や、――一座を視廻しながら、はにかむように笑った。その時彼の青ざめた頰には処女のそれのような紅味がさした。

「あなた方は、なぜ私が正気で先生を殺したか？　大恩を受けた博士を殺す気になったか？　きっと其の事をお疑いになるでしょう。私に取ってはそこに明かな理由があっても、あなた方は其の理由を到底想像なさる事は出来ますまいし、又お出来にならないのは御尤もだと存じますから。」

「では君は、其の理由を話してくれ給え、」

と令息が第一に尋問の語を発した。彼の調子は、中村に釣り込まれたせいか矢張奇妙に落ち着いていた。書生に対する言葉としてはいつもより丁寧なくらいであった。

「お尋ねになる迄もなく、私の方から聞いて戴きたいのでございます。」

中村はそう云って、哀願するような眼つきをして、さて続けた。――

「その理由を、あなた方がよくお分りになるようにお話するには、何から申し上げたらいいかちょっと見当が付かないのです。いつか一度は申し上げる時もあろうかとは思って居ましたけれども、こんなに早く其の時が来たのは全く意外なので、順序よくお話するだけの用意が出来て居ないのです。………しかし、兎に角私は聞いて戴かなけりゃなりません。私が先生を殺しましたのは、まあ一と口に云いますと、全く殺す理由がないと云う所に理由があったのでございます。先生は申す迄もなく立派な人格の方でした。そしてその人格にふさわしい幸福な家庭の御主人であり、円満な生活を送っていらっしゃいました。先生の周囲に居られる方々は、奥様でも、御子息でも、御嬢様でも、みんな先生のように純潔な、美しい性質の方々でした。いや、あなた方ばかりではありません、斯く申す私にしても、皆様に可愛がられ又皆様によく仕えて、円満な家庭の空気を助けて居たと存じます。私は出来るだけ忠実に、正直に仕えた積りですし、あなた方もそれを信じて下さいました。ではなぜ先生を殺したか？　何処に殺す原因があったか？　と云いますと、先生がそれ程円満な人格の方だった事、先生の周囲がそれ程幸福に充ちて居た事が、それが直ちに原因になったのです。此の事に就いて、私は先ず私の人間からして説明しなければなりませんが、……………」

中村はここで言葉を区切って、いかにも苦しそうに息を深く吸い込んでから、

「全体私は、――――」

と、一種厳粛な感じを起させる、微かな顫え声で云った。

「全体私は、いつ頃からそう云う風になったのか自分でもよく分りませんが、もう余程以前から、世の中と云うものを非常に淋しく、味気なく感じるようになって居ました。斯う云うとあなた方は、それは多分境遇の然らしめた所であるとお考えになるかも知れません。成る程私は子供の時分に頼りのない孤児として育ちましたし、先生の御宅へ御厄介になる迄は、随分不仕合わせな目に遭いましたから、或はそんな事が影響していないとは限りませんが、しかし私の此の厭世観は決して外界の事情から来たものではなく、案外根の深いものであるように、私の生れつきの性分の中に其の芽が含まれて居たように、私自身には思えるのです。なぜなら私が世の中を詰まらなく感じるのは、自分の意志が思うように充た

されない為めではなく、寧ろ私は意志と云うものを、此の世の中の何物に対しても抱き得ない為めなのです。もっと突っ込んで云えば、私は此の世の中に何一つとしてほんとうのものはない、真に欲しいと思う値打ちのあるものはない、みんな虚無だ、みんなたかの知れたものだ、と云うような気がしました。そうして其の気持は此の二三年来、徐々に如何ともし難い重苦しい持病のようになって、私の精神と肉体とに喰い込んで居ました。そうです、たしかに肉体にも喰い込んで居たのです、私はそれを心で感じるばかりでなく、明かに体で感じて居たのですから。あなた方は私が酒も飲まずに女にも近付かないと云う理由で、品行の正しい青年だとお思いになったでしょうが、それは私に強い意志があったからではなく、実は少しも意志がなかったからでした。そりゃ私にしたって、うまい物を食えばうまいと思います、綺麗な女を見れば綺麗だと思います、だがその後から、うまいのが何だ、綺麗なのが何だ、と、直ぐそう思うのです。そうして、多少の労力を払ってまでうまい物を食ったり綺麗なものに接したりするのは、馬鹿げて居るような、大儀なような気になるのです。そんな物質的な欲望などはどうでもいいとして、精神的な物事に対してもそう云う無感激な状態に陥ったとしたら、その淋しさはどのくらいであるか、恐らくあなた方には想像も付かない事でしょう。あなた方は私を温和な柔順な青年だとお考えになったでしょうが、その実それは私が無感激の結果だったのです。意志のない私は、ただあなた方の命令通りに動きました、そうするより外私の生き方はありませんでした、私はせめてもあなた方と云うものがあって、私の体を動かして下さるのを張合いがあると思いました。若し私に他人の意志が働きかけてくれなかったら、私は一つ所に停滞して、じっと動かずに居て、死んでしまったかも知れません。実際私は、もうしまいには生きて居るのか死んで居るのか分らなくなって居ましたから。——何かおかしい事があってあなた方がどっとお笑いになるとする、私もそれを見て成る程おかしいとは思う、が、おかしいのが何だ、と、直ぐそう思うと、笑うのさえも大儀になる。のみならず一層悪い事には、笑って居る人間が馬鹿らしく見えて来る。みんな分り切った事じゃないか、泣いたって、笑ったって、感心したって、それが結局何になるんだと云うような気がする。もうそうなると人間はおしまいです、その人に取って人生と云うものは、唯一つの単調な、無意味な存在に過ぎなくなるんです。――――ああ、私は此の呪うべき気持の為めにどんなに長い間苦しんだでしょう、若し私の此の気持が単なる厭世観から来て居るのなら、哲学とか宗教とかに訴える手段もあったんでしょうが、困った事には、今も云うようにそれは私の体質に喰っ着いて居るので、寧ろ厭世観よりも前にあったものなのです。私の厭世観なるものは却ってそれから生じて来た結果に過ぎないと云えるでしょう。私は屢々そう思いました、誰だって恐らく理窟の上からは、此の世の中にほんとうの物があるかどうかを、断言する事は出来ないだろう。誰だって私と同じように、笑ったところで泣いたところで、世の中の事は結局たかが知れて居ると、冷静に考えればそう思うだろう。しかし人間と云うものは理窟ではそう思いながら、可笑しい事があれば笑うし、悲しい事があれば泣くように出来て居る。それが人間の常なのだ。すると自分には、何か人間として欠けて居る所があるのじゃないか。自分には人間の持つべき筈の感情と云うものがないのじゃないか。――――そうだ、自分には意志がないと同時に感情がないのだ、自分にあるものは唯つめたい理性ばかりだ。そしてその理性に従えば、世の中には真に善い物もなければ悪い物もない、して悪いものもなければしないで悪いものもない。人間はどんな事をしたって構わないが、又どんな事をしないだって差支えない。したいと思えば泥坊をしたって詐欺をしたって悪いとは云えないし、したくなければ懐手をして寝ころんで居てもいい。自分はしたくないから何もしないので、それで一向差支えはないんだと、私はそう云う考で居ました。そう考える事は人間として頗る情ない、不仕合わせな事ではありましたけれども、それより外にどうしても考えようがなかったので、それは決して間違っては居なかったと思います。自分が斯うして生きて行くのは、自分としては最も自然であり、最も正しい生き方であると云う気がしたのです。………」

「ああ、ほんとうに、あの時分の気持は今でも忘れませんが、実に苦しゅうございました。神とか、善とか、道徳とかを信じる事が出来る人には、正しく生きる事が同時に幸福に生きる事であり、安心して生きる事にもなりましょうけれども、私の場合にはそうはなりませんでした。私には正しく生きる事が絶えざる不幸の意識であり、不安の原(もと)になったのです。人間らしくないとは云っても私も矢張人間ですから、自分ながら恐ろしいような、薄気味の悪いような気もしました。私の考は、真理としては間違っていないが、人間としては間違って居るのじゃないだろうかとも思われました。人間として此れが一番悪い事で、泥坊をしたり人殺しをしたりする方が、まだ此れよりは善い事だ、幸福な事だと、そうも思いました。で、兎に角私は人間になりたかったのです。泣いたり怒ったり、泣かしたり怒らしたりする事の出来る、人間になりたかったんです。何かしら感情らしい感情を持ちたかったんです。………」

「そうすると君は、何かしらやって見たい為めに人を殺したと云うのかね？」

と、その時令息が再び尋ねた。

「そうです、まあそう云っていいかも知れません。ですがそれには、もう少し込み入った心持があった事を申し上げなけりゃなりません。何かやって見たいから人殺しをした、――ただそれだけでは一向説明にはなりませんから。――あなた方は私が、そんな風に孤独に淋しく生きて居た間に、あなた方御自身はどう云う風に暮していらしったか、それを考えて戴きたいと思います。あなた方は、先生も奥様も御子息もお嬢様も、一人として私がどんなに苦しんで居るかと云う事を、察しては下さいませんでした。勿論それは察し得られる訳がない、察しないのが当り前だと仰っしゃるでしょう。成る程、私も御尤もだとは思います。しかしあなた方は察して下さらないばかりでなく、お自分たちは非常に満足に、幸福に暮らしておいででした。あなた方の御様子を見ると、『人間は神を信じ、道徳を奉じて居さえすれば、決して不仕合せはないのだ』と云う事を、信じ切っていらっしゃるようでした。私はあなた方を見ると、一層孤独の感を深め、自分の不幸を痛切に感じたのですが、あなた方にはそれがまるきりお分りにならない。御自分たちの幸福が、他人に迷惑を掛けて居ようとは夢にもお思いにならないばかりか、却って他人をも幸福にさせて居ると信じていらっしゃる。そして和気靄々たる家庭の空気に浸っていらっしゃる。私は別にあなた方を羨しいとは思いませんでしたが、しかしあなた方が偶然の幸福を必然の報酬のように思って、自分たちはそうでなければならないように考えていらっしゃるのを、反感を以て見ないでは居られませんでした。なぜなら、私に云わせればあなた方が幸福でなければならない訳はなく、私が不幸でなければならない訳もないのですから。あなた方は、正しく生きよう、信仰に生きようと云う旺盛な意志と情熱とを持って生れていらしった。けれどもそれはあなた方の努力の結果でもなければ、そう云う風に生れた事に、何等の必然もありはしないでしょう。あなた方はそう云う人間にお生れになった、しかしそうでなくてもよかったのだ、私のような人間に生れたって仕方がなかったのだ、そうでなければならない事は何もないのだ。――と、私は思うのです。ですからあなた方の幸福は全く偶然の賜物であるのに、先生を始め、誰方(どなた)もそれを反省なさる様子がない。それでいいのだ、そうあるべきだと思っていらっしゃる。私はあなた方の幸福を奪い取ろうとは思いませんし、又取ろうとしたって、生れ変って来ない限りは取れるものではありませんけれども、ただあなた方が、あなた方御自身で標榜なさる通りに、何処までも人生を正しく観察し、真理と正義とに依って生きようとなさるなら、一応御自分たちの偶然の好運をお認めになってもよかろうと思うんです。そして私のような不運な人間に対して、ちょっと一と言ぐらい御挨拶があって然るべきです。『どうも己達はお前に比べると大分割がいいようだが、これも運だから仕方がない、済まないけれどもあきらめてくれろ』と、そう仰っしゃってから、多少私に遠慮しながら、そっと御自分たちの幸福をお楽しみになるのが礼儀ではないでしょうか。それがほんとうの正しい道ではないでしょうか。ほんのちょっとした事ですけれども、その御挨拶がなかったのが非常に私は淋しゅうございました。そりゃ、あなた方に私の不運を知って戴いたって仕方がないのだし、又知らせようと思ったって、知らせる方法もないようなものですから、要するに仕方がないの一言で尽きてしまうのですが、仕方がないと思えば思うほど余計やるせない気がしました。怒ったって仕方がない、恨んだって仕方がない、あなた方の察しの悪いのを咎めたって仕方がない、何をしたって結局たかが知れて居る、と、私は又思いました。私は決して、鼓(つづみ)を鳴らしてあなた方を攻めようと云う勇気も出ないし、酔興もありませんでした。けれどもその為めに一層苦しく、じっとして居ると息が詰まりそうな気がしました。………」

「………そこで、私が先生を殺しましたのは、そう云う重苦しい気持が募り募った結果だったと、そう云うより外はありません。私は何も最初から人を殺そうと思った訳じゃないのですが、―――どうせ人を殺したってたかが知れてるとも思いましたが、――しかし先生を殺すことは、何かする事のうちでは一番しばえがある事のように感じたんです。なぜかと云うと、先生はあなた方のうちでも一番幸福な円満な方で、あなた方の幸福は先生の存在を中心として居るので、先生が居なくなったらあなた方も少しは不幸になられるだろう。そうしたら今までの幸福が偶然だと云う事をお悟りになるだろう。――それを悟って戴いたって勿論大した意義はありそうにも思えませんが、しかし決して悪い事じゃない、悟らないよりはいい事だ、少くともあなた方に正しい人生の観かたを教える事だ、それに私としては、今までの不公平が多少取り除かれる訳で、まあいくらかは運命の片手落ちを矯正する事が出来る、と、そんな風に思ったんです。尤も世の中にはあなた方ばかりでなく、もっと好運な人たちも沢山あるでしょうし、何も先生に狙いを付けなくってもよさそうなもんですが、しかし先生は最も私の手近な所にいらっしゃいました。私は無精な人間ですから、そんなに遠い所へなんか動いて行く気はありませんでした。まあ云って見れば、私の眼のつくような所にいらっしゃったのが、先生の災難なので、同時に私の災難でもあるんです。こう云うと甚だ勝手のようですけれども、事実そうに違いないんです。私のしたことは意志の働きと云うよりは、水が自然に流れたようなものなので、偶然にも傍に低い所があったもんだから、つい其の方へ流れて行ったんだと、そう解釈して戴きたいんです。………」

「いや、そんな事は云えない筈だ。」

と、F探偵が鋭い語気で口を挿んだ。

「お前は予め非常に綿密な計画を立てて、誰が見ても故殺とは思えない陰険な手段で実行したのだ。それでもお前は意志がなかったと云う積りか?」

「成る程、そのお尋ねも御尤もです。」

と、中村は、いかにも我が意を得たと云う風に頷いて見せた。

「たしかに、私は非常に綿密な計画を立て、陰険な手段を考えました。ですがそれは、何も実行しようと云う意志があったからじゃないんです。私は最初、実行よりも寧ろ空想を楽しんで居たのです。私のような人間に取っては、実行は容易でない代りに、空想ではどんな事でも考えますから、――――実際、空想にでも耽らなければ、私はどうして孤独の時を過ごすことが出来たでしょう。あなた方のお考えでは、実行の意志があったればこそ計画したんだと仰っしゃるでしょうが、私は大概空想だけで満足しました。実行の為めの空想ではなく、空想の為めの空想を描いて、それで纔かに慰めて居ました。ただその空想が、真実性を帯びて居るほど余計感興をそそったことは事実なので、従って私の計画は非常に綿密な点まで頭の中に描かれて行きました。私はありありと、恰も実行して居る通りに、その時の光景を見、心理を経験する事が出来ました。そしていつもなら、ただそれだけで止めてしまう所だったのに、あまり空想が真実に近づいた結果、ついほんとうに実行する気になったんです。全く、空想に釣り込まれてウッカリやってしまったんです。私のような人間になると、空想と実行との間に大した距離があるようには感じられないものですから、空想の積りでいつの間にか実行してしまったり、実行の積りで知らず識らず空想して居たり、そんな事はいくらだって有り得るので、ウッカリやってしまったと云うのが何より正直な告白です。ただ私は空想の中で指紋と云うものを深く考えて置きませんでした。空想と実行との違った点はそれだけでした。――――私の空想がもう少し精密であり、指紋と云う事に細かい注意が払われて居たなら、恐らく凡べてが考通りに行ったでしょう。私は長く、私の罪を発見されずに済んだでしょう。発見されたって格別悪い事はないのですが、しかし私は刑罰と云う肉体的苦痛を受けるのは、余り感心しませんから。――」

それから中村は、間もなくF探偵に引っ張って行かれた。

「御機嫌よう、――」

と、彼は書斎を出る時に、まだニヤニヤ笑いながら、一座の人々を顧みて云った。

「斯うなるくらいなら、空想だけにして置けばよかったんですね、――どうもやっぱり、私の方がよくよく不運に出来て居ると見えますよ。」

少年の記憶

其の時分はまだ人力車と云うものが、今の自動車のように物騒がられて、都会の大通に幅を利かせて居た。浅草、上野、新橋の間に、鉄道馬車の通って居た事はぼんやり覚えて居るものの、下町の附近では、めったに二頭曳の馬車の姿すら見当らなかった。

丁度私が五つ六つの折で、天気さえ好ければ毎日々々ばあやに背負われたり、手を引かれたりして、人形町界隈を歩き廻った。今日は水天宮、茅場町の薬師、今日は牢屋の原の弘法様、西河岸のお地蔵尊と云う風に、此処彼処の縁日を捜し求めては、遊びに行った。ばあやは天保生れの極く人の好い、涙脆い女で、母が私を生んだ明くる日――明治十九年の七月の廿五日から私に附き添い、もう其の頃では六十近い年配になって居た。自分には娘も孫もあったのだが、誰よりも一番私を可愛がって、死ぬまで私の家に居た。月に二三度ぐらいは遠走りをして、深川の八幡や、丸の内の二重橋や、上野の動物園などへ行った。殊に浅草公園は一番楽しみで、一番足繁く出掛けた。

浅草へ行くのには、両国へ出て一銭蒸汽へ乗るか、日本橋から鉄道馬車へ乗るかした。私は「お馬、お馬、」と云って、馬が大好きであったから、大概の場合は馬車を択び、車台の一番前の端――丁度馭者台の直ぐ後の席へ腰をかけながら、余念もなく戸外の景色を眺めた。

馭者が時々、ぴしり、ぴしり、と横腹へ鞭を加えると、馬は鬣を振って一としきり勢いよく駈け始める。冬などは下腹の辺から、汗が羊の毛のように渦を巻いて蒸発することもあった。

私の席からは、纔に馬の臀の方だけしか見えなかった。馬は折々立ち止まって、私の眼の前で尾を振り上げつつ糞をした。私は其れを少しも穢いと思わぬのみか、肛門の周囲の筋肉が奇妙に伸縮する工合を、面白そうに熟視するのを常とした。だから私は、動物に関する知識のうちで馬の糞をする動作を真先に覚えた。

或る時蠣殼町の家を出て、日本橋の橋詰から馬車に乗ると、いつものようにばあやは素早く車台の一番端の席を占め、

「潤ちゃん、そらお馬を御覧なさいまし。」と云い乍ら、硝子窓の外を覗いた。

けれどもばあやの云った事は誤りであった。端の席を取ろうとして、あまり慌て過ぎた為め、車台の後尾の隅へ腰掛けて了ったのであった。

「おやおや、ばあやも随分耄碌しましたねえ。」こう云って、ばあやは笑った。

実際ばあやは、其の時分から大分耄碌して居たので、万一自分の不注意から私に瑕我があってはならないと、戸外を歩く時など始終心を配って居た。少し人通の激しい往来へ出ようものなら、「潤ちゃんそんなに駈けては危のうございますよ、そら俥が来ましたよ。」と、口やかましく気をつけて、シッカリ私の手を握った。

私は子供心に、俥は恐ろしいものだ、一遍轢かれたら命のないものだ、と思い込むようになった。そうして、ガラガラガラと凄じい車輪の響きを耳にすると、一町も先から立止まって、通り過ぎるのを待つようにした。

それでも、冷汗の湧くような、危ッかしい事が度々あった。ある夕方、薬師様へ参詣した帰りに鎧橋の袂まで来ると、不意に一台の人力車が、客を乗せて疾風の如く走りつつ勾配の付いた道を橋の上から真驀らに駆け降る。其れが空を切って、素晴らしい勢いで、恰も私達を眼がけて一目散に突進し、アワヤと云う間に、二三尺傍まで肉薄した。車夫も危険だとは感じながら、坂道を駈け降りた惰力の為めに

自然と前へ押し出され、頻りに蹈み止まろうと両脚を藻掻いて、

「はいよ！はいよ！　ほら！ほら！」

と、眼を瞋らして甲高く連呼した。ばあやは仰天してうろたえ廻り、「アレ潤ちゃん」と金切り声を振り絞って、手頸が痛くなる程私の腕をグイグイ引張って一生懸命に、五六間は無我夢中で逃げ走った。とたんに俥は私の左肩を掠めて、矢のように過ぎ去ったが、私もばあやも息をせいせいはずませて、暫くは動悸が静まらなかった。

六つの歳からは、私もばあやの監督を離れて、近所の子供達と勝手に遊ぶことが間々あった。天気の好い日は雪駄の先に砂埃を蹴立てて、鬼ごっこだの隠れん坊だの、家の前の新路をキャッキャッと騒ぎ廻った。

「潤ちゃん、俥が通りますからあぶのうございますよ。」

こう云って、ばあやは独りで気を揉んだが、私は一向頓着しなかった。いつであったか、例の如く鬼ごっこに心を奪われ、友達の一人を往来の端から端へ追い駈けて居る真最中、いきなり後から俥がドンと突きあたったかと思うと、私の体は激しく叩きつけられた。其の時、「アレ潤ちゃんが……」と云う声が何処かで聞えたようであったが、私は
「しまった！」

と思いながら、俯向きに大地へ倒れて、もう轢き殺される事と覚悟して居ると、毛布の膝掛がふわりと頭へかぶさった限り、別段異状もないらしいので、再び毛布をかぶった儘神楽のお獅子のようにムックリ立ち上った。私が転んだ瞬間に、車上の客は車夫の肩を躍り越えて、一二間先へ飛び降りて了った

のである。

「まあよかった！　だから潤ちゃん、真実に気を付けなくッちゃいけませんよ。」

こう言ってばあやも其処に彳んで居た。

私は、呆気に取られて俥の周囲を取り巻いて居る五六人の友達と顔を見合わせ、何が面白いのか急にキャッキャッと笑い崩れて跳廻った。


私は十になる迄、蒟蒻を喰べる事を禁じられて居た。母が「蒟蒻は消化が悪いから、子供の時分には喰べてはなりません。お前が十になったら、喰べさせて上げます。」と云って居た。禁じられれば禁じられる程、私は蒟蒻と云う物が喰べて見たかった。あの鼠色をした、きめの細かい、ブルブルした不思議な食物の形状に、一種の好奇心を駈られて、口へ入れた時の舌ざわりを色々に想像した。然しばあやが食事の度毎に厳しく監督して、お菜の中に蒟蒻があれば、一々箸で摘み出した。

十歳になった正月、私は初めて、お節の煮〆めの中にある蒟蒻を喰った。私はツルツルした蒟蒻の肌を珍らしそうに舐めて見たり、口腔へスポスポと吸い込んで舌に啣んで見たりした。そうして、物体の形状から予め想像して居た通りの味である事を知った。人間の好む食物には味覚の快感を第一の条件とする物と、触覚の快感を第一の条件とする物と、二つの種類のある事も知った。其れ以来、私は蒟蒻が大好きになった。

うに、塩辛、唐墨、納豆、――――そんなものを、私は十一二の時から喜んで喰べた。しおからさえあれば、外のお菜がなくても、飯を何杯も貪った。

けれども、にんじんとくわいと蕗だけは十五六になるまで喰べられなかった。ほろ苦いなどと云う感覚が、私にはよく解らなかった。

やがて、ほろ苦い物を好むようになった頃から、私は声変りがし出した。そうして俄に綺麗好になった。「きれい」「きたない」と云う観念は、其れ以前の私の頭には、全くなかったようである。五六歳の時分、私は毎晩母に促されて入浴するのが面倒でならなかった。母は自分の膝の上へ、私を仰向きに臥かせて、髪だの顔だのをゴシゴシと洗ってくれた。私はやれ石鹸が眼へ沁みるとか、やれ湯が熱いとかだだを捏ねて、手足をバタバタ藻掻きつつ泣き叫んだ。

「いい子だから大人しくするんだよ。阿母さんは穢い子供が大嫌い！」などと欺し賺されても、私はいついかな承知しなかった。

雨降り揚句の泥濘に、二三人の友達を集めてはどろどろした土を捏ね覆し、小さな城を築いたり、山を作ったり、左官屋のような手をして騒ぎ廻る事もあった。或時、円形の土手を築いて、其の中へ放尿をし合った後、又其の土を崩して弄んだが、それさえ穢いと思わなかった。殊にぽかぽかした春の日の夕暮など、泥遊びをした指先の爪の間に、粘土が乾いて残って居る臭を嗅ぐと、何となく懐かしい心地を覚え、楽しい夢に恋い憧れる気持になった。

私には大人の清楚、汚穢と云う意味は好く合点出来なかった。

「そんなきたない足をして、座敷へ入っちゃいけません。」母は私が戸外から帰ると屹度こう云って、雑巾で足の裏を拭かしたが、たとえ拭かなくても、其の為めに畳が汚れるだろうとは考えられなかった。

今日は風が強いから、縁側に埃が舞い込むの、二日間湯へ入らぬから体がヌラヌラするの、何の彼のと云う大人の云いぐさに就いて、私は証拠のある事実を発見するに苦しんだ。此れは畢竟、大人に通有な迷信的の習慣だろうと断定した。

然るに声変りがすると同時に私もいつしか「きれいずき」の迷信でない事を知った。私の肌に行き瀰っている官能は、日一日と鋭敏な感覚を伝えて来た。私の肉体は一時に眼を醒ました。

私は、大人になってから再び遭遇する事の出来ない不思議を、少年の時に度々見た。

其の頃私の家は活版屋で、毎日米屋町の相場の変動を印刷しては方々へ配達して居た。私は折々機械場へ遊びに行って、職工の仕事の邪魔をした。或る時、私があまり徒らをするので、職工の一人が何と思ったか、「潤ちゃん、そんなに悪作をなさると、又地震が揺りますよ。嘘だと思うなら、いつでも揺らして御覧に入れます。」こう云って、にやにや薄気味悪く笑った。私は何より地震を恐れて居たから、威嚇しにこんなに云うのだろうと高を括って、

「何だい嘘ッつき！　揺らせるなら揺らして見ろ、地震なんぞ怖かないぞ。」

と傲語した。すると男は妙な眼附をして、「よござんすか、そら地震！　地震！」

と云った、言下に忽ち床板がゆらゆらと浮き上って、部屋中の物がメリメリ軋み出した。其の動き具合が、どう考えても人間の所業とは思われなかった。私は偶然に本当の地震が揺り出したのだと推察して、あわてて職工場の二階を駈け下りたが、駈け下りると同時に地震はピタリと止んで、其の男の「わはははは」と嘲けるような笑い声が聞えた。

其の後、其の男はもう一度、私の前で地震を揺らせた。

人形町の大観音の屋根を芳流閣に象って、犬塚信乃と犬飼見八の大人形を雨曝しのまま飾り付け、いくらかの見料を取って、参詣人に見物させた事があった。其の時分のお堂は銀閣寺のような二階造りであったから、大勢の見物人はぞろぞろと幅の狭い勾配の急な梯子段を昇り、二階の廊下に出て、人形の傍へ行った。信乃は絵にあるように大刀を振り翳して両足を甍の上へ踏ん張り、見八は廊下の欄に片足をかけ、下から十手を以て防ぎながら、将に屋根の上へ跳び上ろうとする姿勢を取って居た。

私がばあやに背負われて見に行った時お堂の中は押し返されるような雑沓であった。私とばあやが丁度見八の傍まで近よった時、不意に人形は活けるが如く手足を働かした。私達は勿論、廊下に溢れて居た見物人はみんな魔がさしたように惶てふためいて、我がちに狭い梯子段を駈け下りて了った。それから五六年過ぎて、ばあやに彼の時の恐ろしさを話したら、ばあやはもうすっかり忘れて居たらしく、

「それは何か坊ッちゃんの思い違いでしょう。私はちっとも覚えがございませんよ。人形がひとりでに動いたナンテ、今時そんな可笑しな話があるもんですか。」

と云って取り合わなかった。私は口惜しがって、外に証人を尋ね求めて見たが、誰れも其を覚えて居なかった。私は勿論の事現在人形の動き出した所を目撃して、大騒ぎで逃げ出した者は何人あったか知れないのに、誰も私の話を真に受けてくれなかった。

生れた家

私の生れた家は日本橋の蠣殻町にあった。人形町通りを水天宮の方から来て、左側の絵草紙屋と瀬戸物屋の角を曲って、一町ほど行ったところの右側になったのである。その絵草紙屋と瀬戸物屋は今でも残って居る筈だが、殊に絵草紙屋の方は、東京に何軒と云われる有名な古い店だった。日清戦争の時分に、私はよくその店で年方や清親や月耕などの、三枚つづきの戦争の絵を買った。

生れた家は、その頃の商店の構えと云えば大概どれも同じように、間口のひろい、総二階の土蔵造りの家であった。そう云う構えは、今でも小舟町や馬喰町辺の問屋などに俤を留めているので、私はあの辺の店の作りを見ると、何だか懐かしいような気がするのである。尤も、私の家は商いをして居たのではなく、つい近くにある米屋町（こめやまち）――米穀取引所の気配を刷る印刷所であった。その時分には夕刊新聞などがなかったから、毎日夕方にその日の商況や相場などを記載して、それを相場師仲間へ売ったのである。云わば小さな新聞社のようなものだったが、その編輯をやって居たのは、私が覚えてからは母の弟にあたる叔父であった。表には巌谷一六の書いた「谷崎活版所」と云う看板が懸って居て、まん中の格子戸をくぐると、細長い土間が奥の突きあたりまで通って居り、土間の左側に印刷工場、右側に商店風の上り框（かまち）があって、お定まりの帳場格子や火鉢などが置いてあった。そんな風で印刷職工を始め奉公人なども可なり多勢居たように思う。

私の家族――祖母や叔父叔母や父や母やは、蔵造りの店の後ろに続いて居る奥座敷に住んで居た。店から奥へ行くのには観音開きの戸口が一つあるだけで、その戸口の石の段々を下りると、奥座敷との境にうす暗い板の間があった。板の間を右へ行くと、そこにもう一つ店と並んだ土蔵があって、つまり観音開きの戸口が二つ続いていたのである。私が生れたのはその店ではない方の土蔵の下座敷であった。座敷は、表通りへ面した壁にたった一つ窓があるだけで、陰鬱な牢屋のような所だった。おまけに仏壇などがあったので、余計そんな気がしたのである。私は四つ五つの時分、私の身の丈がその窓の高さより低かった頃に、どうかして窓の上へ首を出したいものだと思って、厚い壁の縁へ手をかけて、一生懸命によじ登ろうとしたことを覚えて居る。その後大きくなって、やっと窓へ首がとどくようになった時分、私はそこから屢々表通りを覗いたのであるが、しかしそうなってからは別段、何を見たと云うような記憶はない。ただ二三遍、窓の向うの空に雨がパラパラと降って居て、その雨の脚が銀の糸のようにハッキリ見えたのが、思い出されるばかりである。

店は往来へ向いた方が全体窓になって居た。それは鉄の格子の嵌まった大きい窓だったから、私は私の記憶する限りのずっと小さい時分から、晩になるとその格子へ摑まっては表を見たものである。私は今でも、自分の最も幼い頃の俤として、格子のところにしゃがんでいる子供の姿を思い出す。自分の傍には天保生れのばあやだの店の小僧だのが居て、表を見ながらいろいろな話をしてくれた。往来の向う角にはたしか今清(いませい)と云う料理屋があって、その横町が矢場になって居たので、冷やかしに来る米屋町辺の若い者などが、格子先に立ち止っては話し込んで行くこともあった。今清(いませい)の二階に灯がともって賑やかなお客の影が障子へ映っている下を新内語りだの仮色(こわいろ)つかいだのが通ったりして、その往来の夜は可なり情趣があったのである。

京橋の方へ嫁いでいた伯母が、離縁になって私と同い歳の娘をつれて戻って来たことがあった。伯母はその後近所の質屋へ嫁いだが、娘を私の家へ残して行ったので、時々、夫には内証で、夜おそくお湯の帰りに格子先へ立ち寄ったりした。娘は窓の内から、伯母は窓の外から、鉄の格子を摑んでひそひそと語り合うのを、私は屢々聞いた。私の母なども出て来て、伯母と一緒に泣いている折もあった。

「お半ちゃん、まあちょいと中へ這入ったら、――」

と、母は幼名前(おさななまえ)で伯母を呼んで、よくそんな風なことを云った。

「ええありがと、――今日は寄るまいと思ったんだけれど、大急ぎでお湯へ這入って、体もろくに洗わないで駈けて来たんだから、又そのうちにゆっくりと伺いますよ、――」

と云って、伯母はそわそわしながらも容易に切り上げようとはしないで、二度目の夫の邪慳なことや、吝嗇(りんしょく)なことや、口やかましいことなどを、細々と三十分ぐらいはしゃべって行くのだった。

十時が打つと、奉公人どもは店の戸をしめて、眠に就くのが掟であった。奉公人は一人一人板の間へ来て、奥座敷の襖の前に手を衝いて畏まって「お休みなさい」と云ってから床に這入るのである。

「さあ、潤ちゃん、お休みなさいましょ。」

と、私もばあやに促されて店を引き上げる。そうして奥座敷の二階へ行って、ばあやと一つ蒲団の中へ寝るのである。秋の夜長など、蒲団へ這入ってからも暫くの間、ひっそりした往来の地面にからりころりと鳴る下駄の音や、新内の流しなどが耳について、寝られないことがあった。

ふと眼がさめると、行燈の灯影がぼうっと部屋の中を照らして、ばあやはすやすやと睡って居る。家の中もシーンと静まって居る。もう夜中なのかな、そう思っている時、遠くの方から新内の流しが聞えて来る。「天ぷら喰いたい、天ぷら喰いたい」と云う風に聞える三味線の音は、だんだんハッキリして来て、家の前を通り過ぎて、やがて又次第に遠のいて行く。私はその音が全く聞えなくなってしまうまで、じっと一心に耳を澄ます。「天ぷら喰いたい……天ぷら喰いたい」と云う声が、消え入るように細くかすかに、切れ切れになって、「天ぷら……天ぷら……たい、……喰いたい天ぷら……ぷら喰い……天……」と云うように、ところどころしか分らなくなり、いつの間にかすっかり分らなくなってしまっても、私の耳にはまだその余韻が尾を曳いて居て、何処か非常に遠い所で矢張り聞えているように思う。そうして私はいつ迄も寝られないで居る。私が子供心に「悲しい」と云う気持ちを味い初めたのは、そう云う晩であった。「お父さんやお母さんはいつ迄も私を可愛がってくれるだろうか」「私は大きくなると、奉公にやられるのじゃないだろうか」「こうしてすやすやと寝ているばあやが、若し死ぬような事があったら、――」その三味線の音を聞きながら、私はいつもそんなことを考え続けた。

奥座敷は二た間になっていたが、まだその奥にもう一棟の土蔵と二階建ての離れがあった。庭に面した座敷の縁を伝わって行くと、そこに又広い板の間があって、左側にある土蔵の観音開きと、右側にある離れ座敷とが向い合って居た。

離れは祖父の隠居所であったのかも知れないが、私が物心ついた頃には、もう住む人が居なかったし、土蔵もそこのはほんとうに物を収って置く倉だったから、板の間はシンとして物静かで、家の他の部分とは空気が違って居るようであった。そこの屋根には明り取りのガラスが嵌まって居たので、土蔵の前はほんのりと明るく、樟脳のような防腐剤の匂が、錠の下りた金網の戸の中から仄かに香って居た。夜はお化けが出そうで恐かったけれど、昼間私は、こっそりと独りでその板の間へ来て、観音開きの冷めたい石に腰かけながら、亡くなったお祖父さんの事や、その又お祖父さんの事などを考えた。或る時は人気のない離れ座敷へ這入って、違い棚に飾ってある祖父の写真を視詰めたりした。祖父は晩年に耶蘇を信じたとか云う話で、写真の側には大きな金色の額縁の中に、マリヤの像が入れてあった。それは立派な油絵のように覚えているが、恐らく西洋の名画の複製だったに違いない。兎にも角にも、天を仰いで合掌して居る神々しい聖女の眸(まなざし)は、頑是ない当時の私にも不思議な威厳と畏れとを感じさせた。私はその像を見に行くのが好きでもあり気味悪くもあった。今考えてみると、マリヤの像は二つあって、一つは子供のイエスを抱えていたように思う。私にはその子供のある方の絵が一層不思議で、抱いている聖女の、碧い眼をじっと視ていると、次第に云い知れぬ怯えを感じて、こそこそと座敷を出てしまうのが常であった。

板の間の突きあたりから、土蔵に沿うて左へ曲る廊下があった。パノラマの入口にあるような、幅の狭い暗い廊下だった。それは家の裏口の湯殿の方へ続いていて、湯殿の前から奥座敷へつながっていた。で、その廊下を通ると土蔵を一周することが出来るので、私は従兄弟の女子供たちと、そこをぐるぐる廻っては座敷を跳び越えたり、縁側を駈け出したりして、鬼ごっこや隠れん坊をした。祖母や叔父などに、「うるさい」と云って度び度び叱られたものだった。

店と座敷との境の板の間の、二つの観音開きの間の壁に、電話の機械が取り付けられたのはいつ頃の事だったろうか。多分東京に電話が輸入されてから、間もない時代だったろう。或る時母が私を電話口へ抱き上げてくれて、

「此れへ口を付けて話をして御覧、向うで誰さんかが返辞をするよ。」

と云った。

「もし、もし、あなたはだあれ？」

と、私は云って見た。

「あなたは潤ちゃん？――――」

すると、そう云う返辞が聞えた。それは米屋町のもう一人の伯父の家の誰かであったが、馴れないので、私は直ぐには声の主を判じることが出来なかった。

その後二十何年を隔てて、もう其の頃は祖母だけしか住んで居なかった蠣殻町の家へ行った時、私は久し振りでその電話口へ立って、米屋町の伯父の家を呼び出したことがあった。

「もし、もし、僕は潤一ですが。」

と、私は云った。

「ああ、お前潤一かい？」

そう答えたのは若い女の声らしかった。自分の名を呼び捨てにするのは誰だろう、そう思って問い質すと、声は、

「私だよ、私だよ。」

と、二三度繰り返して云った。だんだん聞いているうちに、若い声だと思ったのは電話の加減でそう聞えたので、母の声であることが分った。

その時分、父と母は零落して、箱崎に小いさな家を借りて居たが、放縦な生活に浸っていた私は、もう一年近くも両親に会わなかったし、母と電話で話したことなどは、何年もなかったのである。母の声

だと分った時、私はふと、子供の頃に此の電話口で抱かれたことを思い出して、彼女の声の若く聞えるのまでが、その頃の母らしくて、私の心は急になつかしい二十年の昔に返った。

「お前、どうしたんだね、ちっとも内へ寄り付かないじゃないか。」

「ええ、今直ぐに其方へ行きますよ、忙しかったもんだから、つい御不沙汰しちまって、………」

私は、何となく涙ぐんで来る声音を悟られまいとして、そう云いながら電話を切った。

「生れた家」の事を書けばまだ此の外にも沢山ある。今は纔かに断片的に記して見たのだが、いずれ折があったら、順序を立てて物語風に書き上げたいと思って居る。それは私自身の為めでもあるが、昔の東京の下町が、今と比べてどんなに美しい好い町であったかを、読者に知らせたくも思うからである。

恐怖

　私があの病気に取り憑かれたのは、何でも六月の初め、木屋町に宿泊して、毎日のように飲酒と夜更かしとを続けて居た前後であった。――――尤も其の以前、東京に居る頃も一度ならず襲われた覚えはあるが、禁酒をしたり、冷水摩擦をしたり、健脳丸を呑んだりしてやっとこさと恢復し切って居たのだ。それが京都へ来てから、再び不秩序な生活に逆戻りした結果、知らず識らずブリ返して了ったのである。

　友達のN――――さんの話に依ると、私の此の病気――――ほんとうに今想い出しても嫌な、不愉快な、そうして忌ま忌ましい、馬鹿々々しい此の病気は、Eisenbahnkrankheit（鉄道病）と名づける神経病の一種だろうと云う。鉄道病と云っても、私の取り憑かれた奴は、よく世間の婦人にあるような、船車の酔とか眩暈とか云うのとは、全く異なった苦悩と恐怖とを感ずるのである。汽車へ乗り込むや否や、ピーと汽笛が鳴って車輪ががたん、がたんと動き出すか出さないうちに、私の体中に瀰漫して居る血管の脈搏は、さながら強烈なアルコールの刺戟を受けた時の如く、一挙に脳天へ向って奔騰し始め、冷汗がだくだくと肌に湧いて、手足が悪寒に襲われたように顫えて来る。若し其の時に何等か応急の手あてを施さなければ、血が、体中の総ての血が、悉く頸から上の狭い堅い円い部分――――脳髄へ充満して来て、無理に息を吹き込んだ風船玉のように、いつ何時頭蓋骨が破裂しないとも限らない。そうなっても、汽車は一向平気で、素晴らしい活力を以て、鉄路の上を真ッしぐらに走って行く。――――人間一人の命なんかどうなっても構わないと云うように、煙突から噴火山のような煤煙を爆発させ、轟々と冷酷な豪胆な呻りを挙げて、真暗なトンネルをくぐったり、長い長い剣難な鉄橋を渡ったり、川を越え野を跨ぎ森を繞りながら、一刻の猶予もなく走って行く。乗合いの客達も、至極のんきな風をして、新聞を読み、煙草を吹かし、うたた寝を貪り、又は珍らしそうに眼まぐるしく展開して行く室外の景色を眺めて居る。

「誰れか己を助けてくれエ！　己は今脳充血をおこして死にそうなんだ。」

私は蒼い顔をして、断末魔のような忙しない息遣いをしつつ、心の中でこう叫んで見る。そうして、洗面所へ駈け込んで頭から冷水を浴びせるやら、窓枠にしがみ着いて地団太を蹈むやら、一生懸命に死に物狂いに暴れ廻る。

どうかすると、少しも早く汽車を逃れ出たい一心で、拳固から血の出るのも知らずに車室の羽目板をどんどん叩きつけ、牢獄へ打ち込まれた罪人のように騒ぎ出す。果ては、アワヤ進行中の扉を開けて飛び降りをしそうになったり、夢中で非常報知器へ手をかけそうになったりする。それでも、どうにか斯うにか次ぎの停車場まで持ち堪えて、這々の体でプラットフォームから改札口へ歩いて行く自分の姿の哀れさみじめさ。戸外へ出れば、おかしい程即座に動悸が静まって、不安の影が一枚一枚と剥がされて了う。

私の此の病気は、勿論汽車へ乗って居る時ばかりとは限らない。電車、自動車、劇場――――凡て、物に驚き易くなった神経を脅迫するに足る刺戟の強い運動、色彩、雑沓に遭遇すれば、いついかなる処でも突発するのを常とした。しかし、電車だの劇場だのは、恐ろしくなると直に戸外へ逃げ出す事が出来るだけ、それだけ汽車程自分を Madness の境界へ導きはしなかった。

其の病気が、いつの間にか自分の体へブリ返して居る事を心付いたのは、六月の初め、京都の街の電車に揺られた時であった。私は当分、汽車へ乗る事を絶対に断念して、病気の自然に治癒する迄、東京へは帰れないとあきらめて了った。そうして、是非共此の夏中に受けなければならない徴兵検査を、何処か京都の近在で、汽車へ乗らないでも済む所で受けたいものだと思った。

調べて見ると生憎京都の近所はみんな時期が遅れて間に合わなかったが、大阪の住友銀行の友人O君の尽力で、阪神電車の沿道にある一漁村へ、検査の二三日前迄に籍を移せば、其処で受けられる事になった。其の村の検査日は何でも六月の中旬であったと覚えて居る。

兵庫県下なら、汽車へ乗らずとも電車で行けるから、東京の原籍地へ戻るよりはいくらか増しだと私は喜んだ。で、丁度月の十二日の午ごろ、日本橋の区役所から取り寄せた戸籍謄本と実印とを懐にして、五条の停車場へ行った。

真夏らしい日光がきらきらと、乾燥した、埃の多い京都の街の地面に反射し、晴れた空が毒々しく油切って、濃い藍色を湛えて居る日であった。俥へ乗って停車場へ赴く途中、お召の単衣に絽の羽織を重ねて居る私は、髪の毛の長く伸びた揉み上げの辺から、べっとりした血のような汗が頬を流れ落ちて、襟の周囲へにじみ込むのを覚えた。五条の橋から遥に愛宕山を望むと、恰も熔鉱炉の底から煽り上る熱気に似た陽炎が麓に打ち煙って、遠くの野や林はもやもやと霞に曇り、近い町々の甍や石垣や加茂川の水は、正視するに忍びない程、クッキリした、強い色彩に染られて、生々しいペンキ塗りの如く私の瞳孔を刺した。切符売場の前で梶棒を据えられた時、私は俥から下りようとして、着物の裾が汗ばんだ両脛へ粘り着いた為めに、危く脚を縛られて倒れそうになった。

電車ならば大丈夫……こう信じて、無理やりに安心しようと努めて居た私の神経は、もう此の暑熱の威嚇にさえ堪えられなくなって居たのであった。天満橋までの切符を買ったものの、兎に角七八分休息した上、神経の鎮静するのを待とうと思って、力なくベンチへ腰を掛けたまま、私はぼんやりと、乞食のように大道を眺めて居た。

電車が、市街の其れよりはもっと頑丈な、猛獣を容れる檻の如く暗黒に分厚に造られた電車が、何台も何台もぶうッ、ぶうッと警笛を鳴らしつつ大阪の方から走って来て沢山の乗客を吐き出して、入れ代りに多勢の人数を積み込むと、再び大阪の方へ引き返して行く。二三分置きに次から次へと、幾回も発着する。私は勇を鼓して何度も立ち上ったが、改札口の処まで行くと、恐ろしい運命に呪われた如く足が竦んで、動悸が激しくなって、又よろよろと元のベンチへ戻って来た。

「旦那、俥はいかがでございます。」

「ナニいいんだ。己は人を待ち合せて、大阪へ行くんだから。」

こんな事を云って、車夫を追払いながら矢張りいつまでも腰を掛けて居た。「大阪へ行くんだから。」と答えたのが、自分には何だか、「もう直死ぬんだから。」と云うように響いた。"If any one should ask you, say I've gone to America!" こう叫んで、言下に右の蟀谷へピストルをあてて自殺をした『罪と罰』の中の Svidrigailoff のように、「私は大阪へ行くんだから。」と云って、忽ち眼を舞わして此の場へ悶絶したら、あの車夫はどんなに吃驚するだろう。

時計を見ると彼れこれ一時である。村役場の引けるのは三時か四時か知らぬが、どうしても今日中に手続きを済まして置かなければ、検査を受ける訳に行かない。折角友人に奔走して貰った親切を無にしなければならない。私はふと一策を案じ出して近所の洋酒屋からスコッチ・ウィスキーのポケット入りの壜を購った。そうして、ベンチへ凭れながら、其れをグビリ、グビリ飲み始めた。

酒の力で神経を一時麻痺させれば、大概の恐怖は取り除かれると云う事を、私は此れ迄の自己の経験に依って、迷信的に信じて居た。一番ぐでん、ぐでんに酔払った揚句、前後不覚になって電車へ乗り込んだら、どうにかした拍子に気が紛れて大阪まで無事に行けるだろうと思ったのである。

不自然な、強制的なアルコールの酔が次第次第に肥え太った私の肉体へ浸潤して来た。じっと大人しく腰掛けて居ながら、気違いじみた酩酊が立派に魂を腐らせて行き、官能を痺れさせて行くのが、自分でもよく判るように感ぜられた。私はいつかとろんとした、慵げな眼を見張って、賑かな、明るい往来の、種々雑多な音響と光線の動揺を凝視して居た。

五条橋の袂を、西東から行き交う人々の顔が、みんな汗にうじゃじゃけて、赤く火照って、飴細工の如く溶けて壊れ出しそうに見えた。絽縮緬や、明石や、いろいろの羅衣にいたわられて居る若い美しい女達のむくむくした肉が、一様にやるせない暑さを訴えて、豚の体のようにふやけて居るのを見た。汗……夥しい人間の汗が、蒸し蒸しした空気の中へ絶えず発散して其処辺一面に漂い、到る所の壁だの板だのにべとべととこびり着いて居るらしかった。——「街には汗の靄が立って居る。」——と、誰か、デカダンの詩人が歌いそうだ。………

活動写真の布へ皺が寄るように、時々、街路の光景が歪んだり、凹んだり、ぼやけたり、二重になったりして、瞳に映った。「もう己は何も判らない程酔って居るのだ。」と云う事が、自分の気を強くさせ、大胆にさせる唯一の手頼りであった。

私はいよいよ電車へ乗る可く決心して、途中で酔の覚めないようにもう一本ウィスキーを購った。それから、万一、万々一例の恐怖に襲撃された時の要心に、頭を冷す為めの氷のブッカキを買って、其れをハンケチへ二重に包んだ。

こんなにして、上り降りの群衆に揉まれながら、辛くも改札口まで押し出されて行った私は、切符に鋏を入れて貰らって、プラットフォームへ漕ぎ着けるや否や、再び其処に呪われた運命が待伏して居たのを発見した。ぶうッ、ぶうッ、ぶうッ、物凄い鼻息を打っかけて、傲然と出発の用意を整えて居る車台を見ると私の神経は、アルコールの酔を滅茶々々に蹈みにじり、針のような鋭敏な頭を擡げて顫え戦き出した。同時に居ても立っても溜らないような、一遍に魂を引裂いて発狂か卒倒の谷底へ突き落し兼ねないような、どえらい恐怖が五体に充満して来たので、私は思わずハッと躍り上った。

「君、君、僕は今切符を切って貰ったんだが、少し待ち合わせる人があるから、此のあとへ乗るんだ。」

掛りの男にこう断ると、例の氷包を額へあてながら、私は遮二無二人ごみの流れに逆って、周章狼狽して、悪魔に追わるる如く構外へ逃げ延びた。そうして、ベンチへどたりと崩れて、漸く胸を撫で下した。何処かで後指を差して自分の様子をゲラゲラ嗤って見て居る奴があるかも知れん。

……

「こんな筈ではなかった。酔ってさえ居れば、何とか神経の眼を盗んで、そうッと胡魔化して行ける筈だのに、一体今日はどうしたんだろう。事に依ると、己の神経はモウ酒の力でも麻痺されないほど病的に興奮して来るのではあるまいか。」

とうとう二時になった。此の上一分でもグズグズして居たら、三時は愚か四時になっても、目的地へ到着出来そうもない。若し此の機会を逸して了えば、どうしても最近に原籍地の検査日までに、東京へ帰らなければならない。

「私は汽車へ乗ると、気違いになるか、死ぬかしますから、検査までにはとても東京へ行かれません。」

こんな理由を、区役所の兵事掛へ書いて送ったら、どうするだろう。「死んでも、気違いになってもいいから、是非検査までに帰って来い。」と云うだろうか。そうなれば、意地にも汽車へ乗って、気違いになって帰ってやりたいような気もする。

「そら御覧なさい、君達があんまり無理を云うもんだから、僕は此の通り気違いになったぜ。嘘じゃない、ほんとうに気が違っちまったんだ！」

こう云って、泣きッ面をして、検査の当日に暴れ込んでやりたい。

其の時、臨場の軍医は何と云うか知らん。

「いや、よく帰って来た。よく気違いになってまで帰って来た。お前は義務に忠実な、感心な人間だ。」

と、冷やかな弁舌で褒めてくれるだろうか。

私は尚もウィスキーを呷りながら、愚にもつかない連想の糸を手繰って、其れから其れへと馬鹿々々しい考えを頭に浮べ、独りで笑ったり、怒ったり、業を煮やしたり、いまいましがったりした。

実際真面目に思案して見て、死ぬか、狂うか、当分東京へ戻らずに居るか、此の三つ以外に差しあたっての道はないようであった。死ぬのが嫌なら、狂うのが嫌なら、どうしても万難を排して、即刻一瞬の猶予もなく、大阪へ出発しなければならない。

けれども若し、大阪へ行かれないで、電車の中で卒倒するような事があったら……

「ああ」

私は深い溜め息をついて、恨めしそうに電車の影を睨みながら、ベンチから立ち上った。一層の事、やぶれかぶれに先斗町へでも遊びに行こうか、それとも、もう少し此処に辛抱して、気分の静まる折を待って居ようか。だんだん日が暮れて、晩になって、夜が更け渡って、最終の電車が出て了うまで、つくねんと蹲踞(うずくま)った揚句やっぱり望みを達せずに、空しく木屋町へ戻る事になったら、却ってあきらめが着いてせいせいするだろう。

「や、Tさん、此れから孰方(どちら)へお出掛けです。」

声をかけられて振り返ると、其れは友人のK氏であった。面長(おもなが)の冴え冴えした目鼻立(めはなだち)に、きれいな髪の毛を前の方だけきちんと分けて、パナマ帽を心持ち阿弥陀(あみだ)に冠り、白足袋を穿き雪駄をつッかけて、なかなか軽快な服装をして居る。私は、何か犯罪が露顕した如くギョッとして、

「ちょいと大阪まで……」

と、口籠るように答えて、にやにやと変てこな笑い方をした。

「あ、そうですか、いつかお話しの徴兵の事で……」

K氏は直ぐに合点(がてん)して、

「わたくしも今日(こんにち)用事があって、伏見まで参ります。そりゃ丁度よい所でしたな。御一緒に中途までお供しましょう。」

「ええ」

「Tさんに御紹介します。此れは私の友人のAさんで……」

と云いながら、K氏は委細構わず自分の伴れの男――色白の小太りに太った可愛らしい、八字鬚を生やした、三十二三のドクトルを紹介した。

「さあ、そろそろ乗ろうじゃありませんか。どうぞお先へ。」

「ええ、ありがと」

私は依然煮え切らない挨拶をして、其の癖K氏に勧められるままずるずると引き擦られるように、あの恐ろしい、物凄い、電車の傍へ近寄って行った。

「さあ、さあ、どうぞお先へ。」

K氏は何度もこう云って、両手で私の腰を煽るようにした。

「それでは、御免蒙ります。」

思い切って、眼を潰って、私はひらりと昇降口を跨いだ。そうして、室内へ入ると即座に吊り革へぶら下って、ウィスキーの喇叭（ラッパ）飲みをやった。（腰をかけて了うよりは、まだ吊り革にぶら下って居る方が、いくらか運命の手を弛められて居るように感じるのだ。）

「どうもお盛んですな。余程御酒を召し上ると見えますな。」

と、Aさんが云った。

「ナニ僕は電車が嫌いですから、酒に酔ってでも居ないと、気持が悪くなって仕様がないんです。」

私は、医者に話をするとしては、少し理窟が立たぬような弁解をした。

クワオーッと笛が鳴って、電車がとうとう走り出した。

「いよいよ己は死ぬのかな。」

と、私は心の中で呟いた。断頭台へ載せられる死刑囚の気持も、此れと同じに違いないと思った。

「Aさんどうです、Tさんは検査に合格しますか知ら。」

K氏がこんな質問をする。

「そうですなあ。あなたは取られそうですなあ。何しろむくむく太って居て、立派な体格ですからなあ。」

左右の窓には、京都の市街が尽きて、郊外の青葉や、樹木や、往還や、丘陵がどんどん走って居た。ひょッとしたら、無事に大阪へ着けるかも知れないと云う安心が、其の時漸く私の胸に芽ざした。

詩人のわかれ

戦災で多くの記録を焼失してしまったので、正確なことは云えないけれども、此の短篇を読むと、自分がこれを書いたのは大正五六年の頃であることが分る。自分はこれを当時の「新小説」誌上に、「此の一篇を北原白秋に贈る」と云う献呈の辞を附けて発表したのであった。結局のところこれは小説には違いないが、初めの方の大部分は事実をそのまま書いたもので、Aは吉井勇、Bは長田秀雄、Cは自分、Fは紫烟草舎時代の故北原白秋のことである。自分はこれが作品として何程の価値があるのかを知らない。ただ此の中には、三十歳前後の自分たちの姿がありのままに描かれている点で、自分に取っては甚だ懐しいのである。

作者記

——昭和二十二年六月刊単行本『刺青』より

此れは昔の話ではありません。つい此の頃の出来事なのです。

三月初めの、或る日のことでした。Aと云う歌人と、Bと云う戯曲家と、Cと云う小説家と、三人の男が何か頻りに面白そうに冗談を云いながら、山谷の電車停留場附近を、線路に添うてぶらりぶらりと歩いて行きました。

「おい！　どうするんだ。歩いて居たって仕様がないが、電車に乗るなら乗ろうじゃないか。」

と、一番先へ立ったAが、後を振り返って、号令をかけるように云います。

「しかし一体何処へ行く事になったんだね。」

Bが斯う云うと、Aは懐手をして、往来に股を開いて、ぬっと立ち止まりました。

「何処へ行くったって、兎に角浅草まで行かざあなるまい。何しろ私あ昨夜っから酒ばかり飲んで居るんで、今朝になったら腹がぺこぺこだよ。」

「何かうまい物が食いたいな。」

と、Cは舌なめずりをして、溜らないような口調で、

「………揚げ出しへ行って豆腐が食いたい。え、おい、そうしようよ。」

「あはははは、又食い辛抱が始まりやがった。だが豆腐たあ、いつもに似合わず淡白だね。」

「豆腐は悪だよ。いっそ重箱で鰻を食としようよ。」

AもBの尾に附いて、豆腐に反対を唱える様子です。

「鰻かい？　鰻はちっと利き過ぎるなあ。」

Cは顔をしかめながら、

「いつもなら大串の二人前ぐらい訳なしだが、今朝はちぃッと応えるよ。何しろ昨夜は君たちと違って、酒を飲まない代りに執拗い物を食い通しに食って居るんだからね。」

「そうだろう。来がけにライスカレを食って置きながら、むつの子とあい鴨を己たちの分まで食っちまって、後から赤貝に幕の内を食った男だからね、――それでまだ豆腐が食いたいのかい。」

話の様子でも分る通り、此の三人は昨夜から斯うやって、一緒に遊び歩いて居るのです。ちょうど前の晩の宵の口に、代地河岸の深川亭で催されたTと云う人の送別会が、三人の顔を合わせたそもそもで、外の会衆も二次会までは附き合いましたが、それから後は三人だけの三次会になったのでした。

まだ冬らしい冷たい風が吹いては居るものの、空は春らしく晴れて居るのに、和服を着たAとBは、

昨日の午後からの足駄を穿いて、乾いた往来をがらがらと引き擦って行きます。彼等は互に無遠慮な口調で、悪口や冷やかしを云い合いながら、些細な警句にも小躍りをして可笑しがって居ますが、端で見る程単純な呑ん気な人たちでもないのです。正直を云うと、彼等は久し振りで、昔の飲み仲間が落ち合った嬉しさに、ついうかうかと浮かれ出して、際限もなくはしゃいで居るのです。

ちょうど今から四五年前、三人がまだ二十四五歳の青年で、漸く文壇に名乗りを揚げた時代には、彼等は殆ど毎日のように一緒になって、東京中のカフェエを飲み歩き、遊里に出没したものでした。その頃の彼等は、文壇の或る傾向を代表する機関雑誌に、三人ながら筆を揃えて花々しく打って出たのでした。のみならず、彼等はたまたま東京に生れて東京に育った「江戸っ児」の特性を持ち、都会人に共通な長所をも弱所をも相応に備えて居たので、互に話が合うように感ぜられました。そうして、三人共まだ学生の身分でありながら、壮年の血気にまかせ精力を恃(たの)んで、凄じい放蕩と放浪との生活へ、とめどもなく沈湎(ちんめん)して行きました。田舎生れの芸術家には見られない、機鋒の鋭い弁舌と、応用の利く才智と、洗練された官能の趣味とは、心私かに彼等の誇りとした所で、遊びにかけては彼等はたしかに、外の同輩より一段も二段も上手(うわて)でした。地方から東京へ出て来て、同じ雑誌社の運動に携わった人々は、舌戦に於いても酒戦に於いても到底彼等の敵ではなく、まごまごすると彼等から、「洒落のわからない男」として軽蔑されたくらいでした。

しかし其の実三人の交りは、自分たちや同輩が最初に考えた程、それほど深く結び着けられて居たのではなかったのです。彼等は間もなくめいめいに、自分の性質や傾向が外の二人と大分違って居る事を発見するようになりました。AにはAの本領があり、BにはBの使命があり、CにはCの天地がある事を、彼等は追い追い気が付き始めました。此れ迄三人が親密であったのは、彼等の芸術の目標が一致して居た為めではなく、ただ江戸人に有りがちな悧巧で遊び好きで諧謔に富む肌合いが、共通して居た為めだったのです。どうかすると、三人は三日も四日も流連して、財布の底をはたいた後、夕ぐれの町の四つ辻などで散り散りになり、悄然として思い思いの家路を辿る時などに、「己はいつ迄あの二人に喰い附いて居るのだろう。なぜ己は己だけの生活を営まないのだろう」などと云う後悔が、自分の胸にひしひしと迫って来るのを覚えました。「道楽がしたければ自分独りでするがいい。一緒になって無意義な軽口を叩いたり、迎合したりする必要はない。」こう云う考に絶えず責められて居ながらも、顔を合わせると彼等は直ぐに如才なく妥協してしまって、随分長い間、離れる事が出来ずに居たのでした。

けれどもそんな不自然な関係が、長く続こう筈はなく、二三年立つうちに誰からともなく段々疎遠になって行き、Bは父親の死に因って遺族の為めに責任を持つ体となり、Cは山の手に一家を構えて妻子を養う身の上となり、ただAだけが旅館の一室を根城として、相変らず漂泊の日を送り耽溺の詩を詠じて居ました。三人の境遇が異るにつれて、三人の思想や感情や信条の相違が、だんだんハッキリと、作品の上にも行動の上にも現われて来るようでした。自然主義と云うイズムが、文壇を横行濶歩した当時、協力して其の潮流に反抗した三人は、此の頃の人道主義に対しても、いろいろの方面から不満や異議を抱いて居ながら、昔のように一致する訳には行きませんでした。三人は既に三人だけの不満や異議を抱くようになりました。BとCとは折々訪問し合って、Aの飽く迄徹底的な、寛闊豪奢な放蕩生活の噂をしましたが、而も二人の間にさえも、芸術上の意見に就いては、夥しい径庭があるのでした。つまり三人が三人、各々自分の持つ可き物を持って、別れ別れになったのです。そうして其れは、真の芸術が団体の運動から生れる物でない以上、詩の世界が孤独を楽しむ人間の瞑想にのみ開かれる物である以上、彼等の為めには互に仕合わせな傾向でした。

だが、その三人が昨夜久しぶりで、杯盤の間に見えた時はどんな心地がしたでしょう。

「おい、ほんとうに暫くだったね。君と一緒に飲んだのはいつが最後だったろう。」

Aが斯う云って、懐かしそうな眼つきをすると、

「いつだったかなあ。今じゃあ一滴も行かないのさ。———僕はあの時分に、あんまり酒を飲み過ぎて太ったもんだから、糖尿病になっちゃってね。今じゃあ一滴も行かないのさ。君は相変らずよく続くなあ。」

こう云って、感嘆したのはCでした。

「しかし此の男がよく酒を飲まずに居るよ。よっぽど命が惜しいと見える。」

と、Bが冷やかしました。

三人の心は期せずして、傍若無人に暴れ廻った四五年前の盛んな光景を、追想せずには居られませんでした。BとCとは、未だに不羈奔放な酒色の生活を謳歌して居るAの姿に、自分等の昔を見出したような嬉しさを覚えました。

「やっぱりAは可愛い男だ。さすがに彼奴は道楽にかけては己たちよりも腕を上げた。………」

以前は武骨な久留米絣に小倉の袴を穿いて居たAが、今ではもう一点の非の打ちどころもない、渋い結城の綿入れに博多の茶献上の角帯を締め、悠然と床柱に靠れて、馴染の芸者と洒落た会話を遣り取りしながら、静かに杯を挙げて居る様子を見ると、BもCもそう思わずには居られませんでした。

「Aだけがほんとうの放蕩児だ。己たちは贋者だったのだ。」

二人はそう云う気のする傍から、

「己たちだって昔執った杵柄だ。」

と云うような了見がむらむらと起って来るのを覚えました。

都会の人には誰にでもある、派手な賑やかな男女の社会を恋い慕って、無益な綺羅を飾ったり通を誇ったりする虚栄心が、BにもCにもまだ十分に残って居たのでした。況んや彼等は、寂寞に堪えるには余りに婉転潤達な軽口と、余りに豊富な衣食の趣味とを持って居ました。其れが或る程度まで、彼等の長所であると同時に動ともすると弱点になったのです。

「どうです今夜は、此れから一つ吉原行と云うような事にしたいもんだね。」

二次会の席上のどさくさ紛れに、CはBの耳元でついうかうかとこんな事を囁きました。AとBとは云う迄もなく直ぐ賛成したのです。

云ってしまってから、Cは飛んだ事をしてしまった、と思いました。「己は馬鹿だ。行きたければ何故独りで行かないのだ。」と、自分自身の心に詰りました。よく考えて見ると、彼は吉原へ行きたいなどと云う気は少しもなかったのです。ただ三人でいつ迄も駄じゃれや悪口を云い合って居たかったのです。

「ところで此れからどうするんだい。何だか此の儘じゃあ済まされないよ。」

重箱へ押し上って、白焼きを肴に又朝酒を飲み始めたAは、二人を摑まえて散々に気焰を挙げ出しました。

「私あ今夜の十二時までに家へ帰りゃいいんだから、此れからどうしたってもう一遍待合へ行くよ。待ったが病で仕方がねえ。」

それじゃもう一遍吉原へ引っ返すか。」

Bが斯う云うと、Aはにたりと笑って、

「うん、そいつもちょいと悪かあないな。昨夜は大分持てたから。」

「よせやい、よせやい。華魁の惚けを云うようになっちゃ、もうお前さんもおしまいだぜ。」

三人は腹を抱えて、ゲラゲラと笑いました。

「どうだい、いっそ斯うしようじゃないか。――今日はあんまり天気がいいから、郊外散歩をかねて、葛飾のFの家を訪問しようじゃないか。自動車で行けば直きだから、晩方までには帰って来られる。それから後は、家へ帰るとも待合へ行くとも、めいめいの自由行動にしたらよかろう。」

こう云ったのはCでした。彼は今になってから、自分の軽薄な行動を後悔し出して、今日の一日を不健全に送るのが、溜らなく不愉快になって来たのです。昨夜自分が首唱して、他人を誘惑した罪があるので、此のまま袂を分つ訳には行かないまでも、せめて心機を一転させる方法を運らそうと考えたのです。

「ねえ、おい、そうしようじゃないか。晩にまた待合へ行くにしたって、こんな天気に郊外を歩いて来ると、気が変って面白いぜ。」

「そうさな、それもいいな。」

と、Aは小首をひねって、

「Fの奴にもほんとに久しく会わないからな。此の頃一体どうして居るか、彼奴の顔も見てやりてえ。」

「彼奴の事だから、や、よく来た！　とか何とか云って、嬉しがって抱き着くぜ。」

Fと云うのは、やはり三人と同じ時代に、同じ雑誌に関係して居た、九州生れの田園詩人でした。「Fが新宿で女郎買いをして、三十円もふんだくられたとよ。彼奴も田舎者じゃないか。」その当時、よく三人はそんな噂をして、Fの間抜けな遊び振りを嘲ったものでした。彼等はFの詩人としての才分に十分の敬意を払って居ながら、その肌合いが違うために、古い友人であるにも拘わらず、あんまり往復をせずに居たんです。そうしてFは、早くから孤独と貧窮とに馴れて、騒がず焦らず、超然と自己の道を守って居ましたが、去年の夏から、結婚と同時に市川の町はずれの、江戸川縁(べり)に草庵を結んで、其処に侘びしく暮らして居るのです。

「行くなら何か此方から食い物を提げて行こうぜ。貧乏な所へ押しかけて行って、御馳走させちゃ可哀そうだよ。」

と、Bが発議しました。

「御馳走になるのも気の毒だから、彼奴を誘い出して川甚へ行って飲むとしよう。――――だが何だな、鰻がこんなに余って居るから、土産にすると丁度いいんだが、白焼きじゃあ仕様がねえな。」

「どっこい、そいつあ好い智恵がありやす。」

と、Cは気障(きざ)な調子で頤を撫でながら、

「女中にそう云って、その白焼を蒲焼に焼き直して貰うんさ。ちっとしみったれな考だがね。」

「そんな事が出来るのかい？　へっ、そいつあ旨えや。蒲焼の御み折を提げて行きゃあ豪儀なもんだ。」

「Fの奴あなんにも知らねえで、皆がって食うだろう。」

三人は又機嫌よく笑いました。

それから三十分ほど立つと、三人を載せた自動車は、江戸川縁の桜の土手を走って居ました。

「うん、なかなか此りゃあ好い景色だ。こんな所へ来て見るのも、たまにゃあいいもんだな。」

Bが煙草をくゆらせながら、きょとんとした顔つきで、こんな事を云います。

「今日見たいに、天気のいい日はよかろうが、一年中住んで居るんじゃ淋しいだろう。――おい、彼処に見えるのは、ありゃ秩父かな、筑波かな。」

Aが斯う云って指さした遠い野末の空には、武州上州の山々が、早春らしい薄霞の底に、頂の雪を光らせて淡く微かに連なって居ました。

「此れからだんだん暖かくなると、此の辺に住むのも面白かろうな。来月あたり、土手の桜が咲いた時分に、大挙してお花見に来ようじゃないか。」

「よかろう、是非やろう。――東京から芸者(きもの)を引っ張って来るんだね。だが此の辺にいいお茶屋があるか知らんて。」

「あ、ここだ、ここだ、この辺だ。」

前に一遍Fの家を訪ねた事のあるBが、声をかけて自動車を止めさせました。

「たしか彼奴に見える家がそうだろう。」

土手の右側に、瓦を焼く竈が二つ三つ、土饅頭のように見えて、それからまた一二町先の、田圃のまん中にぽつんと立って居る一軒家の前まで、自動車はだらだらと降りて行きました。

田園詩人のFは、その一軒家の二た間を借りて、夫婦で住んで居るのでした。小柄な、痩せぎすな、丸髷に結った夫人が、声を聞きつけて垣根の木戸を明けてくれると、三人は庭へ廻って、古沼の汀に臨んだFの書斎へぞろぞろと上り込みました。

「此の二三日大分春らしくなって来たんだが、今日は風が寒いもんだから、こんなに締め切ってしまったんだ。」

東から西へ開いて居る廻り縁の雨戸を立てて、Fはうす暗い六畳の部屋のまん中に、机に凭ってすわって居ました。床の間には、彼の暢達な素朴な手蹟で、自作の和歌を書いた色紙が、古ぼけた横物の紙表装のまま懸って居ます。その外には、彼が自分で装釘して自分で出版した詩集の数冊と、彼が大好きな異国趣味の画家司馬江漢の版画と、長崎の阿蘭陀人の風俗を描いた額と、鳥の巣などが、欄間や柱や地袋の上に散見して居るだけです。

「いや、僕もそろそろ飽きて来たから、東京へ出たいと思うんだが、折角冬を凌いで来たのに、春を見ないで引き移るのも惜しいような気持がする。」

「そうだね、春になったら又お花見に押しかけるから、それまで此処に居給えよ。先ず引っ越しは五月頃かね。」

「五月に越せれば越したいけれど、それもまあ金次第さ。いつになったら金が出来るか、今のところじゃ分らないが。」

Fはこう云って、童顔の二重瞼の、無邪気な愛嬌のしたたるような大きな瞳に微笑を浮かべました。ここへ来てまで、まだ無遠慮に惚けだの皮肉だのを連発して、たわいもなくふざけて居る三人の、べらべらした口の利きようと、暖かい南国の新鮮な、濃厚な趣味を暗示するような、Fの太い唇から洩れる重苦しい訥弁(とつべん)とは、一種不思議な対照をなして室内に響きました。

「僕は事に依ったら、此の夏印度へ行こうかと思って居る。実は非常にいい伝(つて)があって、金なんか持たずに行かれそうだから。………」

「印度なら僕も行きたいな。」

と、CはFの言葉を引き取って、

「しかし僕は、暑さが何より恐ろしいから、行くなら寒い時分にするんだ。」

「熱帯はやっぱり夏でなければ詰まらないさ。印度と云う所は、町の中を孔雀が飛んで居るそうだから面白いじゃないか。僕が行ったら、アジャンタの窟へ一と月ばかり籠ってやろうと思うんだが、途中の山路には虎が出たりなんかするそうだよ。C君にはとても印度へは行かれないだろう。」

Fはこう云って、長く伸ばした漆黒の髪の毛を、さっと後へ撫でながら、

「僕は九州の人間だから、熱いのはいくらでも我慢する。――此の間巴里から帰って来たSに会ったら、僕のような顔は仏蘭西人に沢山あるって云われたぜ。」

ごわごわした木綿の綿入れにくるまって、長煙管で刻みを吸って居るFの体は、仏像のように円々と肥えて居るのです。ふっくらとした、赭顔の豊頰に、一面に生えて居る濃い青鬚、やさしい眸(まなざし)の上を蔽うて居る地蔵眉毛、――其れ等の特長は、いかにも彼の血管に暖国の血が流れて居る事を、証拠立てるように見えました。

やがて、三人に促されて川甚へ出掛ける時、

「ちょいと待ってくれ。」

と云って次の間へ這入ったFは、間もなく鬚を綺麗に剃って、紺天鵞絨のダブルクロオズに、ピンク色の土耳古(トルコ)帽を冠りながら、恰も長崎の「阿蘭陀人」のような風采になって現われました。

四人が川甚を出て柴又の停車場へ向ったのは、その晩の九時近くでしたろう。青白い新月の光が謎のようにただようて居る田舎路を、ほろ酔い機嫌で蹣跚(まんさん)と歩きながら、彼等はまだくたびれずにしゃべり続けて行くのでした。

「さあて、――――何だかいやに寒くなって来やがったな。此れから今夜は赤坂(セキハン)へ泊(ハク)として、明日の朝家へ帰ろうか知らん。………」

Aが突然、心細そうな調子で云って、ぞくぞくと身顫いをしました。

「ほんとに寒いな。此れじゃあとても酒が持たねえ。東京へ着いたら早速一杯やらなくっちゃ。」

彼等の眼の前には、もう東京の町の灯が、賑やかそうにちらちらと映って居たのです。そうして、道楽者の必ず経験する「夕ぐれの悲哀」が、元気よくしゃべればしゃべる程、ますます強く彼等の心を襲って来るのでした。

「おい、どうだい、Fも一緒に東京まで来たらいいじゃないか。」

「行ってもいいがまた今度にしよう。」

Fは川甚の提灯を持って、三人の先頭に立って居ました。

「………その代り電車で中途まで送って行くよ。押上行きは江戸川の停車場で乗り換えだから、其処で別れて引っ返すとしよう。」

柴又の終点で電車に乗ってからも、三人はいろいろに勧めて見ましたが、Fはやっぱり帰ると云うのです。次の停車場の、江戸川駅のプラットフォムに降りた彼等は、乗り換えの電車の来るのを待つ間、暫く管を巻いて居ました。

「人道主義とか云うのが流行るが、ありゃあ一体どんな主義だい。人道と云やあ往来の片側を歩く主義かね。」

三人のうちの誰かが、こんな事を大きな声で怒鳴ったようでした。

「それじゃ僕は、もう失敬しよう。」

Fは消えた提灯に明りを入れながら、こう云って握手を求めました。

「だって君、まだ電車が来ないじゃないか。」

「電車へ乗ったって、僕の所は半端だから仕様がない。歩いて帰れば十一時までには着くだろう。」

「君ん所まで、ここからどのくらいあるんだね。」

「一里半ぐらいあるかも知れない。たびたび歩いて、道はよく分って居るから大丈夫だ。――それじゃ失敬。」

Fは友人の手を一人々々握り緊めた後、提灯を振りながらすたすたと歩き出しました。

其処に彳んだ三人は、誰からともなく口を噤んで、停車場のアーク燈の光の中から、次第に田圃の闇に消えて行くFの姿を、じっと視詰めて居るのでした。

「とうとう帰って行きやあがった。――」

やがて。Aの唇から、酔いどれの独り語じみた言葉が、不意に悲しげに発せられました。

「ほんとうになあ、何処となく可愛い男だよ。彼奴あえれえ所がある。――――」

Bとこが気が付いて見ると、Aの眼には、其の時、涙が一杯に溢れて居るようでした。


三人に別れを告げて、田圃の夜路をとぼとぼと歩き出した詩人のFは、二三町進むと提灯の蠟燭が尽きたので、月明りを便りに畦を辿って行きましたが、そのうちに月も西の空に沈んで、あたりは全くの暗闇になってしまいました。十一時までには家へ帰って、妻の顔を見られると思って居たのに、どう路を踏み迷ったのか、いくら行っても見渡す限り茫漠とした野原が続いて居るばかりです。人に尋ねようと思っても、蠟燭を買おうと思っても、一軒の家もなければ、一人の通行人もありません。

「己は先(さっき)から、たしかに三四里ぐらい歩いて居る。もう何処かの村へ出なければならない筈だ。」

そう考えると、Fは俄かに恐ろしくなって、無我夢中で田でも畑でも構わずに飛び越えて行きました。木の根に躓いて顔を擦りむいたり、水田に落ちて泥だらけになったりしながら、凡そ六七時間も彷徨(さまよ)いましたが、未だに夜の白む様子もなく、覚えのある街道へも出られません。

「ああ、もう仕様がない。明るくなるまで此処で野宿をしてやろう。」

とある雑木林の蔭へ来た時、Fは体が綿のように疲れて、腹が減って、一寸も動けなくなったので、ばったり其処へ倒れてしまいました。

その後何時間ぐらいたったのか分りませんが、昏々と眠って居るFの耳元で、何者とも知れずひそひそと囁く声が聞えまいた。

「Fよ。貧しい、哀れな田園詩人のFよ。お前は少しも落胆するには及ばない。私は今日、お前を試してやったのだ。お前が自分の守る可き詩の国を捨てて、他人の誘惑にかかるかどうかを、試してやったのだ。お前はほんとうに、自分の芸術に忠実な男だ。お前は人間の世の浅ましい栄華を捨てて、浄い楽しい詩の世界の、永劫の快楽(けらく)に身を委ねたのだ。私はお前が、堅固に操を守って居る褒美として、私の足に着いて居る真珠の瓔珞をお前に上げる。お前はその宝玉をお前の国の貴族の御殿へ持って行って、金に換えて貰うがよい。そうして其の金で、直ぐに印度へ行くがよい。印度の国の神々は、印度の国の自然美は、お前の詩に依って歌われる事を待って居るのだ。私は其処から、わざわざお前を迎えに来たヴィシュヌの神だ。」

こう云われて、Fがふと眼を覚ますと、不思議にも彼はいつの間にか、自分の庵の、古沼の滸(ほとり)に運ばれて居ました。沼にはさながら満月の夜に似た皎々たる光が漲って、波の間から、七頭の蛇アナタに乗った妖麗なヴィシュヌの神が、徐かに彼の傍へ近寄って来る様子です。

Fは瞳の晦(くら)むような眩ゆさを覚えながら、神の前に跪いて、白蓮の花よりも柔かい踝(くるぶし)の瓔珞の珠を抱えたまま、貴い足の指先に接吻しました。その指先からは、彼の大好きな南洋の果実ザムボアの汁が、滴々としたたり落ち、彼の眼からは感謝の涙が潸々(さんさん)として流れ落ちました。

二月堂の夕

奈良の二月堂のお堂の下で、大勢の見物人が垣を作って一人の婆さんの踊りを踊るのを眺めている。婆さんは五十四五ぐらいで、メリンス友禅の色のさめた長襦袢一つに、紺のコール天の足袋はだしになり、手には花やかな舞扇を持って舞っている。婆さんのうしろには、こう云う古い上方のお寺でなければ見られない、優雅な物さびた土塀がある。その塀の壁に阿弥陀様だか如来様だか、何か知れない小さな御仏の絵像を懸け、チーン、チーンと、巡礼のように鈴を鳴らしつつ唄うのにつれて、婆さんはしきりに踊るのである。「ちちははの恵みも深き粉河寺、………」文句は違うが、唄の節廻しはあの御詠歌によく似ている。此の唄を、今も云うように鈴を振りながら唄っているのは、又別な二人の婆さんと、三十恰好の年増である。その中の一人の婆さんは、黒縮緬の紋附を羽織った、でっぷり太った元気の好さそうな人柄であるが、ときどき見物の方へ扇をさし出して、「どうか皆さん、お志を投げてやって下さいましよ」と云うような意味を、私には真似は出来ないけれど、此の地方特有の、柔和であって何処かずるそうな心持のする言葉で云う。

私は最初、此のお婆さんたちを乞食ではないかと思ったのだが、そうでないことは彼女たちの服装を見てすぐと分った。「何々講」と講中の名を筆太に記した提灯を、竹竿の上へ高く吊るしているところから察すると、此の近在の農家の隠居や上さんどもの集りででもあろうか。今夜はお堂のお水取りの日で、宵の七時に大松明がともされると云うので、まだ日の暮れの五時であるのに参詣の人々が詰めかけて来る。此のお婆さんの連中も多分そう云う信心家の一団なのであろうが、そして御仏への供養のために、乞食のように大道へ出て御詠歌を唄い、舞いを舞っているのでもあろうが、その歌の方は兎も角も、講中の人がこんな風に舞いを舞うのを、私は嘗て関東などでは見たことがない。空也念仏と云うものがあるのは唯聞いているばかりだけれど、此の講中の御詠歌の踊りはそれに似たものではないだろうか。無論しろうとの田舎の婆さんが踊るのだから、むずかしい手はないにしてからが、此れだけ巧者になるのには余程此の道に凝り固まっているに違いない。チーン、チーンと、ゆるやかな間(ま)を置いて、あのう ら悲しい鈴が鳴る。その度毎に婆さんはお時儀をするように頷いて、両手で舞扇を扱いながら、畳二畳ほどの毛氈の上を静かに往ったり来たりする。踊りの足どりは簡単で、踵と爪先とを平に上げて、芝居の馬のような歩き方を繰り返す。変化があるのは扇のさばき方だけで、或る時はそれを正面に翳し、或る時はそれをさらさらと袂に添うて波打たせるのが、非常に手に入ったものなのである。

婆さんは踊りながら、「何だい、そんな唄い方では踊れやしないよ」と、唄い手の方へ折々ぶつぶつ口小言を云う。面長な、痩せた、しゃくれた婆さんの顔は、酒飲みらしく赤く爛(ただ)れて、そのどんよりと濁った眼つきには踊りが余り手に入り過ぎたせいでもあろうが、太々(ふてぶて)しく落ち着いた、人を馬鹿にしたようなところがある。顔が長いから鼻も従って長いのだけれど、その鼻筋のまん中のあたりは、頬ッペたの方へめり込んでいるほど低く凹んで、ただ鼻の孔のある部分が、そこだけ際立って一層赤く、ぴたんこに潰れて飛びだしている。厚い、大きな唇の、寧ろ鼻よりも前へ突き出て、酸漿(おおずき)を噛(か)んでいるように結ばれているのは、今しがた酒を飲んだばかりで、おくびの出るのを我慢してでもいるのであろう。一体、講中などに加わっている婆さんに限って、体の達者な、威勢のいい老人が多いものだが、此の婆さんもその例に洩れず、とん、とん、と踏む足拍子は、憎らしいほどシャンとしている。三月半ばの、奈良のような気候の土地ではまだ梅さえも蕾が固く、現に私など真冬の外套を着ていると云う黄昏時に、いくら踊っているにしてもあの長襦袢一枚で寒いことはないだろうか。

「こんなにわたしが丈夫なのも信心のお蔭でございますよ。」

と、婆さんに聞いたら云うかも知れぬが、此の人たちの後生を願う心持は、花に浮かれて戯れるのと大した違いはないように見える。花の下では陽気な三下りの三味線で踊り、仏の前では陰気な御詠歌の鈴の音で踊る。されぼこそ花見の時と同じように、いい歳をして狂いじみたメリンス友禅の袖を翻しているのであろう。そして陰気な鈴の音も此の婆さんの踊りに結びつけられると、悲しいよりは道化ていて、派手な舞扇を持っている節くれ立った真っ黒な指や、けばけばしい襦袢の襟からはみ出している皺だらけの喉頸などが、幇間の芸を思わせるようなずうずうしい感じを与える。が、上方の人は端の思わくに頓着しないで、浮かれる時は老若男女が体裁を構わず浮かれ抜くのが常であるから、此のあたりではこんな姿もさほど珍しくはないのであろう。のみならず、こうして花にも仏にも浮かれて、齢を忘れ、憂いを忘れつつ、来る歳々を気楽に送って行く婆さんは、定めし自分を幸福に感じているでもあろう。

私は何でも三十分ほどその婆さんの踊りを眺めてから、お堂の石段を上りかけたが、ちょうど良弁杉の下の、若狭井の前に又一団の婆さんが踊っているのを見つけ出した。今度の婆さんは一人ではなく、五六人が一列に並んで、揃いの扇を翳しながら、地方はなしに自分たちで歌を唄っては踊っている。歌の調子も舞いの手振りも前のと似通ってはいるけれど、何処か違ったところのあるのは、講中に由ってそれぞれの流儀があるのであろう。此の五六人の婆さんたちは、友禅の長襦袢姿でもなく、黒縮緬の紋附でもなく、夕方なので尚更縞目のよく分らない、地味な木綿の綿でふくれた布子を着て、皆同じように白足袋を穿いている様子が、見た目に哀れで、つつましやかである。そしてこんなに似た婆さんが揃ったと云うのも不思議であるが、どの婆さんもどの婆さんも、実に可愛らしい、せいの低い、背中の円い人々で、小柄な顔は黄色味を帯びて青白く冴え、落ち窪んだ眼は清（すず）しく輝やいているのである。それは誰にでも、遠い昔に亡くなった自分の母や伯母の俤を思い出させる、品のいい懐しい婆さんたちである。そう云えば此の人々はさっきの婆さん連のように「お志」の催促をしない。見物人も至って疎らで、飽く迄も真面目に、取り残されたように淋しく踊っている。たった一つ、さっきの婆さんの持ち物よりも派手なのは、赤地に金の模様のあるその舞扇だけであったが、身なりがみすぼらしいせいか、それが一層きらびやかに、風流に感ぜられるのであった。

間もなく私は、お堂の石段を上って行って、舞台の手すりに靠（もた）れながら、下で踊っているその可愛らしいお婆さんたちを長い間瞰おろしていた。だんだん夕闇の迫って来る中に、お婆さんたちの子供のような小さな姿は次第にうすくぼやけて行って、しまいにはただ舞扇の金の色だけがきらきらと光った。私はふいと、中学生の時分に、「迦具土（かぐつち）」と云う服部躬治（みはる）の歌集の中で読んだことのある一首の歌を想い起して、それを口のうちで繰り返した。――

亡き父に似たる翁と語りけり
長谷（はせ）の御堂の春の夜の月

解説　豊饒な物語性と幽かな真実の輝き

長山靖生

自然主義文学が隆盛していた明治末期に、完璧で絢爛豪奢な文体と神秘幽玄の薫り高い物語を引っ提げて登場した谷崎潤一郎は、やがて大正期から昭和にかけての日本文学の流れを変えるほどに大きな存在となっていった。

本書に収録した作品をその発表順に並べると次のようになる。いずれも初期から前期にかけての耽美、怪奇、幻想趣味が濃厚な作品だ。

「刺青」（「新思潮」明治四三年一一月）
「秘密」（「中央公論」明治四四年一一月）
「恐怖」（「大阪毎日新聞」大正二年一月）
「少年の記憶」（「大阪毎日新聞」大正二年四月）
「憎念」（『甍』大正三年三月、所収）
「人魚の嘆き」（「中央公論」大正六年一月号）
「魔術師」（「新小説」大正六年一月号）
「詩人のわかれ」（「新小説」大正六年四月号）
「人面疽」（「新小説」大正七年三月号）
「或る漂泊者の俤」（「新小説」大正八年一一月号）
「私」（「改造」大正一〇年三月号）
「生れた家」（「改造」大正一〇年九月号）

「或る罪の動機」（「改造」大正一一年一月号）
「二月堂の夕」（「新小説」大正一四年五月、臨時増刊「天才泉鏡花」号）
「覚海上人天狗になる事」（「古東多万」昭和六年九月）

本書ではこれを「刺青」「秘密」「憎念」といった初期の耽美主義的作品、「人魚の嘆き」「魔術師」「人面疽」「覚海上人天狗になる事」などの怪奇色の強い作品、「或る漂泊者の俤」「私」「或る罪の動機」などの犯罪探偵趣味、そして「少年の記憶」「生れた家」「恐怖」「詩人のわかれ」「二月堂の夕」に見られる私生活的幻想という緩やかな分類のもとに配列した。

常に自身の欲望に忠実な文学を心掛けながら、谷崎は揺るぎない地位を築いていった。戦時体制下では一時政治的な排除が加えられたこともあったものの、昭和一〇年代の谷崎は『源氏物語』の翻訳に心血を注ぎ、松子夫人とその妹たちをモデルにした『細雪』を書きあげて「大谷崎」の名をほしいままにした。元々この名称は弟・谷崎精二との比較で大谷崎・小谷崎と併称されたものだが、やがて潤一郎の文豪としての地位を示す語として定着したのである。そのようになった後の谷崎は、初期の作品群について否定的に語ることもなくはなかった。夢幻がたやすく現実にとって代わる過剰なまでの浪漫性は極めて巧みなものの、あえて難癖をつけるならば、その巧緻さがややサービス過剰の気味はあり、若者らしく才走った外連味が、後年の作者には気恥ずかしく感じられたのかもしれない。だがそれは過剰な刺激に慣れてしまった現代読者にとっては決して欠点ではない。谷崎作品のいずれもが豊かな物語性を湛えた名作揃いであるのは疑いもなく、当人がいかに否定しようとも、女性崇拝や性的倒錯への関心は晩年まで一貫していたし、妖美幻想の香りが立ち込める作風は当初から変わらなかった。

そんな谷崎作品に対して、よく言われた批判は「無思想」というものだった。たしかに谷崎作品では身体性を伴った妖艶や怪異や情念や生活美学が優先し、思想的探究はプロレタリア文学的な意味でも白樺派的意味でも希薄だったし、文芸思想という点においてすら形式主義文学論や新心理主義のような明確な論理性を構築しはしなかった。だが文学の思想性はけっきょく実作に結実してこそであり、理論はあくまで過程だとみるならば、無思想性は谷崎の欠落というよりも達成であった。そしてその一方で、思想に基づこうとする生真面目さがいかに近代日本文学に真の精神性を忘却させ、不自然な高潔さに拘泥して理智なる欺瞞へと陥らせてしまったかを、我々は痛ましく思うのである。

美意識や情念や生活に基づかない思想は、真に思想たり得るのかを、私たちは今一度冷静に考えてみる必要があるだろう。思想性の高い文学には、もちろん大きな価値がある。だが文学を測る基準がそれだけだったとしたら、あまりに文学は痩せこけて禁欲的に過ぎる。谷崎は日本文学に豊饒さへの自在さを取り戻し、作品を通して後進たちを今も励ましている。

谷崎潤一郎は明治一九年七月二四日、東京市日本橋区蠣殻町に、商家の長男として生まれた。母方の祖父・谷崎久右衛門は一代で財を成した人で、商家としては格上の江澤家から養子に入った倉五郎がその事業の一部を引き継いでいた。しかし倉五郎は商才に乏しく、祖父が亡くなると次第に家運は傾き、潤一郎が小学校高等科を卒業する頃には、上級学校への進学が困難なほど没落し、潤一郎が丁稚に出されるる話もあった。しかし彼の学才を惜しむ教師らの働きかけにより、住み込みの家庭教師をしながら府立一中に進み、第一高等学校を経て東京帝国大学文学部国文科に入学した。中学時代には周囲を驚かすほど成績が良かった一方、散文や漢詩でも才能を見せた。とはいえ苦学勤勉のヒトではなく、恋愛事件を起こして住み込み先を追われたり、学年が進むにつれて文学のみならず酒色にも耽るようになるなど、谷崎らしさも早くから発揮していた。けっきょく講義にろくに出席せずに往年の神童の面目を失い、また学費未納により大学を中退することになった。とはいえそうした〝転落〟は周囲の援助に頼る境遇への負い目や不満、学問ではなく創作に専心したいという強い希望によるところも大きかっただろう。

在学中の明治四三年、第二次『新思潮』に参加し、創刊号（九月）に戯曲「誕生」を発表。同号は手続きの不備によって発禁になったものの、第二号に発表した「刺青」が永井荷風に激賞されて、新進作家としての地歩を得た。以降、当時の文壇主流であった自然主義文学とは一線を劃した「少年」「幇間」「秘密」などの妖しく耽美的な幻想を湛えた作品を次々と発表して、独自の地位を固めていった。

なお、第二次『新思潮』には和辻哲郎や大貫晶川、芦田均、後藤末雄らがいた。晶川は中学時代からの友人で、気の合う文学仲間だったが、伝染性腸疾患のために大正元年一一月に亡くなった。友を失った谷崎は一時厭世的になっていたと、同じく一中時代から両名と相知る友人・辰野隆は述べている。ちなみに岡本かの子は晶川の妹だった。

後年、谷崎は生活を堪能し、さまざまな女性美を探求することになるが、若い頃は経済的逼迫や文学者としての未来への不安などを抱えて精神的に追い詰められていた。

「刺青」などが永井荷風に認められて世に出た谷崎だが、その前年、明治四二年一月に小説「一日」を『早稲田文学』に投じたものの没にされるという、苦杯も舐めていた。自然主義隆盛の時期だったので、同時代の潮流に忠実な人々からは、谷崎の流麗豪奢な幻想的作風は古臭いものと見做されていたらしい。

この件が引き金となって谷崎は神経衰弱に陥り、幼時からの親友であり日本橋の高級中華料理屋「偕楽園」主人の息子である笹沼源之助の配慮で、茨城県多賀郡会瀬にあった笹沼家の偕楽園別荘に転地療養して、閑静な環境でしばらく執筆に専念するなどした。ちなみに第二次『新思潮』を起こすにあたって、他の文学志望者らが谷崎を仲間に加えたのは、彼を介して笹沼家から資金を引き出せるという事情があったためといわれる。赤門派の文学仲間ですら、半ば学業を放棄して放蕩に耽っているように見えた谷崎を軽侮する気持ちをもっていたのだ。

そうした時期の鬱屈した心情は「異端者の悲しみ」に詳しい。荷風ら具眼の士に認められはしたものの、大学を中退して文筆一本で生活することを覚悟した谷崎の経済状況は容易に改善せず、焦りも強く感じていた。デビュー後数年は神経衰弱がぶり返すこともあり、また鉄道恐怖症に苦しみもした。強迫神経症の一種である鉄道恐怖症の実情をダイレクトに描いたのが「恐怖」であり、「憎念」には初期の鬱屈した心情が反映されている。あるいはそうした困難な時期そのものを思い出したくないという気持ちが強く、当時の作品への自己評価の低さを生んだのかもしれない。

関西移住後、谷崎は幼時に自分がそのなかで育った江戸情緒そのものを、浅薄な東国の田舎ぶりとして否定的に扱うようにもなった。これもまた生家の没落や不甲斐ない父への反感といった負の思い出と関連している面があるかと思う（晩年にはやや改善し、懐かしむ余裕も生じた）。

だが、そうした自分自身の不快な現実を素材にするにしても、私小説としてではなく誇張し、演出して提示するのが、谷崎流だった。虚構のフィルターをかけることは逃避というより現実克服の手段であり、後半生の谷崎は鉄道病を脱却して関東と関西を往還して生活するようになる。それは異なる文化圏を味わい尽くし、嫌厭退屈という最大の不幸を遠ざけて人生を活性化させる方法でもあった。「刺青」に描かれた愚かな美への感覚は、江戸っ子である谷崎の矜持にもかかわるものだったろう。ただしその江戸趣味は単なる郷愁ではなく、西洋的な理知や教養を経由したエキゾチズムを媒介としており、だからこそ耽溺を描きながらも、これを〝愚か〟とみる視点もまた作品の基底をなしているのだ。

これはパンの会に集まった人々にも共通する感覚だった。耽美主義や幻想的な傾向をもった文芸を指向する人々がパンの会を設けたのは明治四一年のことだ。中心になったのは北原白秋、木下杢太郎、長田秀雄、吉井勇らで、ここに美術同人誌「方寸」に集っていた石井伯亭（主宰）、山本鼎、森田恒友、倉田白羊らの画家など二十代の芸術家、さらに石川啄木など「スバル」系の詩人が加わった。やや遅れて高村光太郎も参加し、時には上田敏、永井荷風が訪れ、歌舞伎の市川左団次、市川猿之助らも姿を見せた。そこにやがて谷崎も加わることになる。

パンの会の第一回会合は明治四一（一九〇八）年十二月、両国公園矢ノ倉海岸の西洋料理屋「第一やまと」で開かれた。その後、パンの会は両国から神田、永代橋、日本橋と場をかえながら、大正二年頃まで続いた。彼らの想像力のなかで、時として東京はパリに、大川はセーヌ川に重ねられ、自分たち自身もまたはセーヌ河畔のカフェに集う芸術家に擬えられた。白秋や杢太郎の「南蛮趣味」は、江戸以前の文化の中に西洋との融合を見出す試みであり、自覚的フィクションだった。この点について杢太郎は〈我々の思想の中心を形作ったものは、ゴオチエ、フロオベル等を伝わって来た「藝術の為めの藝術」の思想であった。この思想的潮流には本元でもエキゾチスムが結合した。必然我々の場合にもエキゾチスムが加った。欧羅巴文芸それ自身が既にそうであったが、別に「南蛮趣味」が之に合流して、少しく其音色を和らげ且つ複雑にした。浮世絵とか、徳川時代の音曲、演劇というものが愛されたが、それはこの場合、伝承主義でも古典主義でも、国民主義でもなく、やはりエキゾチスムの一分子であった〉（「『パンの会』と『屋上庭園』」）と回想している。

谷崎の江戸趣味は、白秋や杢太郎のそれよりも庶民的でグロテスク趣味、探偵趣味が強かった。あえて悪趣味と言ってもいいかもしれない。

当時、東京一の歓楽街は浅草だったが、ここには老若男女を引き付ける様々な歓楽が集まっていた。邦画や洋画取り混ぜて様々な活動写真小屋が立ち並び、また時々の最先端興行（浅草オペラ、レビュー、安木節など）が繰り広げられていた。関東大震災で倒壊するまで凌雲閣（浅草十二階）が聳え、その傍い歓楽の在処は遠方からも眺められた。だが劇場（というよりも「小屋」の方が相応しくも思われる）から一歩入れば、軒を連ねた小店のなかで小料理屋や居酒屋は質のいい方で、怪しげな店が多かった。凌雲閣の足元には私娼窟が広がっていた。つまり浅草は、ハリボテばかりの近代日本のなかでも、最もキッチュでいかがわしい場所だった。谷崎はそうしたいかがわしさ故に浅草に惹かれたといってもいい。〈僕が浅草を好む訳は、其処には全く旧習を脱した、若々しい、新しい娯楽機関が、雑然として、ウヨウヨと無茶苦茶に発生して居るからである。亜米利加合衆国が世界の諸種の文明のメルチング・ポットであるというような意味に於て、浅草はいろいろの新時代の芸術や娯楽機関のメルチング・ポットであるような気がする〉（「浅草公園」）と谷崎は述べている。

「秘密」や「魔術師」には浅草のイメージが投影されているが、「秘密」の謎めいた女が日本人でありながら異国で出会った存在であり、「魔術師」の舞台が〈浅草六区に似て居る〉とされつつも〈何処の国とも何と云う街であったか〉として浅草そのものではないように、浅草はしっかり見据えて正体が分かってしまえば幻滅する、手品のように決して種明かししてはいけない歓楽空間なのだった。谷崎の「魔術師」を、同じく浅草イメージを背景にしてこそ成立する江戸川乱歩の「押絵と旅する男」に重ねてもいいかもしれない。

「人魚の嘆き」は「魔術師」と並ぶ大正期日本の耽美的幻想小説の精華だが、女性美を極限まで探究し、かつ見世物的でもあり、浅草臭も漂っている。浅草のレビュー・ダンサーの肢体を魚に譬えた作家に川端康成がおり、堀辰雄は「ジゴンと僕」でジゴンを女になぞらえていた。谷崎の「人魚の嘆き」は古風な絵草紙趣味を思わせつつも、実は昭和モダンの表現に先駆けた大正ロマンの最先端表現でもあったのである。

ところで当時、人に幻を見せる先端表現といえば活動写真／映画だった。

一九二〇年前後、「映画」とも呼ばれるようになった活動写真は、映像再生の驚きに頼った初期段階から格段の進歩をみせ、新たな芸術表現として知識階級からも関心をもたれるようになっていた。この時期、作家たちもまた原作やシナリオを通して映画界と急速に接近していた。直木三十五、菊池寛らがマキノ省三と組んで設立した聯合映画協会や、その系列で衣笠貞之助と新感覚派の横光利一、川端康成、今東光らが興した新感覚派映画聯盟の活動はよく知られている。映画化はされなかったものの芥川もシナリオ形式の作品を書き、また「影」には映画の効果を盛り込んでいた。

谷崎は〈活動写真は真の芸術として、たとえば演劇、絵画などと併称せらるる芸術として、将来発達する望みがあるかと云えば、予は勿論であると答えたい。そうして、演劇や絵画が永久に滅びざるが如く、活動写真も亦、不朽に伝わるであろうと信ずる〉(「活動写真の現在と将来」)と書き、逸早く映画に強い関心を示した一人だった。そして大正九年五月、東洋汽船社長の浅野総一郎の息子良三が創設した大正活映株式会社の脚本部顧問に招聘され、映画制作に乗り出すことになった。週一回の出社で月奉二五〇円だったという。

「人面疽」は女優が出演した記憶のない映像作品のなかの自分と出会う物語であり、虚構でありながら現実の存在を凌いでイメージを支配してしまう映画の魔性が端的に表現されている。実際に映画製作に関わった谷崎ならではの作品……と言いたくなるが、この作品が発表されたのは大正七年であり、谷崎はまだ映画制作には関わっていなかった。

そもそも谷崎には人間は自分の意図しない存在として他者に見られ、多くの誤解を受けたり身に覚えのないことを言われたりするものであり、自分もまた他者の影しか見えないという現実認識があったように思う。ただし谷崎は、そうした人間の認識能力に本態的に備わった虚構性を、怖れたり忌んだりするのではなく、むしろ悦楽をもって受け止めていた。そこに谷崎の演劇性があった。彼は現実そのものを演技し、演出することで統治しようとした観がある。

どんな人間も、実は現実そのものを見ることはできない。自分が立っている地点から、自分の心身を通して現実の一端にふれているに過ぎない。それでも自分がふれた範囲での「現実」を再現したいというなら、フィクションではなく事象そのものを表現する形式——ルポルタージュやドキュメント、伝記などを選択すればよい。小説であれ戯曲であれシナリオであれフィクションは、思考と空想を交えて一義的に現前している現実を離脱することを通して、より「現実そのもの」の本質を掴み取ろうとするものもある挑戦という面があり、また演技や虚構を通してでなければ表現できない本当の気持ちというものもあるだろう。

初期の谷崎作品には耽美主義、ロマン指向、残虐性などが横溢しているが、それは幼少期に身近に感じていた江戸的なものの郷愁と結びついている一方、たぶんに演技的なものでもあった。思えばよく知られる谷崎のマゾヒズムも、嗜虐といいながらあくまで自身の快楽への奉仕を主体としており、加虐者に演技として谷崎の欲望に従属することを求める体のものだった。つまり主導権が谷崎の側にある場合にのみ、それは成立するのだ。これは谷崎が生涯にもった三人の妻との関係でも、またそれ以外の女性たちとの間柄においても見られたものだった。

ところで谷崎と映画といえば思い出されるのは最初の妻千代子の妹のことだ。谷崎は大正四年に石川千代子と結婚したが、同時に妹も引き取っていた。千代子は華やかな美貌の持ち主だったが、その容姿に似合わず古風な女性であり、谷崎の性的嗜好や演劇的、技巧的な生活美学を理解せず、結婚後まもなく谷崎の側は失望を感じるようになっていた。一方、妹のせい子は姉と違って積極的な性格で、谷崎のお仕込みもあって次第に奔放な態度を露にするようになり、葉山三千子の芸名で谷崎がシナリオを書いた「アマチュア倶楽部」で銀幕デビュー、主演を務めた。この作品は恋愛喜劇だったが、冒頭シーンは彼女の水着ではじまるという当時としては斬新なもので、かなり評判になった。だがせい子は、やはり谷崎がシナリオを書いた「蛇性の淫」（原作は上田秋成『雨月物語』の一篇）に出演しただけで、映画界を去っている。谷崎が大正活映を離れたためで、その後押しがなければ、いくら美人でも素人同然のせい子に大役は回ってこなかった。日頃の驕慢な態度も祟った。せい子が『痴人の愛』のナオミのモデルであることはよく知られている。

千代子との間が冷えてしまった谷崎は、心を他の女性に移し、それに同情した佐藤春夫が千代子と親しくなり、やがて結婚を望むようになっていた。谷崎は一度は了解したものの、いざとなると躊躇して撤回し、怒った佐藤が絶縁するといういわゆる小田原事件を経て、昭和五年、遂に谷崎夫妻が離婚して千代子が佐藤と結婚することになる。その際、谷崎と佐藤双方を知る編集者らに無用の気遣いをさせぬための配慮から、三人連名で挨拶状を出したところ、これが「細君譲渡事件」としてセンセーショナルに報じられ様々な誤解を招く事態にもなった。

その後、谷崎は昭和六年、知的な美女である古川丁未子と結婚したものの、昭和七年には別居し、この前後から根津松子との恋愛関係がはじまり、翌八年には丁未子と離婚した（手続き完了は九年）。そして一〇年一月には松子と結婚式をあげた。関東大震災以降、谷崎は瓦礫と化し余震も懸念される東京暮らしを避け、主に関西に居住するようになり、『源氏物語』を頂点とする日本古典文化への憧憬同化をふかめたことは周知のとおりだ。こうした変化には、折々に愛した女性たちのイメージが重なるのが、いかにも谷崎らしい。

本書の収録作に話を戻すと、「或る漂泊者の俤」「私」「或る罪の動機」は、いずれも探偵趣味を漂わせている。これらはいずれも、日本に創作探偵小説のブームを巻き起こした雑誌『新青年』が創刊される以前、つまり江戸川乱歩登場に先行する作品だった。

乱歩は大正期の探偵小説は、先ず一般分担にその機運が動き、それに追随する形で専門の探偵作家が生まれたとし、なかでも谷崎潤一郎が先導者の最たるものだったとしている。

〈〔当初から〕唯美主義の作品ではあったが、更らに一層ミステリー文学への近似が感じられるのは大正五年の「魔術師」あたりからであろう。大正六年の「ハッサン・カンの妖術」同七年の「金と銀」「人面疽」「白昼鬼語」同八年の「呪われた戯曲」「ある少年の怯え」同九年の「途上」などが谷崎怪奇文学の頂上期をなしている。私はこれらの作を憑かれたるが如く愛読した記憶がある。そして私の初期の怪奇小説はやはりその影響を受けている〉（江戸川乱歩「一般文壇と探偵小説」）

興味深いことに、乱歩は「ミステリー文学への近似」といいながら、主に怪奇幻想の作品をあげ、犯罪や謎解き要素のある作品はほとんど挙げていない。「ハッサン・カンの妖術」はインド人愛国者ミスラ氏とその魔術上の師父にあたるハッサン・カンが登場する幻想小説で、芥川の「魔術」、堀辰雄「ジゴンと僕」、稲垣足穂「星使いの術」などのトリビュートを生んだものであり、他の作品も乱歩や横溝正史の変格探偵小説に影響を与えたのはたしかだ。しかし探偵趣味という点では「途上」や本書収録の「私」「或る罪の動機」などのほうが本格探偵小説的だ。

「私」の語りによるトリックは探偵小説として見事だし、「或る罪の動機」の話者は多くの乱歩作品の犯罪者心理を先取りしていた。「或る漂泊者の俤」には、犯罪は直接的には描かれていないが、その予感に満ちており、ここから本格探偵長編がはじまっても不思議はない。乱歩は谷崎をリスペクトしながらも、作品の実例を挙げるにあたって一種の操作を行なった節もある。そこにあるのもまた探偵作家らしい〝語り〟のトリックというべきかもしれない。

「少年の記憶」「生れた家」「詩人のわかれ」「二月堂の夕」はいずれも身辺小説あるいは身辺随筆として書かれたのだが、そんななかにも幻想的な煌めきがある。「少年の記憶」や「生れた家」には小説「少年」や『幼年時代』に通じるエッセンスがあり、「詩人のわかれ」は『青春物語』とはまた別の文人同士の交流を描いている。「詩人のわかれ」については後年〈自分はこれを当時の「新小説」紙上に「此の一篇を北原白秋に贈る」と云ふ献呈の辞を附けて発表したのであった。結局のところこれは小説には違いないが、初めの方の大部分は事実をそのまま書いたものでAは吉井勇、Bは長田秀雄、Cは自分、Fは紫烟草舎時代の故北原白秋のことである。自分はこれが作品として何程の価値があるかをしらない。ただ此の中には、三十歳前後の自分たちの姿がありのままに描かれている点で、自分に取っては甚だ懐しいものである〉（『刺青』全国書房、昭和二二年刊）

紫烟草舎は大正五年に詩人の江口章子と結婚した白秋が小岩井に構えた家で、旺盛に思索に勤しんでいた時期にあたる。その一方、白秋の家計は逼迫していた。翌六年には阿蘭陀書房を手放し、新たに弟鉄雄と出版社アルスをはじめたものの、経営的にはうまくいかなかった。またその前後、妻の章子が結核に罹患した。白秋の経済が上向くのは、大正七年に小田原に転居し、鈴木三重吉の誘いに応じて「赤い鳥」の童謡・児童詩欄を担当し、優れた童謡を続々と発表するようになってからだった。

北原白秋は文学の夢幻に遊ぶことを切望しながらも、家長としての責任を捨て切れないところがあった。谷崎潤一郎も同様の傾向があった。谷崎家の家長として振る舞い、弟妹の家計の相談などに応じ、時に過剰なまでに干渉、さらに妻の家族の面倒も見るなど細かな気配りを見せた。その気苦労も含めて白秋に同感するところがあったのかもしれない。

「二月堂の夕」は、三月（旧暦の二月）に行なわれるお水取りで有名な東大寺二月堂を舞台にした作品である。二月堂は東大寺北東部の山麓に建ち、その舞台からの眺望が美しいことでもよく知られている。大仏殿の屋根や鴟尾、奈良市街や生駒山を望み、夕日の光景は特に美しい。「二月堂の夕」は随筆として書かれているが、やはり最後に現実とも幻想ともつかぬ美しい余韻が残って印象的だ。

谷崎潤一郎は美しいもの、妖しいもの、魅力的なものを貪欲に、執念深いといってよい程の好奇心をはたらかせて追求し続けた。自己の欲望に忠実で、かつ總明で勤勉な人間だけが到達できる洞察力を通して、谷崎は真実の輝きを見出した。夕闇の中で最後まで煌めいているのは、一度失われたら二度とあらわれることのない生命の輝きなのである。

収録作品について

各作品は、『谷崎潤一郎全集』（中央公論新社、二〇一五年～二〇一七年）などを底本に、適宜初出誌等を参照しました。初出は長山靖生氏の「解説」の通りです。なお、本書収録にあたり、可読性を鑑み、旧仮名を新仮名に、旧字を新字に改め、ルビも適宜振ってあります。また、改行に準じて字下げを施しております。

本文中には今日的観点に立つと不適切と思われる表現があるかと思いますが、執筆あるいは発表された当時の時代背景、作品のもつ歴史的な意味や文学的価値を考慮してあります。

なお、長山靖生氏の解説は書き下ろしです。

【編集部】

【著者】

谷崎 潤一郎
（たにざき・じゅんいちろう）

1886（明治 19）年～ 1965（昭和 40）年、小説家。

1908（明治 41）年、東京帝国大学文科大学国文科に進み、
在学中に和辻哲郎らと第 2 次『新思潮』を創刊。

処女作の戯曲『誕生』や小説『刺青』（1909 年）を発表。

大正時代にはモダニズムの影響を受け、様々な作品を執筆した。

関東大震災以後は関西に移住し、少女ナオミに翻弄される『痴人の愛』（1924 年）を発表。

マゾヒズム、耽美主義の文脈で語られることが多いが、ミステリー、歴史小説など、
ジャンルは多岐にわたり、その高い評価から「大谷崎」と称される。

代表作に『卍』（1928 年）、『蓼喰う虫』（1928 年）、『春琴抄』（1933 年）、『細雪』（1943 年）など。


【編者】

長山 靖生
（ながやま・やすお）

評論家。1962 年茨城県生まれ。

鶴見大学歯学部卒業。歯学博士。

文芸評論から思想史、若者論、家族論など幅広く執筆。

1996 年『偽史冒険世界』（筑摩書房）で大衆文学研究賞、
2010 年『日本ＳＦ精神史　幕末・明治から戦後まで』（河出書房新社）で
日本ＳＦ大賞、星雲賞を受賞。

2019 年『日本 SF 精神史【完全版】』で日本推理作家協会賞受賞。

2020 年『モダニズム・ミステリの時代』で第 20 回本格ミステリ大賞【評論・研究部門】受賞。

ほかの著書に『鷗外のオカルト、漱石の科学』（新潮社）、

『「吾輩は猫である」の謎』（文春新書）、『日露戦争』（新潮新書）、

『千里眼事件』（平凡社新書）、『奇異譚とユートピア』（中央公論新社）など多数。

谷崎潤一郎　妖美幻想傑作集

魔術師

2020年9月30日　第1刷発行

【著者】
谷崎 潤一郎
【編者】
長山 靖生

発行者：高梨 治
発行所：株式会社**小鳥遊書房**
〒102-0071　東京都千代田区富士見1-7-6-5F
電話 03 (6265) 4910（代表）／FAX　03 (6265) 4902
http://www.tkns-shobou.co.jp

装画・装幀　YOUCHAN（トゴルアートワークス）
印刷・製本　モリモト印刷株式会社

ISBN978-4-909812-43-8　C0093